U0560654

国家社科基金重大招标项目

"十四五"国家重点出版物
出版规划项目

湖北省公益学术著作
Hubei Special Funds 出版专项资金
for Academic and Public-interest
Publications

民国时期中国文学史
著作整理丛刊

丛书主编　陈文新　余来明

中国文学史

葛遵礼 著

白金杰　陈庆 整理

中国文学史要略

朱希祖 著

白金杰　陈庆 整理

长江出版传媒 ｜ 崇文书局

图书在版编目（ＣＩＰ）数据

中国文学史 / 葛遵礼著；白金杰，陈庆整理．中国文学史要略 / 朱希祖著；白金杰，陈庆整理．-- 武汉：崇文书局，2024.1

（民国时期中国文学史著作整理丛刊 / 陈文新，余来明主编）

ISBN 978-7-5403-6600-1

Ⅰ．①中… ②中… Ⅱ．①葛… ②朱… ③白… ④陈… Ⅲ．①中国文学－文学史 Ⅳ．① I209

中国国家版本馆 CIP 数据核字 (2023) 第 198185 号

出 品 人	韩　敏	
项目统筹	程可嘉	
责任编辑	何　丹	肖　姣
责任校对	董　颖	
装帧设计	甘淑媛	
责任印制	李佳超	

中国文学史　中国文学史要略
ZHONGGUO WENXUESHI ZHONGGUO WENXUESHI YAOLÜE

出版发行	长江出版传媒|崇文书局
地　　址	武汉市雄楚大街 268 号 C 座 11 层
电　　话	(027)87677133　邮政编码　430070
印　　刷	湖北新华印务有限公司
开　　本	880mm×1230mm　1/32
印　　张	8.125
字　　数	176 千
版　　次	2024 年 1 月第 1 版
印　　次	2024 年 1 月第 1 次印刷
定　　价	45.00 元

（如发现印装质量问题，影响阅读，由本社负责调换）

本作品之出版权（含电子版权）、发行权、改编权、翻译权等著作权以及本作品装帧设计的著作权均受我国著作权法及有关国际版权公约保护。任何非经我社许可的仿制、改编、转载、印刷、销售、传播之行为，我社将追究其法律责任。

总目录

中国文学史

葛遵礼 著　白金杰　陈庆 整理

前　言

　　葛遵礼编撰的《中国文学史》（会文堂书局，1921年初版），是早期中国文学史中再版较多的一部，至1933年已印刷33次，1939年又出了增订版。该书作为高小、中学生的文学史教材，有"充实、编次亦得要领"（［日］青木正儿）的显著优点，但时局的变动、学制的改革，以及新文化运动对文学史观的影响，使得这部立场相对保守、内容过于简要的文学史遭遇冷落。

　　《民国时期中国文学史著作整理丛刊》将葛遵礼这部文学史列入其中，除了该书问世较早，有助于呈现早期本土文学史编撰的丰富样貌，还有一点值得关注：该书初版时，正值新文化运动方兴未艾、开始波及文学史的书写，但尚未对文学史产生重要影响的节点；而该书增订时，新文化人的文学史观已大行其道，著者作为一个"半新半旧"（清代举人又留学过日本）的学人，他的观念是否会与世推移、发生变化。

　　关于著者。葛遵礼（1874—1944），家谱名为乃清，字水生、水声，又字绥身，号再香。光绪二十三年（1897）前后，曾执教于紫阳书院，与俞樾弟子来裕恂（1873—1962）往来密切。

来裕恂有《赠葛水生（遵礼，时同住紫阳）》一诗，盛赞葛遵礼"嗜酒常宿醺""嗜书爱鹅群""风流倜傥""文酒相欢"的率真性情。

光绪二十八年（1902），葛遵礼于壬寅科乡试中举。中举后，葛遵礼开始步入士绅阶层，与萧山本土的乡绅汤寿潜（光绪十八年［1892］壬辰科进士）等共同致力于地方文化与教育。光绪二十九年（1903），汤寿潜等在上海创办会文学社（后更名会文堂书局），葛遵礼参与了该社法律类与文学类教材的编撰。光绪三十年（1904），葛遵礼与汤寿潜、何丙藻共同创办了山萧临浦两等小学堂，葛遵礼担任教务之职。学堂增办初中后，聘请了蔡东藩到学堂讲授历史与国文，并因办学质量高，声誉远播萧山、绍兴、诸暨等地，吸引了诸多周边学子前来求学。

为了革新自强的需要，葛遵礼与当时许多进步士人一样，选择东渡日本学习法政文科。1906年，葛遵礼在日本法政大学"清国留学生法政速成科"第二班毕业。这段经历，为葛遵礼后来编著法律丛书与文学史教材打下了基础。辛亥革命后，会文堂书局针对当时出台的文官考试法，编写出版了一套法学"考试利器"丛书，这套丛书主要由葛遵礼负责编审，包括：《刑法问答》、《国际公私法问答》、《民事诉讼法问答》（吴长胪编辑、葛遵礼校注）、《中华民国新刑律集解》等。《中国文学史》作为会文堂书局出版的教材之一，是为了适用于中学文学史教学；《全国学校国文精华录》是中学生的文言文习作汇编，是为了鼓励中学生文言文写作。二十世纪三十年代起，葛遵礼的重心逐渐从出版与教育行业转向政商，先后担任过萧山区第三区区长、浙江高等审判厅书记官、中国银行杭州分行文牍主任

（1929—1939）、上海制皂工业同业公会秘书（1938—1942）等职，后于1944年在上海病故。

关于《中国文学史》。《中国文学史》一书由会文堂书局初版于1921年1月，共152页，近六万字。全书以二十世纪初日本久保天随的《支那文学史》为底本，大致保留了底本的体例，按照历史朝代顺序划分为十二篇，上起三代，下迄清末。书前有"绍兴寿孝天序""绍兴章琢其序""例言"，每篇先陈述梗概或介绍思潮背景，再列举主要作家、作品。篇末另设"注释""参考书目""名句""考证""补遗"等附录。该书初版不足六万字，但条理清晰，重点一览了然，立论大体客观，合乎"欲使高小、中学生粗知我国文学之源流"的编撰初衷（例言），因此得以多次重印。1939年3月出增订版，180页，增补《现代文学》一篇（六千两百余字），列举了从清季入民初的文家、诗家、词家、曲家，将文学史的书写下限延至民国二十五年（1936）。

回应前文提出的问题。葛遵礼编纂文学史时，需要同时面对两个问题，一是如何处理日人所著中国文学史的底本，二是如何面对国内方兴未艾的新文化运动思潮。

在本土文学史编纂起步晚于西方与日本的背景下，参考日著是早期国内学人普遍的做法，如林传甲《中国文学史》仿照笹川种郎的《历朝文学史》，曾毅《中国文学史》参考儿岛献吉郎的《支那文学史纲》，葛遵礼则选择久保天随的《支那文学史》为底本。他们并不讳言仿人成例、"颇掇拾东邦学者之所记"、"参考书兼及东籍"的事实，但这并不意味着对日著的照搬照抄，而是会根据个人的民族立场与文学观念对底本加以改造。在葛遵礼《中国文学史》出版的次年，文学史的书写开始出现明显的转折，新文化运动在文化、教育等方面的作用开始彰显，如1922年颁布的壬戌学制要求将国文课改为国语课，同年胡适《国语文学史》的讲义油印出版，影响甚广，原本文言文一统天下的书写格局被打破，新旧文学的地位与评价开始扭转，本土文学史书写开始进入探索期。虽然仍有选取日著文学史为底本的教材如顾实《中国文学史大纲》（商务印书馆1926年版）等，但已不是主流。

葛遵礼虽然借用了日本久保天随《支那文学史》为底本，但其目的并非引介该书，而是出于"文学日就陵夷，几有忘祖之虑，是编欲使高小、中学生粗知我国文学之源流"的目的。强烈的文化危机意识是早期学人积极翻译、改编、撰写中国文学史著作的共性心理。而新文化运动后，葛遵礼等人面对的不仅仅是来自异族外邦的文化冲击，还要应对国内激进派"打倒孔家店"的文化主张。担心传统文化就此断送于新文化人，强调传统文学仍有存在必要的思想，开始出现在守旧或改良派的著述中。葛著前的两篇序言均作于1920年，都可以见出新文化运动的影响。第一篇序的作者寿孝天（1866—1939）是位教育家、数学家、翻译家，也是三味书屋馆主寿镜吾的侄子。寿孝天虽是一位旧式文人，却创办了绍兴上虞东关镇第一所新式小学——毓菁学堂，他在序中提到，"今日学者竞谈新文化矣"，但"学者欲知新，宜温故。换言之，欲知今，宜知古；欲知来，宜知往也"，他认为编好中国文学史，与新旧两派的主张都不冲突，"岂独治旧文学者爱读之，抑亦谈新文化者所快睹也"。寿孝天作序时已年过五旬，他自嘲道："以斯言质之，葛君得毋蹶然曰，子近来亦喜谈新文化耶？"可见新文化的影响之大。另一篇序的作者章琢其虽不详其生平，但作为葛遵礼的"同学弟"（同僚），大抵是意气相投的，他在序中提出"文学亦艺事也"，文艺喜复古，文学复古也是"心理上必然之回顾也"，著文学史"实不啻为大汉记取衣冠，俾效古装者之得所考镜"。二人对复古合理性的申说，正体现了新文化的大行其道。

至于葛遵礼本人的文学观念与立场，并不能以《中国文学史》（初版）为依据，因为这部书并非葛遵礼的原创，其体例与内容大多来自久保天随的原本。如采用"地理、环境、种族论"来讨论中国人的人文特征，将中国文学按地理分为南北两派，风格相异，按内容分为软、硬文学两种，用途不同。不过，葛遵礼删去了底本主观性的评价，精简正文，仅余纲要，其他补遗（次要作家）、考证（人名、地名）、名句、评语及参考书目放到附录中，使其文学史呈现出简明扼要、相对客观的面貌，也因此难以窥探编撰者的主观立场。

要想窥探葛遵礼的文学观，还要参考他于1939年出版的增订本，增订的第十三篇《现代文学》是葛遵礼的原创。该篇著录了清末到晚近（1939）"清季已著声望，或已露头角。迨入民国以后，仍各出其所学，以表现于世"的文学家，内容仍按文、诗、词、曲编次，但文与诗皆分古与新，并能够古新并举，立场持中。如古文家林纾，曾被国学家章炳麟斥为"诡雅异俗"，又被维新派胡适目为"桐城余孽"，而葛遵礼则能公允评价他的贡献，"以古文辞译欧美小说，为中国文学别辟蹊径，其有关于文学之风会者，固非细也"。再如新文家梁启超，葛遵礼称其文"时时杂以俚语、韵语、排比语、外国语及桐城派禁用之语，实为文体之一大解放"。论到白话文，葛遵礼引用章士钊"斥胡适之白话文，为造成斯文之大厄"的评语，同时指出白话文也有优点，"然白话文容易深入民众，普及教育"。这种尽量在正文中不发表主观观点，不直书褒贬的做法，与初版风格保持一致，合乎传统治史的原则。与葛遵礼形成对照的是顾实，后者同样选择了久保氏的文学史为底本，但未能克制住旧学的积习与率直的个性，出现比例失调、情绪外露的问题，也因此招致"取材偏枯，详略未宜"（泽陵《评顾实〈中国文学史大纲〉》），"评语浅陋，不得要领"（《大公报·文学副刊》，1929.8.12）等负面评价。然而，从葛遵礼对新小说家避而不谈、对新诗家点到为止的"春秋笔法"，可知他对新文化人与新文学的不以为然。

在葛遵礼增订版之前，已有多部文学史将下限延长至"现代"。最早的是刘贞晦的《中国文学变迁史略》（上海新文化书社1921年版），另有凌独见《新著国语文学史》（上海商务印书馆1923年版）、谭正璧《中国文学史大纲》（上海光明书局1925年版）、周群玉《白话文学史大纲》（上海群学社1928年版）、谭正璧《新编中国文学史》（上海光明书局1935年版）、赵景深《中国文学史纲要》（中华书局1936年版）等多部文学史，都关注到"现代文学"这一范畴，文学史著现代文学叙述的重心逐渐转移到新文学上。如刘贞晦认为"旧文学的本身，实有种种不可废的功能"，但同时对新文学抱有希望，希望新旧互补。而凌独见受到胡适提倡白话文的影响，只例举了个别白话词和传奇弹词，并断定词必然退化，本土的戏曲不如翻译的有价值。谭正璧初期对辛亥革命时期的旧文学仍有好感，而对新文学持观望态度，认为胡适的《尝试集》对于诗的革命虽然成功了，然而它本身的文学的价值则一时颇难断定。十年后，谭正璧再论文学史，则宣告文学革命已获成功，也认可了胡适《尝试集》的价值，"但他的大胆的尝试精神和他的远见的精到眼光，绝不会因为他的作品在新体诗中技术非常幼稚而被掩埋了的"。至于赵景深的文学史著则完全体现了新文化人的立场和观点，所列诗歌、散文、小说、戏剧，均为新文学作品，并直言感谢胡适是语体作文的提倡者，为近十年的文学开辟了一块园地。可见，在葛遵礼增订文学史的时候，新文学在"现代文学"中已成为"一代之文学"，而葛遵礼则坚持了自己的立场，他在《现代文学》一篇中对现代小说家及其作品只字不提，所列举的仍是传统的文、诗、词、曲四大文体。至于新诗，仅在正文提到了胡适《尝试集》，列举了康白情、俞平伯、徐志摩、郭沫若、谢冰心、王统照等几位新诗家"竞以新诗自鸣"，但补充称，陈勺水、梁宗岱、闻一多、朱湘等新诗家，已经发现"新体诗之穷而当变"，"思复其旧矣"。在该篇的"附录·名句"中，葛遵礼仅选了一首白话诗——胡适《新婚诗》，并备注称"录此诗以见新体诗之一般"，他的立场于此清晰可见。相对于同时代人对新文学的接受、认同，葛遵礼显然不合时宜了，但他对当时旧文学作家、作品的归纳与阐述，为后人按图索骥，了解当时文坛的全貌留下了依据。

　　葛遵礼的文学史著自二十世纪四十年代以后遭到冷落，除了不能与时俱进、缺乏个性色彩等问题，还与当时的政治时局、此后的教育改革相关。抗日战争与解放战争严重影响了文学史著作的书写与出版，文学史退出中学教育也使得部分专门针对"高小、中学生"的教材失去了用武之地。近些年来，"重写文学史"的呼声越来越高，恢复文化自信的新一代学人们开始重新审视百年来文学史书写的历程，试图审视这一历程中前辈学人在不同历史时期为建构中国文学史理论与批评体系所做的努力与尝试，在致敬前人的基础上，汲取经验与教训，继续探索更合乎中国传统的文学史体例。这也是整理本书及其他早期代表论著的意义与价值所在。

本书点校以 1921 年会文堂书局初版为底本，并根据 1939 年会文堂新记书局增订本补录了第十三篇。为了如实呈现著作原貌，整理时除订正部分明显错讹外，文字基本遵从底稿。限于整理者的水平，其间难免错漏，还请方家校正。

编者

2021 年 11 月 20 日

目　录

序 一

今日学者竞谈新文化矣。文化随时代而变迁，其萌芽、其传播、其留遗，以文学为其代表。学者欲知新，宜温故。换言之，欲知今，宜知古；欲知来，宜知往也。往古之事实，莫详乎史。虽然，读编年史不如读列传史，不如读纪事史。史分三体，其实不过二体——编年史犹之流水帐也，列传史、纪事史犹之总清帐也。欲核财产之损益，必编制总清帐，欲稽文化之变迁，类乎总清帐之史，乌可不编制哉？

文化之进也，以螺线不以直线，以波浪的不以阶级的。故就局部短时间以观，有进化亦有退化，惟统无限期之长时间以观，则文化之趋势常为有进而无退，当其退也，正以促其反动力之进耳。犹之经营财产，苟日月而计之，有有余有不足，虽各期之结算，益与损常互见。然在经营者之目的，则固专注于增益一方，考知某期之增益，则后此之经营知所趋鉴乎；某期之损耗，则后此之经营知所避。故总清帐必不可少，研究文化者之不可不读史，其关系亦犹是也。

吾友葛君绥身，著有《中国文学史》，盖纪事体也，而包有列传体。就吾国四五千年来错综杂糅之文学流水帐，钩稽之、整理之，成此朗若列眉之文学总清帐，岂独治旧文学者爱读之，抑亦谈新文化者所快睹也。以斯言质之，葛君得毋冁然曰，子近来亦喜谈新文化耶？

民国九年庚申长至日绍兴寿孝天谨序于海上。

序　二

文学亦艺事也。其所藉以表见者，犹服装也。服装随时尚为转移，喜新者恒厌厥故。顾有时歌舞场中，无论其为南音、为北曲，一参以优孟衣冠，辄又鄙时装而艳古装。因之图画一名伶、刺绣一美人，亦骎骎乎其入古。盖时装本古装之反动，处时装时代而演古装，则亦心理上必然之回顾也。文学何独不然？

我中国文学，其大概分之为南北两大部思潮，其间思潮之变迁，六艺而下，则有若周秦诸子之思想，有若汉唐诸儒之训诂，有若宋代诸贤之性理，有若清代诸家之考证。汉唐训诂，周秦思想之反动也；清代考证，宋代性理之反动。互证之，则性理家又似回顾思想界，考证家又似回顾训诂学也。循之如环，转之如球。固自昔为昭己，今国家更新及于文学，乃以多数人之鼓吹，议于初学教育，易国文为国语，然过此则仍言文互用，循序归原，即以知数典有时断难忘祖。祖龙不作，未必为秦火之焚也；伏生犹留，未必待孔壁之藏也。今日有反动，他日安知无回顾？则先民垂绪，宁可毁弃而不一存其崖略耶？吾友葛君绥身，是以有取于历朝之文学而为之史，自三代以讫清季，凡夫文人学士之所表见，叙次流别，斐然有伦，谓其为文字告一结束，实不啻为大汉记取衣冠，俾效古装者之得所考镜，有可寻绎也，不其伟欤！昔子畏于匡，不尝以文之在兹，而惧天之将丧斯文乎？继不又以斯文得与，而幸天之未丧斯文乎？余于此中国文学史亦云。

民国九年庚申冬月同学弟绍兴章琭其谨序。

例　言

　　是编以我国自有文艺，体制蕃兴，作者代有，爰上起三代，下讫清季（增辑现代），各就其时代家数，择尤而叙次之。

　　文学日就陵夷，几有忘祖之虑，是编欲使高小、中学生粗知我国文学之源流，正文举其荦荦，俾读者一览了然，免于厌倦，系以附录各项，所举略详，备参阅焉。

　　古今地名多有不同，故于附录中详加参考，以省阅者之检查。

　　参考书兼及东籍，有集思广益之意。

　　附录佳句，以备诵习，并录评语之佳者，俾知梗概，兼习修辞。

　　考证之处，其有阙如，容俟增补，更望博雅君子匡其不逮。

第一篇　三代文学

我国民族，由西方之中央亚细亚而来，居于黄河近傍无人之地，既无别种民族待其征服，故建国之精神，重保守而不重进取，又由于人种之性质，注重实际，故保守与实际二者，实我国人文之特征也。

黄河近傍，土地非不丰饶，然风景荒寒，离海远而多山，加以水害频仍，常怀惊恐。当时之人心，遂感于人力之微弱，不足以抗敌自然现象，而敬天畏命之思想，由此起矣。

随之而起者，为家长制度。当时民族之中，有一优势者出，掌握统治之权，因欲保持其威严，遂本其敬天畏命之思想，于幽冥界与现实界之间，定一种之关系。即名主权者为天子以及天吏、天位、天职等是也，由是而君臣之关系定，一转而父子、夫妇之关系亦定，三纲五常，莫不完备，此我国民族所由以绝对服从为唯一之道德也。

斯时之民族，服劳力以得衣食，虽无余裕可为精神上之生活，然思索之能力，本为彼等所固有，有时欲消畅其忧思，苏息其生命，不得已而制成精神上之产物，此即我国文学之所由来也。而文学之中心，即敬天畏命之思想，组成文学之分子，即保

19

守与实际，及绝对服从之道德是也。

我国之文字，或谓始于伏羲之时，或谓黄帝时沮诵、仓颉所作。虽无可稽考，要非一人一时之所成也。大抵原始之文字为象形，其后进步而为六书，即象形、指事、形声、会意、转注、假借是也。

我国最古之文学，为《三坟》《五典》《八索》《九丘》，然今已无传。今所视为最古者，《易》《书》《诗》三经是也。

《易经》，伏羲始画八卦，其次则为《连山》《归藏》。今所传者，大抵伪撰。文王画八卦为六十四卦，周公作爻辞，孔子作十翼。卦辞、爻辞，文句极简单，幽玄而庄重，任读者各自领悟，十翼之文谨严雄大。

《书经》，又称《尚书》。古者左史记事，右史记言，《书经》记事极简，而记言极详，盖成于右史之笔也。其中尧舜时代之事迹，当出于夏史官之手。至左史所记者，今仅存《夏殷春秋》之名而已。《书经》凡百篇，系孔子所选定，后经秦火燔灭，至汉文帝时，乃遣晁错就故秦博士济南伏生讲习。盖伏生曾于秦火时，藏其书于壁间，斯时取出，已失三分之二，只存二十八篇。晁错乃以隶体书之，献于文帝，是谓今文《尚书》。后武帝时，河内女子献《泰誓》一篇，又分长者为数篇，总定为三十四篇。鲁恭王坏孔子宅，得蝌蚪文所书之《书经》，孔安国以今文《尚书》对照读之，多数篇，凡五十八篇，后亡于永嘉之乱。东晋元帝时，梅赜得古文《尚书》以献，惟缺《舜典》一篇。明帝时，姚方兴又别得古文《尚书》以献，知其伪作，斥之。然其后仍以姚方兴本中之《舜典》一篇，加入梅赜所献本内，以完成之，流行于世。至唐太宗时，陆德明为之作释文，孔颖达为之作疏，学官之讲授、进士之试验，悉取资于此，而古文《尚书》之势力遂愈形澎涨矣。然梅赜之得古文《尚书》，既无明确之来历，而除与今文《尚书》符合者外，其他诸篇，又甚觉易读，故宋以后，多有疑其伪撰者。

《书经》之内容，分为六体，即典、谟、训、诰、誓、命是也。其文皆周到细致，然因三代之民风不同，而文致亦不无差异。夏人温和而愚戆，故《夏书》以深厚质朴胜；殷人豪厉而不静，故《商书》以气胜，而有俊爽豪隽之活趣；周人富礼让而狡猾，故《周书》以规模宏大、思想优秀、格调整正、体裁完美胜，而惜乏气魄。此就今文《尚书》而言也，若古文《尚书》，虽出自梅赜之伪作，而义理纯正、文字丰富，亦足以供后人之玩赏也。

《诗经》。诗之最古者，为《伊耆氏蜡辞》。其后有《击壤歌》《康衢谣》《尧戒》《卿云歌》《八伯歌》《帝载歌》《南风歌》《股肱元首歌》。禹之时有《九歌》，今已无传。其次有《涂山》《有娀》《夏甲》等歌，出于《吕氏春秋》。又有《五子之歌》，出于古文《尚书》，明系伪作。殷代所传者，则《汤盘铭》，见于《大学》。《桑林祷辞》，见于《荀子》。殷周之际，则有箕子之《麦秀歌》，伯夷之《采薇歌》，俱见于《史记》。其他殷人所作者，即《诗经》中之《商颂》五篇是也。

《诗经》三百五篇，孔子之所手选。其中除《商颂》五篇系殷人所作外，余皆周人之制作。内容分六义，即风、雅、颂、赋、比、兴是也。前三者，言诗之体裁。风者，风化、风刺之谓，主咏一人之事，其作者为田夫野老；雅者，述王政之废兴，政有大小，故有大雅、小雅二种，主咏天下之事，其作者为王室之公卿大夫；颂者，美盛德之形容，以为成功告于神明，因而制作之歌曲也。以上皆系顺境之事，至平王东迁以后之风雅，则系逆境之事，故有变风变雅之名焉。后三者，言诗之作法。比者，全篇譬喻，即借他物以表其义也；赋者，敷陈其事，而直言之也；兴者，即前两者之合并，先假他物，以为引诱，后乃表明其正义也。

《诗》三百篇，大抵以四言为定式，其他三言、五言、六言、七言、八言、九言，间亦有之，然不多见。句之字数既少，学者不能极纵横变化之妙，于是由自然之趋势，而增加句中之字数。至汉，则取五言以为定式，至唐，则取七言以为定式焉。

《诗》三百篇，大抵皆单纯之抒情诗，且非真正之抒情诗，而为道德的教训诗，即《大序》所谓"先王以是经夫妇、成孝敬、厚人伦、美教纪、移风俗"是也。至春秋时，则更用为交际上之酬答，其间有叙事诗之倾向者，惟《商颂》五篇，然亦不过倾向而已，非成为真正之叙事诗也。

《易》与《书经》纯然为北方之产物，《诗》则十五国风亦皆在北方，而南方荆楚之诗不及焉。盖荆楚之言语，土音既异，而当时又未赴开明，人皆目为夷狄。且昭王南征以后，几成周室之敌，故采诗之官置之度外，其后屈原起，始于《诗经》以外，创离骚之新体焉。

《易》者，我国上古之哲学也。论断现象变化之法则，认定天人之关系，以默示社会道德之规律，盖即心理学上之所谓知的书者，类集古代君臣互相劝戒之词也。其敬天畏命之思想，及在家长制度之下所发展之道德与爱情，最可以明晰窥见，盖即心理学上之所谓意的诗，较浅近，大半系社会下级自然之声，盖即心理学上之所谓情的至论。文学之最古，当推《书经》为第一，盖《易》虽始于伏羲画卦，而文辞之表现乃在后来之文王、周公。《书经》则《尧典》一篇，出于夏史官之手，去今约四千余年，不特为东亚最古之文学，抑亦世界有数之古书已。

附　录

考　证

文字　仓颉作古文，名蝌蚪；周大史籀作大篆，名籀文；秦李斯、赵高、胡母敬作小篆；程邈作隶书；近今楷书；汉史游作草书；后汉刘德升作行书；后汉王次仲作楷书。

《康熙字典》载字四万七千，加俗字约五万。

说易家，焦、京入于机祥；王弼尽黜象数、说以老庄；陈抟、邵康节务穷造化、不切民用；胡瑗、程子始以儒理阐明；李光、杨万里以史事参证。

疑古文《尚书》为梅赜伪作者：宋吴棫、朱子，元吴澄，明梅鷟，清阎若璩。

殷人豪厉，汤之伐桀吊民，伊尹之以先觉自任、放太甲，皆极豪厉，因蒸为民风。

《诗》十五国风：周南、召南、邶、鄘、卫、王、郑、齐、魏、唐、秦、陈、桧、曹、豳。三言：振振鹭，鹭于飞。五言：谁谓雀无角，何以穿我屋。六言：我姑酌彼金罍。七言：交交黄鸟止于桑。八言：胡瞻尔庭有悬鹑兮、我不敢效我友自逸。九言：泂酌彼行潦挹彼注兹。

注　释

《易经》，乾隆《述义》，李鼎祚《集解》。

《书经》，蔡沈《集传》，孔颖达《正义》，清惠栋《古文尚书考》（最简洁）。

《诗经》，毛诗、郑笺，朱子新注，严粲《诗缉》（最适当）。

第二篇　周末文学一（北方文学）

周末之时代，乃思想界最活动之时代也。其原因有二：

（一）周公所定制度，过于细密复杂，非有大手腕者居其上，不足以支配天下。是以平王东迁以后，中央集权破坏，而为地方分权；封建制度瓦解，而为群雄割据。是时诸侯，皆注意于强兵富国之问题，而竞求人材，故人材辈出而图效用，皆有舍我其谁之意气。

（二）诸侯去籍以后，因袭之习惯已破，活泼之生气，正如地心之热，乘脆弱之地层而爆发，故春秋战国五百余年间，实为竞争最激烈之时代——不但国家间竞争而已，各个人间亦互相竞争焉；不但诸侯间竞争而已，各学派间亦互相竞争焉。盖生存竞争之结果，腕力之斗，延而为智力之争，解除思想之束缚，而为言论之自由，新奇之学说遂日见流行，亦必然之势也。

三代之文学，只能代表一般之思想。至周末，则应时势之必要，以造成民间多数者之文学，故各极其力所能为之变化，而优于前代也。

据班固《艺文志》谓，周末诸学派之兴起，皆本于周官之制度。如儒家出司徒、道家出史官、阴阳者流出羲和之官、法家出

25

理官、名家出礼官、墨家出清庙之官、纵横家出行人之官、杂家出议官、农家出农稷之官是也。然是等论定，实为后来图系的传统之作俑。以余观之，周末诸学派兴起之原因，实主于人种之差别、地理之影响、历史之感化三者。试举其例，如孔子与老子，其学说之倾向及精神，全然不同，此本于人种之差别也。齐为东方鱼盐之国，则出经济家之管仲，其余派入于地瘠民贫之三晋，则为法术家，是受地理之影响也。宋为殷后，承豪爽之遗风，故兼爱之墨子出焉，是原于历史之感化也。

诸派之学术，萌芽于春秋之际，至战国而极其变，颇生祖述、折衷之倾向。盖除上述三大原因外，个人之性癖，亦于思想上有伟大之势力也。孟荀二子之于孔子，庄子之于老子，是祖述也。韩非始学于儒门，后习申商之法，而后杂以南方思想，是折衷派也。

三代之文学，纯为北方之产物。至周末，而产于荆楚之南方文学起焉，其与北方之文学，迥不相同，比较的富于理想。其中屈原、宋玉以优婉雅丽之词笔，留不朽之制作，实于律语上之发展，可大书特书者也。

论周末文学之大体，可分为北方文学、南方文学、中部思潮。或谓南北思潮之会流入秦，而为西方文学，此说不能赞同。盖北方、南方之分，系纵观之也；若横观之，则有起于东端，通过中部之三晋，总汇而西，入于秦者，可谓之中部思潮。

北方文学　其发源地为周鲁，孟荀以外，为历史家之左丘明。

南方文学　其发源地为楚，老庄以外，为赋家之屈原、宋玉。

中部思潮　其发源地为齐，代表者为韩之韩非，其后入秦，而为西方文学，则有李斯。

北方文学

孔子，祖述尧舜，宪章文武，盖重尚古主义者也。所传《论语》，系门人所记，实为儒教一大圣典。文句皆短，于文学上之结构润色无关，惟有二三长文，如《曾点浴沂》一章，颇近文学的技工。其他——

《孔子家语》，今传者系王肃伪撰。《三朝记》七篇之中，止留一篇，出《大戴礼》《孝经》，系与曾子言孝道者，今所传者，亦疑是汉代学者伪作。

《礼记》，多记孔门师弟问答之关于礼者。书亡于秦，汉所传者，真伪杂出。总计二百四十篇，戴重删为八十五篇，曰《大戴礼》。戴圣又删为四十六篇，曰《小戴礼》，即今所传之《礼记》也。后马融又增为四十九篇，其文作者不一，不免浅深异同，于义理亦纯驳相杂，其中《檀弓》《大学》《中庸》等极有价值。

《大学》，系孔子采古代伦理说以授门人也。曾子传子思，子思笔之。

《中庸》，普通谓子思所作，但或谓孔子所授，子贡、曾子笔之，子思但正其错乱而已。今所传者，中多混杂，已失旧观，其最可信者，惟一章至十八章（除第一章"喜怒哀乐之未发"四十七字）之半部分而已。

孔子之尚古主义，后之不善学者，其文学上所受之影响，流

27

而为因循固陋之拟古主义、形式主义。

孟子，传曾子、子思之道统，而主张性善。盖北方学派中之倾于理想者，然非幽郁冷静之思索家，乃隽拔峻烈之辩论家。所传《孟子》七篇，可信为自作，系辩论攻击之笔记，其中多用比喻，以润色枯淡之伦理说，实有功于儒教普及之大文学家也。

荀子，名况，赵人，或称孙卿。生于战国之季，目睹人类之狡猾，愤慨而主张性恶，又因传子夏之学统，专重形式主义，务以礼为规矩，其意直欲用强硬手段，以遂其必行。是由儒家之精神，一转而与法术家之主义相接近，毋怪乎韩非、李斯之徒之出其门也。所著《荀子》一书，富于文辞，绚烂夺目，然乏气力而无精神，故往往有冗漫芜杂之病，但其有规律处，颇为易学。秦汉以后，关于修辞雅丽之一点，实蒙其影响也。

左丘明，著《左传》三十卷，刘知几谓言简而要事详，而博诚公论也。又著《国语》。《左传》为《春秋》内传，《国语》为《春秋》外传。《左传》以记事为主，《国语》唯记言，不重事实之连续，朱子评为萎靡繁絮，真衰世之文。其所以同作相似之二书者，盖以《左传》所余之材料，弃之可惜，故别为一册也。

公羊高，齐人，著《公羊传》。

穀梁赤，鲁人，著《穀梁传》，与公羊高皆学于子夏者也。

评三传者，或谓左氏据礼，公羊据谶，穀梁据经。或谓左氏艳而富，其失也诬；公羊辩而裁，其失也俗；穀梁清而婉，其失也短。或谓左氏拘于赴告，公羊牵于谶纬，穀梁窘于日月。或谓左氏失之浅，公羊失之险，穀梁失之迂。或谓左氏之失专而纵，公羊之失杂而拘，穀梁不纵不拘而失之随。或谓事莫备于左氏，而失之诬；例莫明于公羊，而失之乱；义莫精于穀梁，而失之凿。或谓左氏传事而不传义，史以之详，而事未必实；公、穀传义而不传事，经以之详而事未必当。或谓左氏，史学也，事详而理差；公、穀经学也，理精而事误然；公、穀离经而不能为用，《左传》则全为独立的春秋时代之历史，兴味较多，文章较胜，故左氏不但有历史之价值，其于文学上之价值，亦最为卓绝也。

北方文学之副产物，则有《周礼》《仪礼》《晏子春秋》。

附　录

补　遗

三传以外尚有邹氏、夹氏二家，邹氏无师承之迹，夹氏其书不传，宋有《胡传》，胡安国撰。

考　证

三晋——韩、赵、魏。韩有今山西泽潞及河南中部地，赵有今河北南部及山西北部地，魏有今山西西南部及河南北部地。

注　释

《论语》，皇侃《论语义疏》，焦循《论语补疏》，宋翔凤《论语说义》，日本物徂徕《论语解》，又伊藤仁斋《论语古义》，又皆川淇园《论语绎解》，又安井息轩《论语集说》。

《孟子》，郝敬《孟子说解》，焦循《孟子正义》，日本物徂徕《孟子说》，又伊藤仁斋《孟子古义》，又皆川淇园《孟子绎解》；批评本苏老泉《苏批孟子》，清赵大浣增补；日本竹添氏《孟子论文》。

《荀子》，杨倞注。

《左传》，日本安井息轩辑释。

上凡《十三经注疏》中所有及朱注者均不列。

评　语

韩退之云：春秋三传束高阁，独抱遗经究始终。

第三篇　周末文学二（南方文学）

周初鬻熊封于楚，实为南方文化之开祖。《汉书·艺文志》载有《鬻子》二十二篇，今所传者，乃后人之伪作也。

南人之性格柔和温润，其语音亦平滑流畅，所处之地因受扬子江之德泽，繁荣饶富，生活容易，不汲汲于衣食，故有余裕，可以为精神的生活。其人皆倾于理想，富于感情，流动多致，变化而不固定。南方文学之所以优于北方者，实起因于此。

南北两方文学之差异，在北人以实际说明政治道德之应用，南人以理想说明人世观之根柢，其体裁皆系散文，而纯粹之诗歌则为南方文学之副产物，此乃由于人性自然之趋向，而握后来发达之运命者也。

南方思想界之最有力者为老子。

老子，姓李，名耳，字伯阳。楚之苦县人，谥曰聃，通北方古圣之礼。以南人感想之倾向，意犹不满，遂卓然自立一说，即《道德经》是也。其书系讲究处世全生之方法，而归著于厌世主义，以现世为偶然之假现，又愤慨当日之时势，谓世上所谓道德，乃不道德之原因，不如废弃道德为愈。其说究不可行，文章极简洁，或押韵，或用对句，评之者谓文字少而意味长。

文子，姓辛，名钘，或曰名研，或曰名计然。越人，老子之弟子，或曰范蠡之师。今所传《文子》十二篇，当系伪托，文词叉牙，抵牾不合，柳宗元目为驳书。

关尹子，即关令尹喜，字公度，秦人。终南楼观，其故居也。今所传《关尹子》九篇，不见于隋唐书，当系唐五代时方士之能文者所伪作。其文虽峻洁，而流于巧刻。

列子，即列御寇，或曰郑人，其书决非自著，当自战国之末、迄于魏晋之际，由其他诸子之书补缀而成。故文致不一，有温厚者、有瑰丽者、有浅俗近易者，然叙事简净有法，确是名家之作。

次于老子而为南方有力之思想家者，庄子是也。

庄子，名周，蒙人。蒙，宋地，后领于魏，是庄周乃中部地方之人，或因个人之性癖，而倾于南方思潮者也。朱子则以为楚人，韩退之亦以为楚人。其思想较老子更进一步，盖老子之思想，虽为出世的，然尚有论及改良社会之处，至庄子，则以现实界为全无意识之一场幻梦，忘物应化，一是非而无差别。实上古哲学之一大进境也。文笔奇幻，古今罕伦。今所传《庄子》三十三篇，其《内篇》七篇，毫无可疑。而《外篇》十五篇、《杂篇》十一篇中，如《让王》《说剑》，皆浅陋刻意，《缮性》亦肤浅，《盗跖》之文，不但不类先秦，并不类西汉。《马蹄》《胠箧》亦凡近，《渔父》一篇名言颇多，笔力较弱。大抵《内篇》七篇，为庄子之本书，外、杂等二十六篇，或其徒之所述而附之者欤？

周末散文发达之时，突有别开律语之新生面者，屈原是也。

屈原，名平，别号灵均。楚之同姓，以怀王为张仪所欺，客死于秦，因作《离骚》。其理想倾于厌世，但牵于忠爱之情，不能达其目的，遂觉怀疑烦恼之不能自解，而无有生之趣，卒投汨罗而死。其文材料丰富，思想极自由，实为后世词赋之祖，其弟子则有下列数人——

宋玉，字子渊，楚人。著有《九辩》《招魂》，皆悲其师屈原而作也。其他著有《风赋》《高唐赋》《神女赋》《登徒子好色赋》《钓赋》《对楚王问》。

景差，楚人，著《大招》。

唐勒，著赋四篇，不传。

以上三人，皆帮闲之文士也。

屈原之咏美人，不过借以喻君，至宋玉以下，则直接咏美人矣。故宋玉等之热情与想像力，皆不逮屈原。然词藻焕发，实为后世盛行词赋之有力原因。

汉刘向集屈原之作，及宋玉之《九辩》《招魂》，景差之《大招》，贾谊之《惜誓》，淮南小山之《招隐士》，东方朔之《七谏》，严忌之《哀时命》，王褒之《九怀》，合为十五卷，名《楚辞》。其后自作《九叹》，以追念屈原，加为十六卷。后汉王逸与屈原同地，作《九思》以颂之，又作《楚辞章句》，合为十七卷。

附　录

补　遗

南方宗老子学说者：《老成子》十八篇、《长卢子》十九篇、《王狄子》一篇、《公子牟》四篇、《田子》二十五篇、《老莱子》六篇、《黔娄子》四篇、《宫孙子》二篇、《鹖冠子》一篇，其书多不传。

注　释

《庄子》，晋向秀注，郭象注，林希逸《口义》，林西仲《庄子因》，陆树芝《庄子雪》，日本尾张人宇津木某作《解庄》。

《楚辞》，王逸注，班固、贾逵作《离骚章句》，宋洪兴祖作《补注》，朱子作《集注》，林西仲作《楚辞灯》。

评　语

《庄子·天下》篇末云：其书虽瑰玮而不伤连抃，其辞虽参差而諔诡可观。

蔡执中评《庄子》云：洪涛层起，而姿态横生，如蜃市宵灯，不可方物。

王逸云：《离骚》之文，依《诗》而取兴，引类而譬喻。故善鸟香草，以配忠贞；恶禽臭物，以比谗佞；灵修美人，以媲人君；宓妃佚女，以譬贤臣；虬龙鸾凤，以托君子；飘风云霓，以为小人。其辞温而雅，其义皎而明，凡百君子，无不慕其清高，嘉其文采，闵其忠而哀其不遇也。

太史公《屈原传》云：其文约，其辞微，其志洁，其行廉。其称文小而其指极大，举类迩而见义远。其志洁，故其称物芳。其行廉，故死而不容。自疏濯淖污泥之中，蝉蜕于浊秽，以浮游尘埃之外，不获世之滋垢，皭然泥而不滓者也。推此志也，虽与日月争光可也。

第四篇　周末文学三（中部思潮）

前述南北两思潮，皆激于时势之纷扰而起，而以道德改良社会为宗旨。其先有以犀利之眼光，从国家经济方面观察，而成政治上之事功者，厥维管仲。

齐为鱼盐之国，本易养成经济思想，而时势之所迫，又有二因：

（一）当时国内之情形。人口增殖，生计困难，道德主义之政治，渐归无效，不得不别展一策，以维持主权者之势力。

（二）当时国际间之关系。大兼小、强吞弱，不得不以富国强兵为第一要件。是故管仲之理想及主义，虽以礼义廉耻为四维，仍不离乎北方思潮之儒教。而其精神上之异点，则在于欲求人民遵守道德，必先以富为最要之准备，即所谓仓廪实而知礼节，衣食足而知荣辱是也。其新思想之发挥，实为中部思潮之导源，吾国政治、法律、经济等诸种实地学问之开祖，而于人文之进步上，予以根本的最大动力者也。

《管子》，计二十四卷，八十六篇。汉成哀间，刘向所叙录，汉《艺文志》列于道家，隋、唐书列法家之首，唐时已残缺，至宋又失十篇，至明而愈甚，今所传者，明万历中赵用贤刊行本也。其书非出一人之笔，亦非成于一时，盖庞杂重复，又多言管仲以后之事。如《心术》《内业》等篇，皆刻划隐语以为怪。其他如记竖刁易牙开方之乱，及称毛嫱西施与吴王好剑等是也。或谓《经言》九篇，其文简奥，当出管仲之手。然其中有似儒家之言者，有似墨家之言者，有似道家之言者，有似法家之言者，思想混杂，亦未必全出管仲之手，惟尚不失为春秋时代之文耳。其余大抵先秦时代，承其余风者之所附益，而又出于数人之手者也。

管仲之思想，其根本系变通主义，并非全然打破旧习，不过改良周官之制度而已。一方注重改良，发明新法，成为法术家；一方仍保存几分旧来之礼教，而不失为儒家也。管仲之说，功利说也，其后分三派：

（一）掺入于北方思潮，即儒教的政治论，如倾于法治主义之荀子也。

（二）其遗志之纯粹进步，即中部思潮，渐次澎涨，专以富国强兵为务，所谓法家是也。属于此派者，为魏之李悝，秦之商鞅。就地理而论，则由中部通过而达于西方。

（三）与南方思潮混合，即主张君主无为，使臣下尚功利，所谓术家是也。属于此派者，为郑之邓析，齐之慎到，韩之申不害。

以上第一、第二两派诸人，虽各有著述，然于文学上之价值甚少，故不论。

上述第一派之中北两思潮，第三派之中南两思潮，已有合一之倾向。至战国之末，则有合南北中三大思潮而统一之者，即韩非是也。

韩非以君主自行制定法律，治理国家，登庸人材为第一义，是即依傍北方思潮者也；次谓君主一身宜为无为之政，使臣下无从窥测，此即受南方思潮之影响者也；后谓施法之精神宜严格，而不可假借，是即中部思潮之余派也。

韩非所以能成此统一之思想者，盖有故焉。彼固产于中部地方者也，其国先有申不害，系主张中南两思潮混合之法治主义者，其师荀卿，又系主张中北两思潮搀和之法治主义者，韩非因时势之感化、地理之影响、历史之观念、师门之传统、个人之性癖，遂构成一大思想，而于先秦时代之思想界，占极紧要之地位也。

韩非之思想，大抵主张信赏必罚，重视法律而轻视人情，对于慈善事业，尤视为大禁物，盖恐奖励游惰也。故司马迁以为惨礉少恩，秦始皇卒用以亡秦。然其思想，可谓别开生面，极尽变化。自是以后，无复有如是之独立思想者，有之亦仅见之于游戏文字而已。

《韩非子》，本名《韩子》，后恐与韩愈混同，至宋始加"非"字。今所传者，五十五篇，全系韩非自著，其文峭警。

《战国策》，系刘向所编次，书共三十三篇，盖记战国时纵横家之言动也。普通归入史部，以其说非出一家，不可以名子也。然就内容而论，既系纵横家之论说，究以归入子类为宜。其文英伟，说者谓先秦文字中最卓绝者，当推《庄子》与《国策》，《庄子》有仙气，《国策》有剑气。或又谓《国语》之文细，《国策》之文粗；《国语》之文蔺，《国策》之文雄；《国语》者，左氏之末弩，《国策》者，左氏之先鞭。

纵横家者，中部思潮之副产物，而以国际上之关系为主者也。唯用权谋术数之处，颇近南方思潮。总之，乃术家之变形也。其元祖为鬼谷子，后起者为苏秦、张仪等。

中部思潮之副产物，除纵横家之鬼谷子外，尚有下之数家：

法家，《商子》，秦相卫人商鞅著；《申子》，韩相京人申不害著。

杂家，《尸子》，鲁人尸佼著。

名家，邓析子（周人），尹文子（周人），公孙龙子（赵人）。

墨家，《墨子》，宋墨翟撰。

兵家，《孙子》，吴将齐人孙武著；《吴子》，楚将卫人吴起著；《尉缭子》，系战国末人，或曰魏人，或曰齐人，其书今所存者，计二十四篇，盖集古兵家之格言要语而成书也，评者谓其句句精理、节节警发。

西方文学

《吕氏春秋》，又称《吕览》，秦相吕不韦使其门下客各著所闻，集为八览、六论、十二纪，都二十余万言。其结构，每篇之首，冠以议论，次举事实以证明之，复引比喻以补证之，后复归于初论，故极易能。其文沉郁孤峻，如江流出峡，遇石而未伸，有哽咽之气，此西方文学之特色也。

吕氏之书，系合黄老、儒墨、兵农之各种异思想而折衷之也，《韩非子》亦为异思想之统合。而两者之异点，则《韩非子》系推当时流行之法术主义，以达于极端，《吕氏春秋》则有挽救法术主义之弊之倾向。然《吕氏春秋》之论理及思想，未免穷屈不及《韩非子》之自由，因而文学之价值亦稍逊焉。

李斯，秦相，楚上蔡人。其所敬畏者惟韩非。为人乏思想力，而有实行力。所著文章散见于《史记》本传及《始皇本纪》，大抵全学荀卿，而自己之思想较少，遒丽有余、奇峭不足，丰褥有余、简切不足，篇中每多对偶之句，汉代中叶以后所出之四六骈体文，实作俑于是。

李斯增损大篆（即籀文）而作小篆，使文字渐趋于简易，亦于文学上有间接之大关系也。

李斯建议，使学者学法令，以吏为师，于是有焚书坑儒之祸，是实我国文学之一大顿挫也。此虽出于始皇之暴行，然亦为必然之结果，盖不仅法治主义达于极点之故，抑亦我国民族数百年来思想上不绝之活动，至此疲倦而应予休息也。

附 录

考 证

《战国策》：《汉书》，隋、唐书皆与《史记》同列一类，后宋晁公武始列入子部纵横家，《文献通考》承之，《四库全书提要》以其文非出一手，不可云子，仍归入史部。

注 释

《管子》，唐房玄龄注，文义浅陋，日本安井息轩笺释。

《韩非子》，注释无善本。日本物徂徕《读韩非子》，又蒲坂圆《增读韩非子》，又津田凤卿解诂全书，又太田方《翼毳》，又源利用注，此本最善，无刊本，唯大学图书馆有写本。

《战国策》，汉高诱注。

《吕氏春秋》，汉高诱注。

第五篇　两汉文学

汉承秦弊之后，人心厌苦烦苛，望思休息，其时南方思潮即老庄之学说盛行焉。其原因有二：

（一）历史上之关系。六国之亡，惟楚无罪，故陈胜、吴广、项羽之徒相继而起，志在张楚，而楚之势力隐然可以支配天下之人心。

（二）政治上之方略。秦用商鞅、李斯，烦令苛法，以致灭亡。是时北方思潮即周之道德政治，及中部思潮，及秦之法政政治，俱归失败，于是南方思潮之无为政治，颇洽众民之舆望。是以汉高约法三章，曹参问盖公，告以清净为治，其后大臣宰相皆宗黄老。

（三）一般时势之趋向。即汉初人民所欲求者，在休养安息，老庄之学说最为适合。

然老庄之说，不足以治天下，恶战争而不谋进步，卒有诸吕之变、七国之乱。故至武帝之世，不得不为根本上之革新，而中年表章儒教矣。公孙弘以布衣拔擢，董仲舒以大儒对策，屏绝百家，专重六艺，适与李斯焚书之议，成一反响。而儒者皆以六经为根本，实于思想上之开展，颇为障碍焉。由是墨守枯槁，其弊所极，乃显于政治，即前汉王莽之篡夺，后汉党锢之争是也。汉人进取之心日少，遂至蛮族侵入，江左偏安。若仲舒当时知并存诸子，则汉人终有回复生气之一日，乃为尽善也。

然是时，武帝仍好道教，故南北两思潮，表里仍并行也。

是时重训诂之学，殆如屋上架屋，不过阐明原文之意义，并无独立之思想也。兹述汉代文学如下：

（甲）硬文学　一、汉代诸子；二、策论家；三、史家。

（乙）软文学　一、赋；二、诗；三、小说之发展。

硬文学

诸　子

《淮南子》，淮南王刘安使门下客苏飞、李尚、左吴、田由、雷被、毛被、伍被、晋昌等八人所撰。其手段与《吕氏春秋》同名，《淮南鸿烈》盖天下类书之博者，在汉代思想落寞之时，自觉可珍，然于文学上无批评之价值也。

《太玄》《法言》，成都扬雄撰，雄字子云。《太玄》拟《易》，论宇宙现象之进动方式；《法言》拟《论语》，以心理学为基础，兼论及教育、伦理、政治等之实际方面。盖谋南北两思想之调和者也。但其书皆文字艰涩，后世不行，颇乏文学上之价值。

王充《论衡》，充字仲任，东汉上虞人。其书述一身之怨愤，未免烦猥琐屑。蔡邕、葛洪、刘子玄皆好之。或谓其偏愎放言，呵斥圣贤，辟邪之功，不足以赎横议之罪。

《申鉴》，一名《小荀子》，颍川荀悦撰，悦字仲豫。其书以儒家为本，醇正不诡于道，颇似荀子。汉代儒家之撰著，应居上位。

论策家

贾谊，洛阳人，著有《新书》。其中《治安策》《过秦论》二篇最有名。其才俊拔，其文雄伟似孟子，为苏老泉所私淑。盖长于议论之北方派也，又著有《吊屈原赋》《鹏鸟赋》《旱云赋》《惜誓》，则倾于南方之厌世思想也。

晁错，颍川人，其文峭直深刻，规律森严，光芒气焰不及贾谊。苏老泉谓其得圣人之权，而流于诈。

董仲舒，广川人，著《天人策》《春秋繁露》。苏老泉谓其得圣人之经，而失之迂。

史　家

司马迁，字子长，龙门人，著《史记》，与三传编年体不同，盖始创纪事本末体者。刘知几谓史有三长——才、学、识，兼之者惟迁一人。

刘向，字子政，汉宗室，著《说苑》《新序》《列女传》《列仙传》。大抵皆类集历史事实之断片，其文明媚近人，然较之司马迁，有洪纤之别。

班固，字孟坚，东汉安陵人，撰《前汉书》。记事确实，体裁具备，结构自然，而文不及《史记》。《史记》文活，而《汉书》如傀儡起倒；司马迁文词含蓄而有趣味，班固露骨而无趣味。《汉书》之行全仗颜师古之注，盖熟其注，则汉唐以后文章家所用之文字，皆可明其意义也。又著有《两都赋》，其文整齐平熟，暗开骈俪之风。

软文学

赋　家

系贵族文学，乏思想力。

司马相如，字长卿，蜀成都人。荆楚与巴蜀接近，风俗民情亦大相类似。其出赋家，亦属自然。相如无高洁理想，专讴歌物质之饶富，实一轻薄才子，较之宋玉、景差更为堕落，著有《司马文园集》。其中关于田猎者，有《子虚》《上林》二赋；关于神仙者，有《大人赋》；关于恋情者，有《美人》《长门》二赋；关于回顾者，有《哀二世》一篇，然论其笔力，实为古今独步。

枚乘，亦称枚叔，淮阴人，著《七发》。

东方朔，字曼倩，厌次人。以上三人，皆武帝时帮闲之文士，然朔有傲骨，其所著《七谏》有屈原之余韵。

蔡邕，字伯喈，东汉陈留人，著书甚多，然无特色。

诗　家

此平民文学也。

或谓五言诗起于苏李唱和者，非也。《古诗十九首》，内有枚乘所作者，在苏李之前。四言起于北方，增一字为五言。楚赋五言以上，除兮为五言、七言，故五言为南北诗体之混合而折中者也。七言起于武帝柏梁台联句，又有乐府体，多系长短杂句，然长短杂句非乐府体所专有，故古诗与乐府不过用途上之分科，非体制上之规则也。

乐府八种：（一）制诗协乐，（二）采诗入乐，（三）古有此曲倚声为诗，（四）自制新曲，（五）拟古，（六）咏古题，（七）杜陵新题乐府，（八）咏史乐府。以上七种系清冯钝吟所区分，其第八种系明季李西涯体，取而加入之也。

乐府之命名不一，如：歌、行、歌行、引、曲、吟、辞、篇、唱、调、怨、叹等是也。

汉诗之开始者，为汉高祖《大风歌》，次则唐山夫人《房中十七章》，其后则赵幽王《幽歌》、戚夫人《春歌》、韦孟《讽谏诗》《在邹诗》。尔时风气未开，殊乏特色。

诗　《古诗十九首》，可称风余、诗母，王渔洋谓十九首之妙，如无缝天衣。

《郊祀歌》十九章，或谓系司马相如所造，匡衡更定之，极有价值。

李陵与苏武诗，苏武古诗。

《四愁》《怨篇》《定情》，后汉南阳西鄂人张衡作，衡字平子。

《饮马长城窟》，蔡邕作。

《杂诗》，鲁国人孔融作。融字文举，孔子二十世孙。自《四愁》以下各诗，气格渐下，然或则兴趣深微，或则忧怫沉痛，或则荒凄悲凉，皆稀世之珍也。

女诗　（一）《白头吟》，卓文君作；（二）《怨歌行》，班婕妤作；（三）《盘中诗》，苏伯玉妻作；（四）《夫妇赠答》，秦嘉、徐淑夫妻作；（五）《悲愤诗二首》《胡笳十八拍》，蔡文姬作。

乐府　《长歌行》《短歌行》《相逢行》《战城南》《孤儿行》《陌上桑》，《羽林郎》辛延年作，《庐江小吏妻》此篇最长，系叙焦仲卿妻刘兰芝事。又以上三篇最沉痛。

小　说

《穆天子传》《汉武内传》。《飞燕外传》，河东尉伶玄撰。《杂事秘辛》，秽亵而奇艳，后世小说家妖冶淫靡之笔，由此出也。是时小说皆短篇。

附　录

补　遗

《至言》，颍川人贾山著。

《潜夫论》，东汉临泾人王符著，符字节信。

《昌言》，高平仲长统公理著。

《盐铁论》，汝南桓宽著。

《政论》，安平崔寔著，寔字子真。

《王命论》，班固父彪字叔皮著。

东汉杜陵冯衍，字敬通，著《显志赋》。

又杜陵杜笃，字季雅，著《论都赋》。

崔寔祖父骃，字亭伯，著《达旨》《酒警》。

褚少孙作《武帝纪》《三王世家》《龟策列传》《日者列

传》，以补《史记》，不免狗尾续貂之诮。

小说则有《海内十洲记》《神异经》，皆东方朔撰；《洞冥记》，郭宪撰；《西京杂记》，旧称刘歆作，或称葛洪撰；《汉武故事》，班固撰，或曰齐王俭撰。

考　证

颜师古，字籀，唐万年人。

冯钝吟，清常熟人。

《玉台新咏》谓《古诗十九首》中之《青青河畔草》《西北有高楼》《涉江采芙蓉》《庭中有奇树》《迢迢牵牛星》《东城高且长》《明月何皎皎》皆枚乘作。

《庐江小吏》，焦仲卿之妻刘兰芝为姑所怒，迫使离婚，刘归母家，父兄欲令改嫁富贵家，刘投水死，仲卿闻之自缢。两家合葬，其处生连理树，鸳鸯集其上，夜辄悲鸣。

颍川，今河南许州、陈州、汝宁、汝州以及禹县至阳武各地。

广川，直隶旧冀州、深州、景州等地。

龙门，在山西河津、陕西韩城之间。

安陵，故城在今陕西咸阳县东。

淮阴，即江苏旧清河县，今改淮阴。

厌次，今山东阳信县。

陈留，今河南开封。

南阳，河南旧南阳府、湖北旧襄阳府地。

临泾，故城在今甘肃泾原县西。

高平，今山西泽州。

汝南，河南旧汝宁、陈州二府，及安徽旧颍州府地。

安平，故城在今山东临淄县东。

杜陵，在陕西长安县南五十里。

万年，即陕西旧咸宁县，今并入长安。

参　考

《古诗纪》《古诗归》《古诗源》《古诗录》《古诗赏析》《文选》《玉台新咏》《汉魏六朝百三名家集》。

第六篇　魏晋文学

魏晋时代之根本思想，仍与汉之重老庄同。汉代好尚骄奢，魏晋以后转为淫柔。其人气弱而纤细，多厌世思想。盖承东汉末黄巾之乱，又遭党锢之祸，加以晋惠帝之荒淫，故人多倾于厌世思想，而是时文学之流行，只限于软文体一种。而可注意者，则腐败之清谈派及神仙说是也。

曹植《七启》内有"仰老庄之遗风"句，实开清谈之始，其后王弼、何晏专尚虚无恬淡之说，降而至于夏侯玄、荀粲，更以六经为圣人之糟粕。竹林七贤，即山涛、阮籍、嵇康、阮咸、向秀、刘伶、王戎，皆蔑视礼法，饮酒放达。虽傅玄痛论清谈之弊，裴頠著《崇有论》以辟之，而其势莫遏也。

葛洪著《抱朴子》，前全系哲学之议论，后半记仙药调合之法，是为神仙说之始。

汉以赋家作诗，魏晋则全相反对。魏之诗承汉之余派，尚留几分质厚之处，晋为齐梁之先驱，全趋绮靡矣。

魏第一诗人为曹孟德，观其横槊赋诗，沉雄俊爽，时露霸气，其第一杰作则为《北上行》一首，杜甫《石龛》之诗全根于此，李太白借古乐府以讽时事，亦全法孟德《薤露》《蒿里》之篇也。

《薤露》篇，叙何进召董卓诛宦官，卒召覆灭之祸也。

《蒿里》篇，叙袁绍、袁术举兵讨董卓，功不成也。

《薤露》《蒿里》，本田横客所作之篇名，非孟德自创也。

操子丕，亦善文，其诗便娟婉弱，善写人情。《燕歌行》一篇，用七言体，每句押韵，抑扬徘徊，节奏有天然之妙。

陈思王曹植，字子建，其诗风骨高、气象阔，上接汉代，下通宋、齐、梁、陈、隋。其中《名都》《美女》《白马》诸篇，措词赡丽，用意周匝，天然古质，非汉代之遗音，乃一家之别调也。其赋以《洛神赋》为最有名，是时才子云集，邺下遂有建安七子之称焉。

孔融，有《孔少府集》。其文气体高妙，然不能持论，不胜理辨，但其临终之诗，则大类箴铭也。

陈琳，字孔璋，广陵人，有《陈记室集》。气体铿锵，非凡人之度，夙为袁本初书记，多述丧乱。

王粲，字仲宣，高平人，有《王侍中集》。遭乱流寓，自伤情多，《初征》《登楼》《槐赋》《征思》。诸篇最著有《七哀诗》，与曹植同题。曹植有《三良诗》，与王粲同题。

徐幹，字伟长，北海人，无集。少无宦情，故仕于世，而多淡泊之辞，传有《玄猿》《漏卮》《团扇》《橘赋》，又著《中论》。

阮瑀，字元瑜，陈留人，有《阮元瑜集》。职任书记，故言辞优渥，纡缓有余。

应玚，字德琏，汝南人，有《应德琏集》。流离世故，有飘泊之叹，和而不壮，巧思逶迤，失之靡靡。

刘桢，字公幹，东平人，有《刘公幹集》。文最有气，壮而不密。

三曹七子以后，词人皆倾于绮靡，重诗赋不重文章，欲从汉以后求文章家，则诸葛亮为第一，陈寿、杜预次之，其后乃陶渊明也。

诸葛亮，字孔明，琅琊阳都人。隐于隆中，后相蜀汉，有《诸葛武侯集》。《出师表》以外，可观之文不少。

陈寿，字承祚，晋安汉人，撰《三国志》，其结构虽多可批难，而呼为秽史，持论未免太激，其史笔直可摩史迁之垒，高于班固一层。

杜预，字元凯，杜陵人，亦有数之文章家，传有《左传注》。

东汉以还，文章之衰，全由于骈体之盛行。李斯《谏逐客书》，辞华极盛，已暗启其风。至汉而贾谊、相如、枚乘、邹阳、扬雄等，从而煽之。除司马迁一人外，其文尽趋于辞赋。如班固为命世文豪，而所作之《燕然山铭》已近四六。至蔡邕而更甚，其后邺下词人，全趋骈俪。文气之陵夷，实由于时势之好尚，彼三曹七子只能称为词人，不能称为文豪也。

晋代诗人　正始文学

阮籍，字嗣宗，尉氏人。《咏怀》十八首发源离骚，得小雅怨诽不乱之旨，盖咏魏明帝之愚暗，司马氏欲逞篡夺之阴谋也，为《古诗十九首》以后之大文字。唐陈子昂《感遇》三十八首，李青莲《古风》五十九首，皆效之也。

嵇康，字叔夜，谯郡人。先本上虞，姓奚，避怨徙谯，处于嵇山，改姓嵇。其诗思想多散漫，不及阮籍。刘勰谓嵇志清峻，而阮旨遥深。

阮籍《大人先生论》，嵇康《养生论》，皆述清谈家之人生观也。

以阮嵇二人为界线，则其前汉魏之诗主造意，其后晋代之诗主造词，故骨力愈卑，气格愈下。

阮嵇二人，当魏晋代兴之际，时代较早，兹就真正之诗人言之，即张华、张载、张协、陆机、陆云、潘岳、潘尼、左思、傅玄是也。是谓太康文学。

张华，字茂先，范阳方城人。其诗儿女之情多，而风云之气少。

傅玄，字休奕，宁州人。其诗有妍媚婉转之趣，尤长乐府，于气骨不十分注意。

潘岳，字安仁，荥阳人，以貌名。

陆机，字士衡，吴郡人，以才名。

张、傅、潘、陆之诗，虽无建安之风骨，而影响极大。六朝缘情绮语之一体，唐代温李新声之一派，四人实导其源，而于绮靡之中超然隽雅者，则有三杰焉。

左思，字太冲，临淄人，即著《三都赋》而纸贵洛阳者也。其诗挺拔，沈德潜谓其胸次高旷，笔力雄迈，陶冶汉魏，自制伟词，是一代之作手。非潘陆辈可比。其所作《咏史》《招隐》诸作，词伟格高，为千古绝调。

刘琨，字越石，中山魏昌人。其诗清刚，沈德潜谓其英雄失路，万绪悲凉，故随其诗笔倾吐哀音。观其《重赠卢湛诗》，结尾数句可见。

郭璞，字景纯，闻喜人。其诗豪俊，称为中兴第一。自江左偏安以后，老庄虚无之学大行，诗人辈亦一变潘陆华丽之风，而以浮诞虚玄为尚。惟景纯复乎独异，其所作《游仙诗》十四章，实与阮籍之《咏怀》、左思之《咏史》同意。思想高洁，古今独步，其名为游仙者，欲矫正当时诗坛之弊风也。

左太冲，本西晋人，以与东晋刘郭并雄，故连类及之。以上诸家，诗之外亦有赋，惟不及汉代，故不述。

魏晋以后之诗，始则绮靡丰缛，次则浮诞虚玄，而天生一大伟人，为晋诗百代之重者，则陶渊明是也。

陶渊明，字元亮，宋改名潜，浔阳柴桑人，居栗里，世称靖节先生。

陶渊明虽亦受时势之变化，以老庄虚无之道保其身，然感情本极真挚，《咏荆轲》想商山四皓，《读史九章》更有"饥食首阳薇，渴饮易水流"之句，皆不胜亡国遗臣之感。又保其乐天主义以送一生，实为田园诗人之开祖。彼清谈家假口老庄，蔑视礼法，而渊明则有真正高尚之意义，又其于实践方面最重道德，而想像力亦甚丰富，如《闲情赋》，是想像力，又甚优秀如《桃花源记》。是其诗一片天机，意到笔随，不烦绳削，自合规矩，故东坡独爱渊明之诗。至《归去来辞》一篇，欧阳修谓晋无文章，唯此而已。其为一代文宗又可知矣。

附　录

补　遗

傅咸、王羲之、王献之。

夏侯湛与潘岳称连璧。

皇甫谧号书淫。

挚虞著《文章流别论》。

孙绰作《天台山赋》。

考　证

王弼，字辅嗣，山阳人。

何晏，字平叔，宛人。

夏侯玄，字太初，魏人。

荀粲，字奉倩，颍川人。

山涛，字巨源，河内怀人。

向秀，字子期，河内人。

阮咸，字仲容，籍兄子。

刘伶，字伯伦，沛国人。

王戎，临沂人。

裴𬱟，字逸民。

葛洪，字稚川，句容人。

张载，字孟阳，安平人。

张协，字景阳，载之弟。

陆云，字士龙，机之弟。

潘尼，字正叔，岳从子。

七哀，病而哀、感而哀、悲而哀、耳目闻见而哀、口叹而哀、鼻酸而哀。

广陵，故城在江苏江都县东北。

北海，山东旧青州府东部、莱州府西部之地。

东平，山东旧泰安府，今改东平县。

琅琊，今山东旧兖、青、沂、莱四府及胶州之地。

隆中，山名，在今湖北襄阳县西二十里。

安汉，故城在今四川南充县北。

尉氏，属河南旧开封府。

谯郡，在河南夏邑。

嵇山，在河南修武。

范阳，今京兆涿县。

宁州，今云南。

临淄，今山东青州。

中山，今直隶津海道西部之地，或云今在正定。

闻喜，山西旧绛州。

柴桑，即今江西九江县治。

栗里，江西德化县南。

山阳，故城在今河南修武县。

宛，湖北荆门县南六里、十里。

怀，河南旧怀庆府。

河内，今河南省河北地。

沛国，故城在今江苏沛县东。

临沂，故城在今山东临沂县北五十里。

句容，江苏旧江宁府句容县。

佳　句

曹操《北上行》冒头云："北上太行山，艰哉何巍巍。羊肠坂诘屈，车轮为之摧。树木何萧瑟，北风声正悲。熊罴对我蹲，虎豹夹路啼。溪谷少人行，雨雪何霏霏。延颈长太息，远行多所怀。"又有句云："老骥伏枥，志在千里。烈士暮年，壮心未已。"必传之名句也。

王粲《七哀诗》有云："路有饥妇人，抱子弃草间。顾闻号泣声，挥泪独不还。未知身死处，何能两相完。"读之酸鼻。

张华《杂诗》云："朱火青无光，兰膏坐自凝。重衾无暖气，挟纩如寒冰。"刻画寒夜灯下孤坐，极尽神理。

刘越石《赠卢谌诗》结尾云："功业未及建，夕阳忽西流。时哉不吾与，去乎若云浮。朱实陨劲风，繁英落素秋。狭路倾华盖，骇驷摧双辀。何意百练刚，化为绕指柔。"

郭景纯《游仙诗》句云："左挹浮邱袖，右拍洪崖肩。借问蜉蝣辈，宁知龟鹤年。"

陶渊明《咏荆轲》句云："千载有余情。"又诗云："此中有真意，欲辨已忘言。"神化。又诗云："穷通靡攸虑，憔悴由化迁。抚己有深怀，履运增慨然。"悲哀不堪。又诗云："何以称我情，浊酒且自陶。千岁非所知，聊以永今朝。"又诗云："养真衡茅下，庶以善自名。"又诗云："朝与仁义生，夕死复何求。"道德之言。

第七篇　六朝文学

魏晋二代之时，至六朝之宋而一变。大抵性情渐隐，声色渐开，专重形式方面，而修辞之技工特为发达。盖去古渐远，而律诗之风渐启矣。

宋代自谢灵运出，而建安以后之文运，又改面目焉，是谓元嘉文学。

谢灵运，陈郡阳夏人，家于上虞，袭康乐公。性喜豪奢，为人褊激，与族弟惠连等，以文章会赏。好为山泽之游，后兴兵被诛。诗雕章琢句，穷极奇丽，惨澹经营，归于自然，富于对句，首尾一贯，然少完璧，仅有名句可拾而已。

灵运之诗，实为唐代沈宋律诗之起源，其后梁之沈约著四声八病之说，律诗愈形发达，而言诗者每称陶谢。然比较论之，灵运实逊渊明一筹，陶诗自然，其不可及者在真厚；谢诗由追琢而归于自然，其不可及者在新俊。陶诗以不排胜，谢诗以排胜，陶诗天籁，谢诗地籁。

颜延之，字延年，临沂人。好酒多失误，性褊急，肆意直言，惟居身清约。诗体裁绮密，情喻渊深，然喜用古事，弥觉拘束，盖工于填缀而伤气也。与灵运同时，称"颜谢"，而洗练之妙不及谢。所作《五君咏》《秋胡行》以清真高逸称。

鲍照，字明远，东海人。与颜谢同时，曾著《河清颂》。长于乐府，如《行路难》一曲，唐李太白常效之。五言古诗，雕琢处颇似谢，而少自然之趣。杜子美评为俊逸，但其失在过于尚巧，反陷险俗之弊。

齐之诗艳，然过于纤巧，色泽益浓，真情愈失。盖由宋诗之丽、之腐败，流而为艳也，是谓永明文学。其大家以谢朓为第一。

谢朓，字玄晖，陈郡阳夏人，为宣城太守，故称谢宣城。诗灵心秀口，笔墨之外别有深情妙理，李太白最为叹服，然意锐而才弱，专工发端，不免虎头蛇尾之病。唐岑参、高适诸人，皆橅仿之。好作艳曲之短诗如《玉阶怨》《金谷聚》是。

王融，字元长，琅琊人。好作艳句，刻饰涂泽，以声色胜，然神色隐而不足观。

与谢玄晖之诗相对，而以文章传者，则有孔稚圭之《北山移文》，奇思逸趣，惊倒一时，但文辞过于雕琢，诚六朝文学之真面目也。

梁于南北朝之间，为文运极盛时代。武帝、文帝、元帝皆能诗，昭明太子作《文选》，刘勰著《文心雕龙》，钟嵘撰《诗品》，其盛可知。然是时，诗重律格，风趣愈失矣。

梁武帝萧衍，南兰陵人。诗以风华胜，有几分浑厚之处，其杰作为《西洲曲》《河中之水歌》，声调宛转，为初唐张若虚、刘希夷等所学。

简文帝，名纲。喜作艳诗，江左化之，谓为宫体，大抵务极纤巧，加以堆垛强排局面，观其《纳凉诗》可见一斑。

沈约，字休文，武康人。拘于声韵，然边幅尚阔，词气尚厚，虽渐入近体，而犹存古诗之一脉。

江淹，字文通，考城人。过于模拟，虽尽力修饰，而风骨不高。与沈休文皆饶于体料而乏性情。

范云，字彦龙，南乡舞英人。

任昉，字彦昇，博昌人。以文章名，诗与范云，皆足于性情而短于体料。

庾肩吾，字慎之，新野人，庾信之父。诗椎练精工，气韵香美，当是声律之绝技。

柳恽，字文畅，解人。

何逊，字仲言，东海郯人。以上二人，虽欲去艳靡之习，摅写其本素，然不免偶有逐时好之痕迹也。

陈之作家，大抵传梁之余风，无详论之价值也。

阴铿，字子坚，武威人。何逊之流亚，故世称"阴何"，诗巧于琢句，无力而气格卑，杜子美有"颇学阴何苦用心"之句。

徐陵，字孝穆，郯人。著《玉台新咏》，其体绮丽可爱，而无气韵。

张正见，字见赜，清河东武城人。

陈后主，即陈叔宝。

江总，字总持，济阳人。以上二人之诗，多品评宫中之美人。

齐梁陈三代之诗，皆乏气骨，惟当时之乐府，即军中马上所用之横吹曲，以成于武人之手，音多铿锵，实于六朝文学中放一异彩，如《企喻歌》《陇头歌辞》《折杨柳词》等是，至《木兰诗》，尤为古今绝调。

北朝地近朔漠，其诗殆如胡语，且写胡景，如耶律金之《敕勒歌》，其高古之神趣，直接汉人遗响，然北方诗人极少，可传者，唯庾信而已。

庾信，字子山，新野人，肩吾子。梁时使西魏，遂居北方，后仕于周，一变其体为苍凉悲瑟，杜少陵称为清新。时与南方徐陵齐名，号徐庾体。

隋之诗人，当推炀帝，其诗初承梁陈之余习，及即位后，欲一变其体，以存风雅，然复古之功不全，仅成风格，而精粹未备，如《饮马长城窟》《白马篇》，皆推杰作，为当时模范。其七言全与唐律无异，此外则有下之数人：

杨素，字处道，华阴人，诗格颇清远。

卢思道，字子行，涿人。

薛道衡，字玄卿，汾阴人。以上二人皆不足道。

六朝之散文

诸子者流

刘劭著《人物志》、傅玄著《傅子》、梁元帝萧绎著《金楼子》、僧祐著《弘明集》、王通著《中说》。

历史家

范晔撰《后汉书》，沈约撰《宋书》，萧子显撰《南齐书》《后汉书》。

又有郦道元《水经注》，《水经》不知何人所作，注者有晋之郭璞及后魏之郦道元，郭注今已不传。道元之注，文字流畅，明媚可爱，且曲折自在。

附 录

补 遗

梁

竟陵王萧子良与谢朓、任昉、沈约、陆倕字佐公（机从弟之后）能文。

范云、萧琛字彦瑜，南兰陵人。

王融称竟陵八友，其时尚有吴均，字叔庠，故鄣人，时号吴均体。

刘峻，字孝标，平原人，著《广绝交论》《辨命论》。

丘迟，字希范，浙江乌程人。

王筠，字元礼，一字德柔，琅琊临沂人。

张率，字士简，吴县人。

周兴嗣，字思纂，姑熟人。

到溉，字茂灌，彭城人。

到洽，字茂泓，溉弟。

徐摛，字士秀，陵父。

北方

王褒，字子渊，避唐祖讳，改字子源，琅琊人，仕周。

李冲，字思顺，陇西人。

李彪，字道固，顿邱卫国人。

高闾，字阎士，渔阳雍奴人。

王肃，字恭懿，琅琊临沂人，导之后。

郭祚，字季祐，晋阳人。

宋弁，字义和，西河介休人。

刘芳，字伯文，彭城人。

崔光，初名孝伯，字长仁，清河郓人。

邢峦，字洪宾，河间鄚人。

袁翻，字景翔，陈郡人。

常景，字永昌，河内人。

萧悫，梁宗室。

颜之推，字子介，临沂人。

温子昇，字鹏举，冤句人。

邢邵，字子才，河间鄚人，橅沈约；魏收，字伯起，巨鹿人，学任昉。以上二人世称大邢小魏。

考　证

孔稚圭，字德璋，山阴人。

刘勰，字彦和，东莞人。

钟嵘，字仲伟，颖川人。

刘劭，字孔才，邯郸人。

王通，字仲淹，龙门人。

范晔，字蔚宗，顺阳人。

萧子显，字景阳，兰陵人。

郦道元，字善长，范阳人。

阳夏，今河南太康县。

东海，山东旧兖州府，东南至江苏邳县以东至海皆是。

宣城，安徽旧宁国府。

竟陵，故城在今湖北天门县西北。

南兰陵，故城在江苏武进县北。

武康，属浙江旧湖州府。

考城，属河南开封。

舞英，无考，疑即舞阴，故城在今河南泌阳县。

博昌，故城在山东博兴县南。

新野，河南汝阳道新野县。

解，山西解州、临晋、虞乡三县地。

郯，山东济宁道郯城县。

武威，今甘肃甘凉道武威县。

东武城，今山东东临道武城县。

济阳，今山东菏泽、定陶、濮、武城、曹、巨野诸县地。

华阴，今陕西关中道华阴县。

汾阴，故城在今山西荣河县北。

故鄣，今浙江安吉西北。

平原，山东旧济南府。

姑熟，今安徽当涂。

彭城，今江苏铜山县。

顿邱，今河南浚县。

渔阳，故城在今京兆密云县西南。

晋阳，今山西太原。

鄃，今山东平原县境。

冤句，今山东菏泽县。

河间，直隶津海道河间县。

巨鹿，直隶平乡县。

东莞，今山东莒县。

兰陵，故城在今山东峄县东。

名 句

谢灵运名句："白云抱幽石，绿筱媚清涟。""猿鸣诚知曙，谷幽光未显。""岩下云方合，花下露犹泫。"何等清芬。"池塘生春草，园柳变鸣禽。""林壑敛暝色，云霞收夕霏。""密林含余清，远峰隐半规。""云日相辉映，空水共澄鲜。""野旷沙岸净，天高秋日明。""春晚绿野秀，岩高白云屯。"

鲍明远《行路难》云："泻水置平地，各自东西南北流。人生亦有命，安能行叹复坐愁。酌酒以自宽，举杯断肠歌路难。心非木石岂无感，吞声踯躅不敢言。"

谢玄晖句："兹山亘百里，合沓与云齐。""大江流日夜，客心悲未央。""洞庭张乐地，潇湘帝子游。""余雪映青山，寒雾开白日。"起笔皆有千钧之力。

又艳曲如《玉阶怨》云："夕殿下珠帘，流萤飞复息。长夜缝罗衣，思君此何极。"

《有所思》云："佳期归未归，望望下鸣机。徘徊东陌上，月出行人稀。"《金谷聚》云："渠碗送佳人，玉杯邀上客。车马一东西，别后思今夕。"

梁武帝《西洲曲》结末云："飞鸿满西洲，望郎上青楼。楼高望不见，尽日阑干头。阑干十二曲，垂手明如玉。卷帘天自高，海水摇空绿。海水梦悠悠，君愁我亦愁。南风知我意，吹梦到西洲。"

简文帝《临高台》云："草树无参差，山河同一色。" 又《纳凉诗》云："落花还就影，惊蝉乍失林。游鱼吹水沫，神蔡上荷心。翠竹垂秋采，丹枣映流砧。" 纤巧而堆垛。

沈休文句："生平少年日，分手易恧期。及尔同衰暮，非复别离时。勿言一尊酒，明日难重持。梦中不识路，何以慰相思。"

陈后主句："愁多明月下，泪尽雁行前。"

《木兰诗》中一段云："朝辞爷娘去，暮宿黄河边。不闻爷娘唤女声，但闻黄河流水鸣溅溅。旦辞黄河去，暮至黑水头。不闻爷娘唤女声，但闻燕山胡骑鸣啾啾。"

耶律金《敕勒歌》云："敕勒川，阴山下。天似穹庐，笼盖四野。天苍苍，野茫茫。风吹草低见牛羊。"

庾子山《步虚词》云："汉帝看桃核，齐侯问枣花。"《山池》云："荷风惊浴鸟，桥影聚行鱼。"《和宇文内史》云："树宿含樱鸟，花留酿蜜蜂。"《甸行》云："塞迥翻树叶，关寒落雁毛。"《法筵》云："佛影胡人记，经文汉语翻。"《酬薛文学》云："羊肠连九坂，熊耳对双峰。"《和人》云："早雷惊蛰户，流雪长河源。"《园庭》云："樵隐恒同路，人禽或对巢。"《清晨临流》云："猿啸风边急，鸡鸣潮欲来。"《冬狩》云："惊雉逐鹰飞，腾猿看箭转。"《和人》云："络纬无机织，流萤带火寒。"《咏画屏》云："石险松横植，岩悬涧竖流。"又句云："爱静鱼争乐，依人鸟入怀。"《梦入内堂》云："日光钗影动，窗影镜花摇。"

《水经注》中佳句洧水过长社县北条云："绿水平潭，清洁澄深，俯视游鱼，类若乘空。"是即柳宗元《小石潭记》中所云"潭中鱼可百许，皆若空游无所依。日光下彻，影布石上，怡然不动。俶尔远逝，往来翕忽，似与游者相乐"等语之粉本也。

评　语

李白咏谢宣城云："蓬莱文章建安骨，中间小谢又清发。共怀逸兴壮思飞，欲上青天揽明月。"又云："解道澄江静如练，令人长忆谢玄晖。"王渔洋云："白纻青山魂魄在，一生低首谢宣城。"

杜子美云："李侯有佳句，往往似阴铿。"

杜子美云："庾信文章老更成。"又云："清新庾开府，俊逸鲍参军。"

第八篇　唐代文学

佛教由汉代输入，至六朝而浸炽。其流行之结果，人怀厌世主义，专求艺术之足以快乐耳目。故六朝乱离之际，诗歌始盛，至唐则夸张一统之大业，而其势弥增。唐为中国文学极盛时代，然犹承六朝之余风，软文学仍较硬文学为盛，其诗前后无比，至于文章不过二三人可取而已。

唐以诗取士，故诗极盛。六朝之间，五言已极其变，至唐而七言之新体出焉。后世评唐诗者，从便宜上分为下之四期：

（一）初唐　自高祖武德元年至玄宗开元之初，凡百余年。

（二）盛唐　自玄宗开元元年至代宗大历之初，凡五十余年。

（三）中唐　自代宗大历元年至文宗太初九年，凡七十余年。

（四）晚唐　自文宗开成元年至昭宣帝天祐三年，凡八十余年。

其中盛唐、中唐之二时期为最盛时代，李、杜、韩、白四大家于是出焉。

唐初之诗人，承六朝纤丽之习，风调宛转可歌，而气格不高。兹举如下：

魏徵，字玄成，下曲阳人，有《述怀》之作，冠唐诗选之首。

虞世南，字伯施，浙江余姚人。

褚遂良，字登善，浙江钱塘人。

王绩，字无功，龙门人，通之弟。

唐太宗李世民，本陇西成纪人。以上四人，皆有诗。

初唐四杰

王勃，字子安，通之孙，所著《滕王阁序》最有名，其诗高华，年二十八卒。

杨炯，华阴人，诗雄厚，惟喜惯用古人姓名，故人呼为"点鬼簿"，后终盈川令。

卢照邻，字昇之，范阳人，诗清藻，为厌世派。读其《长安古意》一篇结语可知。盖素罹风疾，疾甚足挛，一手又废，不堪其苦，年四十。尝著《五悲文》以自明，后投颍川死。

骆宾王，义乌人，檄讨武后不成，为僧，隐于杭州西湖灵隐寺。诗坦易，好用数字，故人呼"算博士"。观其《帝京篇》结句，颇有功名之野心。

王有才而数奇，杨有俗气而虚傲，卢则幽忧之情甚殷，骆则功名之心甚热，其痕悉留于诗，可为彼等人格之反映。

四杰之诗，尚未脱六朝艳冶之习气，其间一扫时习，而直接建安之体者，实以陈子昂为倡首。

陈子昂，字伯玉，梓州射洪人。作文不染骈俪，而作古文，为韩柳二家之前驱，实初唐文学界唯一之豪杰。其诗之推为杰作者，有《感遇诗》三十八首，直逼阮籍《咏怀》。唐诗之盛，实陈子昂与张九龄、李太白三人之力也。

六朝之后半期，沈约、庾信渐作诗律。至初唐，沈宋二人又加变化，不但五言而已，即七言亦音韵相和，约句准篇，竞工驰巧，当时号为沈宋体，后遂称为律云。

律之短者，普通八句，中四句为对句，其他四句则为散体。从而敷张之，则为长律，即排律。绝句即截其半，分而为四句，有全散者，有全对者，有前二句或后二句对者。又五七言律、五七言绝，皆谓之近体诗，又曰今体，以别于六朝以前之古体也。

沈佺期，字云卿，内黄人。尝侍中宗宴，舞回波，为弄词以悦帝。

宋之问，字延清，汾州人。先后谄事张易之及太平公主，最为无行，有才而无高洁之思想，常局促于字句声律，全无浑雄独出之气。

二人皆小人，然律为唐代盛行之诗体，其因而确立者，实二人之功，固不可没也。与二人为友者，则有诗圣杜甫之祖杜审言。

吴中四士为初唐之殿。

贺知章，字季真，永兴人。

张旭，字伯高，吴人。以上二人为李白之先辈，以饮名，诗不为重。

包融，润州延陵人。

张若虚，扬州人，以丰富之想、瑰丽之笔，凌驾沈宋，而排除初唐轻靡之调，鼓吹纯然之唐音，其所作《春江花月夜》，布置排列，一无缺漏，蝉联相承，声调宛转，殆无间然，诚千古不朽之作也。

盛　唐

李白，字太白，蜀人，生于昌明之青莲乡，自号青莲居士。系南人之性格，富于热血而喜功名者也。晚年参永王璘之幕，遭失败，遂喜道家之说，以自抑其功名之心。洒落豁达，颇有出世之愿望，遂纵于酒。其诗以气韵胜，纵横自在，盖天才也。其好古体甚于近体，如《远别离》《蜀道难》《梁父吟》《乌夜啼》《乌栖曲》《将进酒》《襄阳曲》《鸣皋歌》等为最妙；次为五古，纵横驰骋，风格俊上，与阮籍之《咏怀》、陈子昂之《感遇》同趣；次七古，以《忆旧游谯郡元参军》之作为第一，神气自畅，情文并高。律诗不多，五律七十余首，七律仅十首，对偶亦工丽，中含英爽之气，然不及沈宋绝句，从六朝清商小乐府而来。尤以七言绝句为独步，眼前之景、口头之语，而弦外之音，使人神远。

杜甫，字子美，审言之孙。居长安杜陵，系北人之性格，又有世间之思想，且情极厚之人也。天宝乱后，流寓诸处，其间思君忧国，常作不平之鸣，慷慨淋漓，兼叹自己之薄命。其诗呼为诗史，盖读之，可以知当时社会纷乱之内情也。诗与李白异，专以思力得之，惨澹经营，千锤万炼，而笔力之豪劲，又足以相副。其句法、字法、章法、篇法皆穷极变化，描出姿趣，实集古今之大成。五言长篇，意本连属，而学问博、力量大，转接无痕，端倪莫测，转似不相连属。七言如大海之水，长风鼓浪；五律气局阔大，使事曲切，尤妙在错综任意，寓变化于严整之中；七律五色藻缋，八音和鸣；惟绝句一体，终难免粗率之诮，集中五古如《赴奉先》《北征》，七古如《洗兵马》，七律如《秋兴》《诸将》《咏怀古迹》等，最见本领。

李杜二人同时，而思想与词章各异，李如仙，杜如圣；李出世，杜入世；李为理想派，杜为实际派；李受道教之感化，杜守儒教之范围；李以气胜，杜厚于情；李则一气呵成，杜则苦心经营；李放吟于自然之间，杜则感慨时事；李乐天，杜则常抱悲观；李放纵，杜狭窄；李擅空虚缥缈之趣，杜极沉郁顿挫之致；李如海，杜如山；李以才，杜以学；李速，杜迟。读宜李，学宜杜。元稹作杜甫碑文，谓李不能窥杜之藩篱，况其堂奥，殊非平论。盖二大诗圣实无可轩轾也。

二家之外，后以诗盛名于开元、天宝间者，则有王维。

王维，字摩诘，太原人，诗主兴会，以清才名百世。学陶渊明，渊深朴茂，以自然为宗，一片天机，言有尽而意无穷。然少高华阔大雄浑之气，清王渔洋神韵派实祖之。与王维相似者，有下之数人：

孟浩然，襄阳人，冲夷简净。

储光羲，丹阳人。

韦应物，长安京兆人，为苏州刺史，人称韦苏州。其诗闲澹简远，人比之陶渊明，称陶韦。

柳宗元，字子厚，河东人，徙柳州刺史，人称柳柳州，古文家也。与韩愈相埒。诗简古淡泊。

此外有名者：

张九龄，字子寿，曲江人。继陈子昂而以品行醇正称者。

王昌龄，字少伯，江宁人。情深笃，妙于七言绝句，可与李白匹敌，称诗天子。

高适，字达夫，沧州人。曾赋《黄鹤楼》诗。

岑参，南阳人，为嘉州太守，人称岑嘉州。长于边塞之作。以上二人悲壮。

李颀，东川人。

常建。以上二人超凡。

王湾，洛阳人；崔颢，汴州人；綦毋潜，字季通，荆南人；王之涣，并州人；裴迪；贾至，字幼邻，洛阳人；丘为，嘉兴人。以上皆一时之杰。

中　唐

刘长卿，字文房，河间人。诗雅畅，五言尤神妙，权德舆推为五言长城。

大历十才子：

吉中孚，鄱阳人，神骨清虚，吟咏高雅，宛然神仙中人。

韩翃，字君平，南阳人。兴致繁富，如出水芙蓉，尝作《寒食》诗，有"春城无处不飞花"之句，为代宗所赏。

钱起，字仲文，长兴人，体制新奇，理致清赡。

司空曙，字文初，广平人，属调幽闲，如新华笑日。

苗发，潞州壶关人，能文。

崔峒，博陵人，冲融。

李端，赵州人。

夏侯审，才思。以上四人，皆词采炳然可观。

耿沛，字洪源，河东人，逸调俊爽不群。

卢纶，字允言，河中人。与吉中孚交，三河年少，风流自赏。

十才子外，又有郎士元，字君胄，定州人，与钱起齐名，称钱郎。顾况，字逋翁，浙江海盐人；张继，字懿孙，襄州人；戴叔伦，字幼公，金坛人；李益，姑臧人。等皆有名，然虽有佳联佳句，而少浑成之妙。

诗自大历以还，已无横绝太空之雄健格调。至元和长庆之际，复返于盛，盖韩愈、白居易之力也。李白天才，毕竟不可学，二人乃学杜甫，韩学杜之奇险处，白学杜之平明和易处。

韩愈，字退之，南阳人，先世居昌黎，古文家也。其诗风骨嶒崚，豪放有余而深婉不足，未脱散文之迹，最佳者为《衡岳庙》《南山诗》《元和圣德诗》。

白居易，号乐天，太原人，晚居香山，称香山居士。其诗根柢六经之旨，不失温厚和平之意，变杜甫之雄浑苍劲而为安详流丽，其苦心在使人易解，如《长恨歌》《琵琶行》，虽无注脚而可解，实国民诗人也。然少豪放高古精深之趣。

韩之诗友：

孟郊，字东野，武康人，韩之爱弟子，其诗蹇涩穷僻，不暇琢削，真苦吟而成者。

贾岛，字浪仙，范阳人，初为僧，号无本，其诗或寒涩，或幽奇，或奥僻，论者以俪孟郊，目为郊寒岛瘦。

李贺，字长吉，郑王后。其诗尚奇诡，以鬼才称。但如《李凭箜篌引》《雁门太守行》《金铜仙人辞汉歌》《将进酒》《美人梳头歌》等，皆少鬼趣。

卢仝，济源人，自号玉川子，其诗比长吉更怪诞，《月蚀》之诗，最有名而不足爱，惟《有所思》《楼上女儿曲》《秋梦行》等，尚少本色，可称佳作。

刘叉，有《冰柱》《雪车》二诗，怪诞更甚于卢李。

张籍，字文昌，乌江人，亦韩愈爱弟子，其诗与韩愈异，平丽之处似白乐天，所长在乐府，多警句。

王建，字仲初，颍川人，以《宫词》百首得名，与张籍善，时称张王。

白之诗友：

元稹，字微之，河南人。诗尚坦易，与白居易唱和，时称元白，号元和体。所作《连昌宫词》与《长恨歌》，称联璧。著有《长庆集》，然轻薄之才子也。

刘禹锡，字梦得，中山人，与元白唱和，诗无特色，惟《金陵怀古》《石头城》诸作，内有数联，可称绝调。词则豪迈纵横，推为当时词豪。早与柳宗元为文章之友，称刘柳。晚与白居易为诗友，称刘白。

晚唐时则国家衰替，诗亦不振，修辞之风愈盛矣。

李商隐，字义山，河内人，其诗宗老杜，然仅得其典丽之处，所作艳靡绮丽，大抵以典故而成，或呼为獭祭鱼，其《锦瑟》一篇，诸家笺释纷纷，至今未了。

温庭筠，本名岐，字飞卿，太原人。长于修辞，得意在乐府，其奇艳之处，古今独步，与李商隐称温李。

段成式，字柯古，临淄人。与温李三人，其排行皆系十六，故呼为三十六体。后入宋为西昆体，风靡于东坡以前。

杜牧，字牧之，万年人。诗豪纵，与晚唐柔靡之风异。然家数小，不能于诗界占大势力，与李商隐称李杜。略与杜牧同趣者，有：

张祜，字承吉，交河人；赵嘏，字承祐，山阳人，工琢句。

此外有名者，如许浑之七律，郑谷之绝句，罗隐、司空图、韦庄等是，至于皮日休、陆龟蒙之松陵唱和，不过夸篇什之富而已，其诗极粗末也。

韩偓，字致尧，万年人，诗家亦称韩冬郎。创香奁体者，为儒教主义所排斥，然观其集中，有艳虽艳而并未涉于猥亵者甚多。且立于昭宗之朝，颇称骨鲠，又不畏朱全忠之专横，实为忠诚爱国之人。观其《感事》三十韵，慷慨悲愤，虽后之文天祥，亦无加焉。盖彼乃至情之人，故于诗，时有艳情之咏耳。唐《艺文志》载有偓《香奁集》，今所传者仅《韩内翰别集》。

唐代方外诗人

寒山子，即文殊，诗最多，以佛教大乘之思想，贯通之而为哲学之诗歌。

吕洞宾，名岩，长安人，值黄巢之乱，移家终南山，得道，号纯阳子，亦称回道人。诗有剑气，如"独上高楼望八都，墨云散尽月轮孤。茫茫宇宙人无数，几个男儿是丈夫""朝游北海暮苍梧，袖里青蛇胆气粗。三入岳阳人不识，朗吟飞过洞庭湖"，二绝极雄放高古之致。

唐代女流诗人，则有蜀之名妓薛涛及鱼玄机等。

自魏晋六朝以来，文章全用骈俪，其间作古文者，惟诸葛亮、陈寿、杜预、陶渊明，已如前述。陈末姚察撰《梁史》，全用散文单行，北周苏绰斥四六之弊，仿《书经》而作诏敕，使群臣仿行。隋李谔亦痛论四六之弊，然一般之好尚未改。自唐初四杰以下，至苏颋、张九龄、陆贽辈，以一代之隽才，而仍用四六，至韩柳而革新之功始成，然其前实经过三大变：

第一大变　陈子昂始脱陈隋以来纤艳之陋习。

第二大变　玄宗初年，张说以宏茂广波澜。

第三大变　天宝之末，元结文章奇古而不蹈袭，独孤及有先秦西汉之风，其他又有萧颖士、李华、梁肃等。

武德贞观之间，经过三大变，文章始近于古，因自然之风气，遂胚胎韩柳二人。

韩愈，以儒家之忠臣自任，自谓得孟子之正传，然极少独立思想，仅敷张儒家之古义，不能革新社会，所作《原道》《原性》《师说》以下数十篇，奥衍宏深，可与孟轲、扬雄相表里。然云辅佐六经，实嫌浅薄也。

柳宗元，颇喜佛教。思索亦甚精微。

韩柳二人同时，交际最密，而性行、主义、本领、文章则全成反对。就性行言：韩洋洋如河，柳崭峭如孤峰；韩大而无所不容，柳棱棱而角立；韩经三贬，晚使河北，叱王庭凑而气不少挫；柳因二王之事坐贬永州，唯知饮泣。就学问言：韩保守，柳怀疑。就主义言：韩乐天，柳厌世。就文章言：韩重理论，多出于经，柳长记事，多出于史；韩说必尽意，柳不说破，使读者自会；韩纵横，柳变化；韩大，柳小；韩以议论奔放、气魄雄大胜，柳以叙述精微、笔致隽洁胜；韩以散文化诗，柳以诗化文。

柳之山水游记，为韩文所不见，实为《禹贡》及郦道元《水经注》以后，于中国文学界确立一体也。如《小石潭记》《袁家渴记》《石渠记》，其观察可谓精微奇警。总之，《永州八记》文，实为中国文学中之绝品。

韩柳以后之文人：

李翱，字习之，赵郡人，韩愈之侄婿。为文温厚和平，俯仰中度，斯人以外，无可取焉。

唐代之小说

观《唐代丛书》《五朝小说》《龙威秘书》等之所载，可读者有以下各篇：

《李邺侯外传》《李林甫外传》《东城老父传》《高力士传》《虬髯客传》《杜子春传》《剑侠传》《梅妃传》《杨太真外传》《长恨歌传》《红线传》《霍小玉传》《章台柳传》《步非烟传》《枕中记》。

以上各传，大抵皆为后世戏曲传奇之粉本。其最有名者有二：

《会真记》，元微之撰，与司马相如《美人赋》同一结构，以散文叙述之。敷陈之中，文字极练，即元之《西厢记》所本也。

《游仙窟》，托名张文成，效《会真记》而作，系假神仙以述情事，颇涉猥亵，为后代《觉后禅》《花影隔帘录》等淫书之作俑，惟文极绚烂。

附　录

补　遗

诗家

与陈子昂同时者有：杜审言，字必简，襄阳人，子美之祖；崔融，齐州全节人；苏味道，赵州人；李峤，字巨山，赞皇人。世号四人为文章四友。

李杜之间有：李乂，字尚真，赵州房子人，兄尚一、尚贞合著《李氏花萼集》；郑虔，字弱齐，荥阳人，称三绝；崔颢有《江南意》一诗。

与十才子相辉映者有：李嘉祐，字从一，赵州人；皇甫冉，字茂正，丹阳人；皇甫曾，字孝常，冉弟；朱放，字长通，襄州人；包何，字幼嗣，润州延陵人，包融子。

白之诗友又有：杨巨源，字景山，蒲州人；鲍溶，字德源；李绅，字公垂，亳州人；羊士谔，泰山人。

晚唐又有：朱庆馀，本名可久，以字行，越州人；陆标、任蕃、章孝标，钱塘人；项斯，字子迁，临海人；李洞，字才江，唐宗室；方干，字雄飞，桐庐人；姚合，崇曾孙；喻凫；周贺；九僧，学贾岛；刘驾，字司南，江东人，喜叠字。

方外又有：皎然，姓谢氏，字清昼，吴兴人；广宣；贯休；齐己，姓胡，名日生，襄州人；法震、法照、无可、护国、灵一、处默、清江、拾得，皆能诗；光智译《宝星经》五部；玄奘译《因明论》以下经论七十部；法朗译《大云经》；法藏译《大

79

宝积经》；法琳著《破邪论》；惠乘著《辨正论》；杜顺撰《华严法界观》《五教止观》；宣道著《行事钞》；义净著《寄帰传》；道世著《法苑珠林》；智昇著《开元释教录》。

文家

第三大变时，又有李舟。

韩柳以外文家：权德舆，字载之，天水略阳人，自纂《制诰集》十五卷；韦处厚，字德载，长安人；吕温，字和叔，从梁肃学为文章，规模左氏；樊宗师，字绍述，文不剿袭，然甚晦涩；张澄，工为文，长小赋。

后韩柳而起者：令狐楚，字悫士，华原人，文脱尽裁对隶事之迹；李德裕，字文饶，赞皇人，著《会昌一品集》，贬谪后著《穷愁志》；刘蜕，荆南人，文势奔放；李观，字元宾；皇甫湜，字持正，浙江淳安人，湜一传为来无择，再传为孙樵，字可之。

小说

关于历史者：张鷟，字文成，深州人，著《朝野佥载》；康骈，贵池人，著《剧谈录》。

关于社会者：《唐语林》《芝田录》。谐笑之作：李商隐《杂纂》。辨正之作：李匡乂《资暇》。鬼怪之作：《博异志》《陆氏集异记》；薛用弱《集异记》；牛僧孺，字思黯，鹑觚人，著《玄怪录》；李复言《续玄怪录》；郑常《洽闻录》；薛渔《思河东记》；段成式《酉阳杂俎》；温庭筠《乾馔子》；陈翰《异闻集》；裴铏《传奇》。

补录唐以前鬼怪小说：王嘉《拾遗记》；晋干宝，字令升，新蔡人，著《搜神记》；陶渊明《后搜神记》；焦度，字文续，南北朝南安人，著《稽神异苑》；任昉《述异记》；吴均《续齐谐记》；颜之推《北齐还冤志》。

初唐十八学士：房玄龄善属文；杜如晦英爽喜书；虞世南，徐陵尝赏其文类己；褚亮尝赋诗陈主前；姚思廉与魏徵撰《陈》《梁》二书；李守素通姓氏之学，撰《肉谱》，又称《人物志》；苏勖、薛收能马上草檄；薛元敬、许敬宗撰《国史》；于志宁、李玄道、苏世长、陆德明、孔颖达、蔡允恭（唯此人入《文艺传》）、颜相时、盖文达。

史家：李百药撰《北齐书》；李延寿撰《南》《北》二史；房乔与修《晋书》；李淳风、李义府、敬播皆与修《晋书》；令狐德棻、陈叔达、唐俭、岑文本、崔仁师，以上五人共修《周书》；长孙无忌撰《隋书志》；颜师古、孔颖达，以上二人与修《隋书》；韦安仁修《五代史志》。

考　证

诗韵　世谓孙炎作音，沈约撰四声谱，至隋陆法言据吕静以下六家韵书，著《切韵》，凡平声五十七韵，上声五十五韵，去声六十韵，入声三十四韵，合二百六韵。后唐孙愐增其字而仍其目，改名《唐韵》，即唐代诗人所用者，然有官韵、私韵之别，官韵用于科举，不许通融；私韵则可取声相近者通用之。宋丁度取上二书增广之，撰《集韵》，更合订而为《礼部韵略》，其后平水人刘渊撰《平水韵》书，凡平上去三声各三十韵，入声十七韵，前二百六韵，几去其半。元阴时夫著《韵府群玉》，删其上声中一韵，即今所使用者也。明太祖命乐韶凤等撰《洪武正韵》，平上去三声，各二十二部，入声十部，并为七十六韵，然格未竟行。

许浑，字仲晦，丹阳人；郑谷，字守愚，宜春人；罗隐，字昭谏，钱塘人；司空图，字表圣，河中虞乡人，学张籍；韦庄，字端己，杜陵人；皮日休，字袭美，襄阳人；陆龟蒙，字鲁望，长兴人；薛涛，本长安良家女，随父宦蜀流落蜀中；鱼玄机，字幼微，长安里家女，李亿纳为妾，后为道士，以笞杀女童绿翘被戮；姚察，字伯审，武康人；苏绰，字令绰，扶风武功人；李谔，字士恢，赵郡人；苏颋，字廷硕，武功人，封许国公；陆贽，字敬舆，嘉兴人；张说，字道济，又字说之，又字道邻，洛阳人，封燕国公，与苏颋称燕许大手笔；元结，字次山，汝州人；独孤及，字至之，河南人；萧颖士，字茂挺，晋陵人；李华，字遐叔；梁肃，字敬之，一字宽中，陆浑人。

下曲阳，故城在今直隶晋县；陇西，属甘肃旧兰州；华阴，今陕西华阴县；义乌，今浙江义乌县；梓州，今四川三台县；内黄，今河南内黄县；汾州，今山西汾阳县；永兴，属浙江会稽；河东，山西境内；柳州，今广西马平县；曲江，广东曲江县，属旧韶州府；沧州，今直隶沧县；南阳，河南沁阳县；嘉州，今四川乐山县；东川，今四川之东；鄱阳，属江西；长兴，今浙江长兴县；博陵，故城在今直隶蠡县；河中，今山西永济县；三河，今京兆三河县；定州，今直隶保定道定县；姑臧，今甘肃武威县；昌黎，故城在今直隶通县东；香山，在河南洛阳龙门山之东；济源，河南旧怀庆府济源县；乌江，在安徽和县东北四十里，又为贵州之大江，未知孰是；交河，今直隶交河县；松陵，指苏州。

终南山，横亘关中南面，西起秦陇、东彻蓝田；蓝田，陕西旧西安府；赞皇，今直隶保定道赞皇县；房子，故城在今直隶高邑县；荥阳，今河南荥阳县；丹阳，属江苏；蒲州，今山西永济县；临海，浙江旧台州府临海县；桐庐，属浙江严州；略阳，故城今在甘肃秦安县东北；华原，今陕西耀县；深州，直隶深县；贵池，今安徽贵池县；鹑觚，故城今在甘肃灵台县东北；新蔡，河南旧汝宁府新蔡县；南安，故城今在甘肃陇西县东北渭水上。

参　考

康熙御撰《全唐诗》；《唐才子传》系载唐诗人小传者；《全唐诗话》系录逸事者；乾隆御撰《唐宋诗醇》；《瓯北诗话》；《苕溪渔隐丛话》。

佳　句

魏徵《述怀》云："中原还逐鹿，投笔事戎轩。纵横计不就，慷慨志犹存。杖策谒天子，驱马出关门。请缨系南越，凭轼下东藩。郁纡陟高岫，出没望平原。古木鸣寒鸟，空山啼夜猿。即伤千里目，还惊九折魂。岂不惮艰险，深怀国士恩。季布无二诺，侯嬴重一言。人生感意气，功名复谁论。"

王勃《滕王阁序》云："水潦尽而寒潭清，烟光凝而暮山紫。落霞与孤鹜齐飞，秋水共长天一色。"

卢照邻《长安古意》结末云："节物风光不相待，桑田碧海须臾改。昔时金阶白玉堂，即今惟见青松在。寂寂寥寥扬子居，年年岁岁一床书。独有南山桂花发，飞来飞去袭人裾。"

骆宾王《讨武曌檄》云："一抔之土未干，六尺之孤何托。"又《帝京篇》结末云："已矣哉，归去来。马卿辞蜀多文藻，扬雄仕汉乏良媒。三冬自矜诚足用，十年不调几遭回。汲黯薪愈积，孙弘阁未开。谁惜长沙傅，独负洛阳才。"

张若虚《春江花月夜》结末云："昨夜闲潭梦落花，可怜春半不还家。江水流春去欲尽，江潭落月复西斜。斜月沉沉藏海雾，碣石潇湘无限路。不知乘月几人归，落月摇情满江树。"

李太白《忆旧游寄谯郡元参军》云："餐霞楼上动仙乐，嘈然宛似鸾凤鸣。袖长管催轻欲举，汉中太守醉起舞。手持锦袍覆我身，我醉横眠枕其股。当筵意气凌九霄，星离雨散不终朝，分飞楚关山水遥。余既还山寻故巢，君亦归家渡渭桥。"

杜甫《登楼》一律云："花近高楼伤客心，万方多难此登临。锦江春色来天地，玉垒浮云变古今。北极朝廷终不改，西山寇盗莫相侵。可怜后主还祠庙，日暮聊为梁父吟。"

韩昌黎绝句："丘坟满目衣冠尽""不觉离家路五千""韶州南去接宣溪""天街小雨润如酥""风光欲动别长安"。

刘梦得《西塞山怀古》云："千寻铁锁沉江底，一片降幡出石头。"又《石头城》云："山围故国周遭在，潮打空城寂寞回。"

韩偓句云："绕廊倚柱堪惆怅，细雨轻寒花落时""罗帐四垂红烛背，玉钗敲着枕函声""宵分未归帐，半睡待郎看""正是落花寒食夜，夜深无伴倚空楼""若是有情争不哭，夜来风雨葬西施""桃花脸里汪汪泪，忍到更深枕上流""此身愿作君家燕，秋社归时也不归""水精鹦鹉钗头颤，敛袂佯羞忍笑时"，艳而不猥亵。又《感事三十四韵》中有云："晋谗终不解，鲁瘠竟难痊。只疑诛黄皓，何曾识霸先。嗾葵翻丑正，养虎欲求全。万乘烟尘里，千官剑戟边。斗魁当北坼，地轴向西偏。袁董非

84

徒尔，师昭岂偶然。中原成劫火，东海遂桑田。"又七绝云：
"水自潺湲日自斜，尽无鸡犬有啼鸦。千村万落如寒食，不见人
烟空见花。"乱后光景，宛然在目。

柳子厚《袁家渴记》云："每风自四山而下，振动大木，掩
苒众草，纷红骇绿，蓊葧香气。"《石渠记》云："风摇其巅，
韵动崖谷，视之既静，其听始远。"

《会真记》佳句云："及明，靓妆在臂，香在衣，泪光荧荧
然，尤莹于茵席而已。"

《游仙窟》叙至仙源云："深谷带地，凿穿崖岸之形；高岭
横天，刀削冈峦之势。烟霞子细，泉石分明，实天上之灵奇，乃
人间之绝妙。目所不见，耳所不闻。日晚途遥，马疲人乏，行至
一所，险峻非常：向上则有青壁万仞，直下则有碧潭千丈。古老
相传云：此是神仙窟也。人迹罕及，鸟路才通。每有香果琼枝，
天衣锡钵，自然浮出，不知从何而至。"云云。结末云："日日
衣宽，朝朝带缓。口上唇裂，胸间气满，泪脸千行，愁肠寸断。
端坐横琴，涕血流襟，千思竞起，百虑交侵。独颦眉而永结，空
抱膝而长吟。望神仙兮不可见，普天地兮知余心，思神仙兮不可
得，觅十娘兮断知闻；欲闻此兮肠亦断，更见此兮恼余心。"

评　语

杜甫云：王杨卢骆当时体，轻薄为文哂未休。尔曹身与名俱
灭，不废江河万古流。

李白嘲杜甫云：借问何由太瘦生？只为从前作诗苦。　又寄
杜甫云：思君如汶水，浩荡寄南征。

韩愈云：昔年曾读李白杜甫诗，长恨二人不相从。吾与东野

生并世，如何复能蹑其踪。我愿化为云，东野化为龙。

东坡云：夜读孟郊诗，细字如牛毛。孤芳擢荒秽，苦语余诗骚。要当斗僧清，不足当韩豪。

元遗山云：东野穷愁死不休，高天厚地一诗因。江山万古潮阳笔，合在元龙百尺楼。

韩愈评李贺云：云烟绵联，不足为其态；水之迢迢，不足为其情。春之盎盎，不足为其和；秋之明洁，不足为其格；风樯阵马，不足为其勇；瓦棺篆鼎，不足为其古；时花美女，不足为其色；荒国陊殿，梗莽丘垄，不足为其怨恨悲愁；鲸吸鳌掷，牛鬼蛇神，不足为其虚怪荒诞。

赵瓯北评李白诗云：其诗之不可及，在神识超迈，飘然而来，忽然而去。不屑雕章琢句，不劳镂心刻骨，自有天马行空，不可羁勒之趣。若论其沉刻不如杜，雄鸷不如韩，然彼则用力而不免痕迹，此则不用力而触手生春。

沈德潜评杜甫七言云：如建章之宫，千门万户；如巨鹿之战，诸侯皆作壁上观，膝行而前不敢仰视；如大海之水，长风鼓浪，举沙泥而舞，怪物灵蠢毕集。

白居易咏张籍云：张君何为者，业文三十春。尤工乐府词，举世少其伦。

元遗山咏义山《锦瑟》篇云：望帝春心托杜鹃，佳人锦色怨华年。诗家总爱西昆好，独恨无人作郑笺。

王渔洋云：獭祭曾惊博奥殚，一篇锦瑟解人难。千秋毛郑功臣在，尚有弥天释道安。

廖道南评韩柳文云：高山大川，雄峙奔汹，虽不见其零亏湮塞，而其秀挺回纡，不尽所藏者，韩之文也；巍岩绝湍，奇峭环曲，使人遐眺留眄，而其虚氛怪气，固克笼罩者，柳之文也。又平原旷野，大将指麾，天衡地冲，自有纪律者，韩之变；间道斜谷，翠飙掣电，不可方物者，柳之变。

罗大经曰：韩如美玉，柳如精金；韩如静女，柳如名姝；韩如德骥，柳如天马。

第九篇　宋代文学

　　宋代思想界之活泼，次于春秋战国，即发生一种性理学之新研究是也。盖从前汉唐之学者，皆以注释、注疏等训诂之学研究儒教，历千余年未尝稍变，至宋之学者，始起而反抗之，其研究儒教，不从文字上解释，而从精神上阐明，此即性理说之所由发展也。

　　南北两思潮，其源发于先秦时代，至魏晋六朝之间已露混同融合之趋势，至宋而成为新研究之基础。印度思想之佛教由汉输入，炽于六朝，极盛于唐，至宋则又为新研究之辅助。盖宋儒性理说之主要，即在规画前数者之调和，并为评判上之研究也。

　　性理说之研究，风靡一世，其及于文学上之影响，亦生变动。加之唐以诗赋取士，宋以策论取士，于是唐宋之文学遂截然不同。唐多风流才子之文学，宋多道学先生之文学；唐之所长在诗，宋之所长在散文，即普通所谓唐之诗宋之文也。

　　宋人之诗，皆不足称，惟律语颇为千古所重，即填词是也。填词最严声调，其体在六朝时有欲出不出之势，至唐之中叶而萌芽，至五代而生长，至宋乃吐花矣。

　　宋代文学之中心为苏东坡，其前为欧阳修，兹先就宋初之文学家言之。

宋初文家

柳开，字仲涂，河中人。始唱古文，以涤五季排偶之习，然其体艰涩，著有《河东集》。

穆修，字伯长。师奉韩柳，与柳开相似，著有《穆参军集》。

尹洙，字师鲁，河南人。文极简严，著有《河南集》。

欧阳修，字永叔，吉州庐陵人，自号六一居士。初好俪偶之文，后遇尹洙，见韩退之之文而悟。乃以古文唱导，其法尽出于尹洙，然结体不同，尹则简净严正，修则曲折抑扬。钱惟演守西都时，建双桂楼于临园驿，托洙、修二人作记，洙五百字，修千余言，修乃服其师之简古云。修之学问，在精赅经学，加以历史上之知识，长于叙事议论，所撰《五代史》为《史记》《汉书》以后所罕见。杨东山谓其文温纯雅正，蔼然儒者之言，粹然治世之音，所以为一代文章之冠冕也。其诗几及李杜，碑铭记序不减韩退之，著有《欧阳文忠集》三十卷。

诗 家

杨亿，字大年，浦城人，染五代芜鄙之习气，专尚修辞，以李商隐为宗，与以下二人相唱和，名为《西昆酬唱集》，当时轻薄者流竞相模仿，号为"西昆体"，其文章亦主骈俪。

刘筠，字之仪，大名人。与杨亿齐名，称杨刘。

钱惟演，字希圣，钱俶子。本杭州临安人，与杨、刘鼎立，称江东三虎。

苏舜钦，字子美，铜山人。诗豪放，笔力俊爽，超迈横绝，近高岑，与梅尧臣同为力矫西昆体之弊者。

梅尧臣，字圣俞，宛陵人。诗古淡，覃思精微，深远闲澹，似韦柳。

欧阳修之文，本于穆、尹二家，其诗则与苏、梅二家相亲。同时出欧阳公之门者，则有下之数文学家，而以苏东坡为最。

苏洵，字明允，号老泉，蜀之眉山人。其学不偏于儒教，带老庄之臭味，盖操纵横术之策略家也。著《权书》《衡论》合二十篇，又著《审势》《审敌》二篇，为西汉贾、晁以后所罕见之经世文章。其文系从先秦古文而出，尤尊崇孟子，古劲简至，就中炼句锻字，为二子所不及。

苏轼，字子瞻，号东坡，洵之子。好读庄子、贾谊、陆贽之书，其学问文章即根柢于是。又于儒释道之书，无不涉猎，且因家学之余风，略带几分鬼谷子之术数，惟为程伊川先生之派所不容，于是有洛党、蜀党之争。然中国之散文，至东坡而极其变矣。诗笔超旷，长于譬喻，而恣谐谑。又长于词，如"大江东去，浪淘尽，千古风流人物"一阕与柳耆卿"今宵酒醒何处，杨柳岸，晓风残月"并称百世。东坡三子迈、迨、过，皆善文，过为第一，称小坡，著有《斜川集》二十卷。

苏辙，字子由，号颍滨遗老，东坡之弟。其人与东坡异，深沉恬澹。其文才气不及兄，而以法度胜。与父兄称三苏。

王安石，字介甫，号半山，临川人。为文简练雄洁，拗折深峭，有一种精悍之气。其所本在荀子，所《上仁宗皇帝言事书》滔滔数千言，议论愈多，文心愈细，不愧大手腕。诗学杜甫，晚年律尤精严，造语用字，间不容发。

曾巩，字子固，南丰人，于唐宋八家为最劣，文乏才气，典雅有余而精采不足，明之王遵岩、清之方望溪辈所称桐城派者，皆学之。

苏门四学士

黄庭坚，字鲁直，号涪翁，又号山谷老人，分宁人。其诗生新奇巧，本学老杜而变为深刻，其失流于生硬，是为江西派之祖。文学西汉。

秦观，字少游，号太虚，高邮人。诗如时女步春，颇伤婉弱，晚年乃高古庄重，策论神锋镌利。亦长于词，属南派。

晁补之，字无咎，清丰人。长于古文，波澜壮阔，足与苏氏父子驰骋，诸体诗风骨遒上。

张耒，字文潜，淮阴人。诗文兼长，晚年诗体效白乐天，乐府效张籍。

加以下二人，为苏门六君子。

陈师道，字无己，一字履常，号后山，彭城人。诗学杜甫，沉思而入，宁拙勿巧，宁朴勿华，虽非中声，不失高格，亦江西诗派。古文简严密栗。

李廌，字方叔，华州人。为文才辩纵横，去苏之本体最近。

宋自南渡以后，雄健俊爽之气已尽，又加以冷静之理学盛行，实大碍文学之发达，其间唯一之文学者，陆放翁是也。兹先就其他论之。

文　家

王十朋，字龟龄，乐清人。文尚理致，不为虚浮靡丽之词，唯典雅而风格卑下，不足称也。著有《梅溪集》。

吕祖谦，字伯恭，寿州人。文博辩闳肆，病在不守约，以严格论，实不免粗俗。著有《东莱太史集》。

陈亮，字同甫，永康人。以事功自期，其文雄骛，最长策论，但有一种粗豪之气。

朱熹，字元晦，后改字仲晦，婺源人，以道学名。文沿韩、欧、曾三家，平正明畅，诗不脱道学臭味。

叶适，字正则，号水心，温州永嘉人。文藻思英发，语必己出。

文天祥，字文山，吉水人。长于诗。

谢枋得，字叠山，弋阳人。长于文。文山、叠山之作，宏雅悲壮，又不徒以文章著矣。

诗　家

杨万里，字廷秀，号诚斋，吉水人。诗才气健举，状物写情，无不入妙然，时杂俚语，流于生涩。著有《江湖集》。

范成大，字致能，号石湖居士，吴县人。诗清新温润。

尤袤，字延之，号梁溪，无锡人。诗平淡隽永，于律尤胜。

萧千岩，字东夫，诚斋弟子，为诗工致而病瘦硬。

陆游，字务观，号放翁，山阴人。诗颇似杜甫，才气超然，慷慨悲愤，常含一片忠厚之气，晚年恬淡，诗境一变，古体谨严，最得意者为近体中之律诗。世与东坡并称苏陆。

方岳，字巨山，号秋崖，为陆放翁以后一人。天才骏厉，善用成语，运掉虚字，逸韵横生。

真山民，宋末隐士，自云西山之后，诗学晚唐，风神萧朗。

词之作法，调有定格，字有定数，韵有定声，止于其间填字，故曰填词，或称为诗余。其与诗异者，诗之句格整齐，词之句格不整齐也。

沈约之《六忆诗》、梁武帝之《江南弄》当为词之滥觞，然普通谓权舆于李白之《菩萨蛮》《忆秦娥》，张志和之《渔歌子》，其后有白乐天、温飞卿辈，然不甚盛。至五代，韦庄、欧阳炯、冯延巳、南唐李后主相次而制词之新体，然仅有五十八字以内之小令，尚无中调及长调。至宋熙宁中，立大晟府为雅乐寮，日制新曲，渐臻大成。至南渡后愈盛，而其派分为南北。南派婉约，词调蕴藉；北派豪放，气象恢宏。李后主即属于南派者也，苏东坡即属于北派者也。

南　派

晏殊，字同叔，临川人，谥元献。为词不踏袭前人语，喜冯延巳歌词，所自作亦不灭延巳，实开宋初风气。子几道，字叔原，号小山，有父风，精壮顿挫，能动摇人心，然工艳几于劝淫。

柳永，字耆卿，初名三变，崇安人。有兄三复、三接，皆工文章，号柳氏三绝。官屯田员外郎，世号柳屯田。喜作小词，薄于操行，其词非羁旅穷愁之词，即闺门淫媟之语，往往流于鄙俗，而音律谐婉，词意妥贴，承平气象，形容曲尽。

张先，字子野，乌程人。人谓之张三中，即心中事、眼中泪、意中人也。子野自以素所得意影字句，称为张三影。词亦长艳体，情余于才。

周邦彦，字美成，钱塘人。词精深华丽，体兼苏秦长调，尤善铺叙，著有《清真集》。

在南北之间

李清照，字易安，济南人。格非之女，赵明诚妻，后再适张汝舟。格力高秀，著有《漱玉集》。

北　派

辛弃疾，字幼安，号稼轩，历城人，南渡后词人。其词源出东坡，才气横溢奇恣，而其浓丽绵密，亦不在小晏、秦少游之下。婀娜豪健，兼而有之，区区南北之别，非所问也。

刘过，字改之，学稼轩，多壮语而较粗率。

姜夔，字尧章，鄱阳人。寓武康，自号白石道人，精深华妙，音节文采，并冠绝一时，为南渡后大宗。

吴文英，字君特，号梦窗，四明人。著有《梦窗》甲乙丙丁稿，或谓其词如七宝楼台，炫人耳目，拆碎下来，不成片段。

世以南派为正宗，北派为变体，此不过就本支而别之，非正论也。词入金为北曲，入元为南曲。

附　录

补　遗

柳开时文家：张景，公安人，开弟子。诗人：寇准，字平仲，下邽人；林逋，字君复，钱塘人；魏野，字仲先，蜀人；潘阆，字逍遥，大名人；王禹偁，字元之，巨野人；孙何，字汉公，汝阳人。

杨亿时诗家：李宗谔，字昌武，饶阳人；陈越，字损之，开封尉氏人；李维；丁谓，字公言，长洲人；刁衎，字元宾，昇州人；任随；张咏，字复之，濮人；舒雅，字子正，旌德人；崔遵度，字坚白，江陵人；薛映，字景阳，蜀人；刘秉；皆西昆体。

欧阳修同时文家：石介，字守道，兖州人。刘敞，字原父，清江人；刘攽，字贡父，敞弟；刘奉世，字仲冯，敞子；称三刘。骈文家：夏竦，字子乔，江州德安人；宋庠，字公序，雍邱人；宋祁，字子京，庠弟。

南宋作家

文家　陈傅良，字君举，号止斋，瑞安人；真德秀，字景元，后改希元，称西山先生，浦城人；魏了翁，字华父，号鹤山，浦江人。

骈文家　王安中，字履道，号初寮，曲阳人；汪藻，字彦章，婺源人；孙觌，字仲益，晋陵人；綦崇礼，字叔厚，北海人，居台州。洪适，字景伯，鄱阳人；洪遵，字景严；洪迈，字景卢；称三洪。周必大，字子充，初字洪道，号平园叟，庐陵人，封益国公；楼钥，字大防，号攻媿；李刘，字公甫，号梅亭；杨至质，字休文，号勿斋，隐于黄冠。

诗家　徐照，字灵晖，号山民；徐玑，字文渊，一字致中，号灵渊；翁卷，字续古，一字灵舒；赵师秀，字紫芝，号灵秀。以上称永嘉四灵，调主清虚便利，皆叶水心所赏拔。陈起，字宗之，钱塘人，业书肆，善诗，著有《江湖小集》。

南宋末诗家　刘克庄，字潜夫，号后村；张炎，字叔夏，号玉田，又号乐笑翁；汪元量，号水云；谢翱，字皋羽，一字皋父，自号晞发道人，诗文气势兀傲；郑思肖，字忆翁，号所南，诗文拆厉逸宕。

词家　学姜白石者：史祖达，字邦卿，号梅溪；高观国，字宾王，与梅溪齐名；张辑，字宗瑞，号东泽，鄱阳人；赵以夫，字用父，号虚斋，长乐人；蒋捷；周密，字公谨，济南人；陈允平，字君衡，四明人；王沂孙，字圣与，号碧山，会稽人；张炎。

考　证

苏老泉《权书》篇目：《心术》《法制》《强弱》《攻守》《明间》《孙武》《子贡》《六国》《项籍》《高祖》。

《衡论》篇目：《远虑》《御将》《任相》《重远》《广士》《养才》《申法》《议法》《兵制》《田制》。

沈约《六忆》之三云："忆眠时，人眠独未眠，解罗不待劝。就枕不须牵，复恐旁人见，娇羞在烛前。"

梁武帝《江南弄》七曲其一云："众花杂色满上林，舒芳耀绿垂轻阴。连手蹙蹀舞春心，舞春心，临岁腴，中人望，独踟蹰。"

李白《菩萨蛮》云："平林漠漠烟如织，寒山一带伤心碧。暝色入高楼，有人楼上愁。阑干空伫立，宿鸟归飞急。何处是归程？长亭更短亭。"

《忆秦娥》云："箫声咽，秦娥梦断秦楼月。秦楼月，年年柳色，灞陵伤别。乐游原上清秋节，咸阳古道音尘绝。音尘绝，西风残照，汉家陵阙。"

张志和《渔歌子》云："西塞山前白鹭飞，桃花流水鳜鱼肥。青箬笠，绿蓑衣，斜风细雨不须归。"

李格非，字文叔，尝著《洛阳名园记》。

韦庄，字端己，蜀人。

冯延巳，字正中，南唐人。

李后主，名煜。

张先影字句："云破月来花弄影""浮萍断处见山影""隔墙送过秋千影"。

公安，故城在今湖北公安县东北；浦城，属福建旧建宁府；大名，属直隶；铜山，属江苏旧徐州府；宛陵，今安徽宣城；眉山，今四川建昌道眉山县；临川，今江西临川县；南丰，属江西旧建昌府；分宁，即今江西修水县治；高邮，属江苏旧扬州府；清丰，属直隶旧大名府；乐清，属浙江旧温州府；寿州，属安徽旧凤阳府；婺源，属安徽旧徽州府，于梁陈时为新安郡；吉水，属江西旧吉安府；弋阳，属江西旧广信府；崇安，属福建旧建宁府；下邽，故城在陕西渭南县东北；巨野，属山东旧曹州府；濮，属山东旧曹州府；旌德，属安徽旧宁国府；江陵，湖北荆州；德安，属江西旧九江府；雍邱，故城在今河南杞县；曲阳，属直隶定州；晋陵，今江苏武进县。

参 考

蜀赵崇祚著《花间集》；万红友《词律》；夏秉衡《清绮轩词选》，一名《历朝名人词选》；《花间》《草堂》二集；《三朝词综》；宋周密选《绝妙好词》，清查为仁、厉鹗笺（限于南宋）；康熙敕撰《钦定词谱》；康熙敕撰《历代诗余》；《词学全书》；日本田能村竹田《填词图谱》。

名 句

王荆公句云："地幡三楚大，天入五湖低""一鸟不鸣山更幽""绿阴幽草胜花时"。

评 语

王荆公《祭欧阳公文》云：豪健俊伟，怪幻瑰琦。其积于中者，浩如江海之渟蓄；其发于外者，烂如日月之光辉。其清音幽韵，凄如飘风急雨之骤至；其雄辩闳辞，快如轻车骏马之奔驰。

沈德潜评苏诗云：苏子瞻胸有洪炉，金银铅锡，皆归镕铸。其笔之超旷，如天马脱羁，飞踺游戏，穷极变幻，而适如意中所欲出。韩文公而后，又开辟一境界也。

第十篇　辽金元文学

辽自太宗入汴,取晋之图书礼器而归,汉人之文学遂移植于北方。自景宗至圣宗,为辽之极盛时期,仿唐宋之制,以科举取士,大尊经术。然因地理上之影响,风气刚劲,且三面受敌,专事蒐狝,而典章文物终少进步。据《辽史·文学传》所载,止有萧韩家奴、王鼎、耶律昭、刘辉、耶律孟简、耶律谷欲六人。甚无足观,其著作亦不传。

金之文化,由二处得来:一为辽,一为宋。太祖任用辽之旧人,俾充使介往复之任,故其言皆文。太宗时沿辽之旧,设选举法,及伐宋,多得经籍图书及士人,又宋之使臣来者,若学问出众,即与以厚禄,诱其心而臣之,以用其技能,故金得愈趋于文化。至熙宗时,祭孔子,北面执弟子礼,世宗章宗之世,儒风大进,庠序日盛,虽国运不长,而百年积渐,俊才辈出。据《金史·艺文志》所载,则有下之作者:

韩昉,字公美,燕京人,辽遗臣。善属文,最长诏册。

吴激,字彦高,号东山,宋使臣,被留。工乐府,造语清婉,哀而不伤。

蔡松年,字伯坚,爵位最重。工乐府,清丽芊绵。与吴激齐

99

名，称吴蔡。

蔡珪，字正甫，松年子。妙于文，诗非所长。

马定国，字子卿，茌平人。以上二人赅博。

任询，字君谟，易州军市人。

赵可，字献之，高平人。

郭长倩，字曼卿，文登人。

萧永祺，字景纯。

胡砺，字元化，磁州武安人；杨伯仁，字安道，真定藁城人。二人敏赡。

郑子聃，字景纯，大定府人；麻九畴，字知几，易州人。二人英俊。

党怀英，字世杰，冯翊人。文似欧公，不为尖新危险之语。长于诗，似陶谢，神韵缥缈，为金初第一作家。

周昂，字德卿，真定人。

王庭筠，字子端，河东人，号黄华山主。

李经，字天英，锦州人。

吕中孚，字信臣，冀州南宫人。

李纯甫，字之纯，弘州襄阴人，通庄、列、左、国，文亦肖之；李汾，字长源，太原平晋人，为人任气；李献能，字钦叔，河中人，为人纯孝。三人卓荦。

王郁，字飞伯，大兴人；宋九嘉，字飞卿，夏津人。二人迈往。

庞铸，字才卿，辽东人。

王元节，字子元，弘州人。

王兢，字无兢，彰德人；刘从益，字云卿，浑源人；王若虚，字从之，藁城人。三人善吏治，文不掩其长。

宇文虚中，字叔通，蜀人。

元德明，系出拓跋魏，太原秀容人，遗山之父也。

杨云翼，字之美，平定乐平人；赵秉文，字周臣，磁州滏阳人，号闲闲道人，其文长辨析，诗学阮嗣宗、陶渊明，极欲矫正当时之文弊，正如宋之欧阳修，为文章风骚之主，擅名一时。以上二人齐名，称杨赵。

金代诗盛于文，其理由，一因金民本不知文字，忽输入汉人之文学，美情焕发，自然倾于诗之方向；二因时值兵乱，无暇锻练思索，为策论难，不如诗句之短而易也。故金之诗最为特色。前之宋诗，由散文而化；后之元诗，由词曲而化。金之诗，则纯然为诗也，有宋诗之新而无其鄙俚，有元诗之丽而无其纤巧。受风土之影响，故悲壮而伟丽。元遗山《中州集》所集作家二百四十余人，可谓盛矣。

元好问，字裕之，号遗山，秀容人，德明之子。幼学于郝晋卿，年弱冠，下太行，渡大河，作《箕山》《琴台》之诗。为赵秉文所推许，人称元才子。后官至翰林，金亡不仕，著有《金源君臣言行录》《壬辰杂编》《中州集》。长于诗文，其重在诗，悲壮激越，直追少陵古体。长于近体，乐府尤为第一。其歌谣跌宕，挟幽并之气，高视一世。七言古诗，气旺神行，东坡以后一人，盖专以单行，绝无偶句，意愈折愈深，味亦愈隽。律诗对仗精而神气疏畅，直逼老杜之垒。中蓄剑气，极尽沉痛之致。绝句亦寄托遥深。其文笔力遒健而宏雅，如金石文字，直逼韩欧二家。词亦雅丽幽隽，足追稼轩之踪。然赵瓯北谓其才不甚大，书卷亦不甚多,观其律诗,复句甚多,其窘可见。其古诗所以无排偶者,乃自知其弊而勉避之也,但以廉悍沉思擅长耳。

金之文学,最纯粹者前为韩昉、吴激、蔡松年、马定国、宇文虚中、党怀英,中顷为李纯甫、杨云翼、赵秉文、雷渊,最后则元遗山也。

元代之文学,所重者杂剧、传奇、小说之轻文学,即通俗文学,实开中国文学之新生面者也。究其原因:

(一)元起朔漠,入主中夏,一见山温水软之景象,遂变其勤俭苦楚之习,而成骄奢淫佚之风,专以快乐耳目为主;

(二)是等之轻文学,本为儒教所屏斥,然元帝不重儒教,而旧思想之束缚以解。

元之文学,有杂剧、传奇二种,皆为宋代诨词之变体,而成为曲者也。而论曲之起原,则乐府一转而为词,词一转而为曲,金之北曲,元之南曲,皆由词而一变者也。

杂　剧

元人未灭南宋之时,以杂剧取士,谓之填词科,故杂剧极盛。其体制每剧必四折,第一折必用【仙侣·点绛唇】之调,第二折以下无定例,各折皆一韵到底,字数约三千言,四折约一万言内外,或于四折之外加楔子(即序文)。杂剧之剧文,谓之院本。

杂剧作者,见《元曲百种》。

乔梦符,著有《扬州梦》(关于杜牧之情事)、《金钱记》。

杨显之，著有《潇湘雨》《酷寒亭》。

关汉卿，著有《望江亭》《窦娥冤》《救风尘》。

马致远，字东篱，著有《汉宫秋》（叙王昭君入胡之事）。

郑德辉，著有《倩女离魂曲》。

白仁甫，著有《梧桐雨》。

世称马东篱如朝阳鸣凤，张小山如瑶天笙鹤，白仁甫如鹏抟九霄，李寿卿如洞天春晚，费唐臣如三峡波涛，乔梦符如神鳌鼓浪，宫大用如西风雕鹗，王实甫如花间美人，张鸣善如彩凤刷羽，关汉卿如琼筵醉客，郑德辉如九天珠玉，白无咎如太华孤峰。

至于瑶曲家（即善歌杂剧者），则卢纲如神虎之啸，雄而且壮；李良辰如苍龙之吟秋水；蒋康之如玉盘之击于明堂，温润可爱；李通如吹玉笙璃管，清而且润也。

传　奇

传奇与杂剧同出一源，惟传奇句较复杂，其所作之出无限制耳。

曲有南北之别，已如上述，此不过风土之异、声音之别，其源同也。大抵北曲主劲切雄丽，南曲主清峭柔远。北曲字多而调促，促之处见筋，辞情多而声情少，其力在弦，宜和歌而易失之粗；南曲字少而调缓，缓之处见眼，情辞少而声情多，其力在板，宜独奏而易失之弱。元之传奇，《西厢记》为北曲，《琵琶记》为南曲。

《西厢记》　或谓关汉卿作，或谓王实甫作，或谓原为关汉卿作而实甫续之，或谓实甫作《西厢》至"碧云天，黄花地，西风紧，北雁南飞"句，呕血而死，其后关汉卿续之也，今皆以为王实甫作。《西厢》本于唐元微之之《会真记》，后转为唐赵德邻之《商调蝶恋花》，又转为金董解元之《弦索西厢》，后二种皆浑词之一种也。《西厢》之文词，悱恻芬芳，流丽芊绵，风情独绝，为一代之杰作，供历代才子辈之玩赏，评者甚多，以金圣叹、李卓吾所评为最。

《琵琶记》　高则诚撰，则诚字东嘉，温州永嘉人。系刺王四之弃结发也。其才料系本于唐人之小说。《说郛》载牛僧孺之子繁，与蔡生友善，妻以妹，蔡以有妻赵氏辞，不得，后牛氏事赵氏极卑顺，蔡仕至节度副使，但不知其名，记或假借汉蔡邕之名耳。

《琵琶》之文词，古雅淡醇，不及《西厢》至纤丽幽婉，然所叙孝子贤妻，敦伦重谊，缠绵悱恻之情，实胜于《西厢》。陈眉公谓《西厢》是一幅着色牡丹，《琵琶》是一幅水墨梅花；《西厢》是一幅艳妆美人，《琵琶》是一幅白衣大士。李卓吾谓《西厢》化工，《琵琶》画工。

小　说

《水浒传》　武林人施耐庵撰，系采集宋《徽宗本纪》《张叔夜传》及《宣和遗事》《挥麈谈余》之事实而成也，实为浑词之一种。其书雄大宏阔，首尾贯彻，文辞亦壮绝快绝。原百二十回，其第七十回以下，为金圣叹所截。李卓吾所批评之《忠义水浒传》，系百二十回，乃正本也。《水浒》之续者有二种：一为天华翁撰，叙宋江转生为杨公，卢俊义为魔王，文词乖谬，狗尾续貂；一为雁荡山樵著，内叙宋江、卢俊义皆被毒杀，所余三十余人，再遇难，后相会，杀童贯、高俅，李俊为大将，乐和为军师，后花荣、徐宁浮海至暹罗，乘乱取之，推李俊为王，尚不失忠君爱国之情，词亦尚佳。

《三国演义》 杭人罗贯字本中撰，或作罗贯中。系施耐庵弟子，见其师作《水浒传》，乃效之。系本陈寿《三国志》而敷衍之，盖历史小说也。谢肇淛谓其与《钱唐记》、《宣和遗事》、杨六郎等书，同为俚而无味，盖事太实而近腐，仅足以悦里老小儿，不足为士君子道也。

元之散文，虽步武欧苏后尘，而更为颓下。惟诗则幽丽，不袭宋人之陋习。

文 家

金履祥，字吉夫，兰溪人，学者称仁山先生。金遗民。

许谦，字益之，金华人，仁山弟子，学者称白云先生。

许衡，字仲平，河内人。为文明白朴质，主于达意。

吴澄，字幼清，抚州崇仁人。词华典赡，为文不及衡，而工致过之，与许衡为元文学之纲领。

姚燧，字端甫，号牧庵，柳城人，许衡弟子。文法韩愈，远过于师，为一时宗匠。

刘因，字梦吉，保定容城人。辞章遒健，尤在许、吴之上，而醇正亦不让之。

诗　家

赵孟頫，字子昂，宋宗室，宋亡入元。诗文清奇逸丽。

马祖常，字伯庸。富健鸿丽。

虞集，字伯生，号邵庵，著有《道园集》，宋相允文后。居临川，吴澄弟子。文有庆历乾淳风烈，诗权奇飞动，笔颇健利。与杨载、范梈、揭傒斯号四杰。

杨载，字仲弘，浦城人。诗风规雅赡，音节学唐。

范梈，字亨父，别字德机，清江人。诗踔踔宕逸，而有远情。

揭傒斯，字曼硕，富州人。文叙事严密，诗清丽婉转。

虞集尝谓杨载如百战健儿，范梈如唐人临晋帖，揭傒斯如美女簪花，自称如汉廷老吏。四家诗皆源本江西也。

张翥，字仲举，号蜕庵，晋宁人。诗流丽清婉，尤工乐府。

萨都剌，字天锡，雁门人。诗与蜕庵相若，而尤长于情，多感时事而发，有诗史之目。

杨维桢，字廉夫，号铁崖，别号铁笛道人，山阴人。元末兵起，浪迹浙西，后徙居松江。

元中叶以降，言古文者，推黄溍、柳贯、吴莱三家，而以铁崖为殿后之英，颇似金之元遗山文，如周敦商彝寒芒横逸，诗则震荡凌厉，鬼设神施，典丽之中，别饶隽致，擅名于时，自号铁崖体。古乐府出入少陵二李间，然往往失于怪诞晦涩，或讥之为文妖。与铁崖为诗文友者，有永嘉李孝光，字季和；钱塘张雨，字伯雨；锡山倪瓒；昆山顾瑛（一名阿瑛，又名德辉），字仲瑛；瓒名尤高，诗枯淡自喜；浦江戴良，字叔能，亦与铁崖同时，号九灵山人，与王祎、宋濂同出三家之门；又有王逢，字元吉，江阴人，号席帽山人。

附 录

补 遗

金代又有刘中，最长古文，典雅宏放，有韩柳气象。世称刘先生，在遗山前。弟子王若虚、高法飏、张履、张云卿。

其他元曲：《戚夫人》《陈抟高卧》《陆绩怀橘》《于公高门》《哭魏徵》《立宣帝》。

考 证

郝晋卿，名天挺，泽州陵川人。其孙经，字伯常，仕元为名臣，为元遗山弟子。诗似遗山，为遗山撰墓志，称其为一代宗匠。

诨词，起于宋末，合乐器而歌，或云即混以俗语之演义也，最著者为《宣和遗事》。

《元人百种曲》，明臧晋叔选，凡分十集。

李卓吾，名贽，字宏甫，明泉州人，官滇秦诸县，后为僧。著有《藏书》《焚书》二种，其版明末已毁，日本大学图书馆有《焚书》一种。

倪瓒，字元镇，号云林，无锡人。明初征之不起，居有清閟

中国文学史

阁，藏古书、碑帖、图画甚多。

秀容，今山西忻县西北，即太原定襄；崇仁，属江西；柳城，故城在今热河凌源县；富州，属云南旧广南府；茅山，即句曲山，在江苏句容县东南；锡山，在江苏无锡县西，惠山支麓也。

参　考

《琵琶记》，毛声山批评本。

《水浒》，日本译本，前半曲亭马琴译，后半高井兰山译，森槐南译《后水浒传》。

《西厢》，批评家及注释家：徐文长、汪然明、李卓吾、李日华、汤若士、陈眉公、孙月峰、徐士范、王伯良、邱琼山、唐伯虎、萧孟昉、董华亭、金庭衡、梁伯龙、焦漪园、槃薖硕人、何元朗、黄嘉鱼、刘丽华、李笠翁、尤展成、金圣叹、毛西河、钱西山、沈君徵。

名　句

元遗山《箕山诗》云："幽林转阴崖，鸟道人迹绝。许君栖隐地，唯有太古雪。人间黄屋贵，物外只白洁。尚厌一瓢喧，重负宁所屑。降衷均禀秉，汩利忘智决。得陇又望蜀，有齐安用薛？干戈几蛮触，宇宙日流血。鲁连蹈东海，夷齐采薇蕨。至今阳城山，衡华两邱垤。古人不可作，百念肺肝热。浩歌北风前，悠悠送孤月。"又《横波亭为青口帅赋》云："孤亭突兀插飞流，气压元龙百尺楼。万里风涛接瀛海，千年豪杰壮山邱。疏星淡月鱼龙夜，老木清霜鸿雁秋。倚剑长歌一杯酒，浮云西北是神州。"又律句云："岐阳西望无来信，陇水东流闻哭声"，"精卫有冤填瀚海，包胥无泪哭秦庭"，"日月尽随天北转，古今谁见海西流"。

元曲佳句

"红尘不向门前惹，绿树偏宜屋角遮，青山正补墙东缺。""枯藤老树昏鸦，小桥流水人家，古道西风瘦马，夕阳西下，断肠人在天涯。"以上景中之雅语。

"池中星，玉盘乱洒水晶丸；檀梢月，苍龙捧出轩辕镜。""红叶落火龙褪甲，苍龙幡怪蟒张牙。""水面云山，山上楼台。山水相接，楼台上下，天地安排。"景中之壮语。

"仙翁何处炼丹砂？一缕白云下。客去斋余，人来茶罢，叹浮世，数落花。楚家、汉家，做了渔樵话。""黄芦岸，白蘋渡口；绿杨堤，红蓼滩头。虽无刎颈交，颇有忘机友。点秋江白鹭沙鸥，傲杀人家万户侯，不识字烟波钓叟。"是意中之爽语。

"十二玉栏天外倚，望中原，思故国。感慨伤悲，一片乡心醉。"是情中之快语。

"笑撚花枝比较春，输与海棠三四分。再偷匀，一半儿胭脂一半儿粉。"是情中之冶语。

"参旗动斗柄，即为多情，揽下风流祸。眉攒翠娥，裙拖绛罗，袜冷凌波。耽惊怕万千般，得受用些儿个。""侧耳听门前去马，和泪看帘外飞花。""怕黄昏不觉又黄昏，不销魂怎地不销魂？新啼痕间旧啼痕，断肠人送断肠人。""春将去，人未还，这其间，殃及杀愁眉泪眼。""把团圆梦儿生唤起，谁不做美，呸，却是儞！"是情中之悄语。

"怨青春，挨白昼，怕黄昏。""一声梧叶一声秋，一点芭蕉一点愁，三更归梦三更后。"是情中之紧语。

"五眼鸡丹山鸣凤，两头蛇南阳卧龙，三脚猫渭水非熊。""酒淹千古兴亡事，曲埋万丈红霓志。不达时皆笑屈原非，但知音便说陶潜是。"诨中之奇语。

"拗杀银筝韵不真，揉痒天生钝。纵有相思泪痕，索把拳头揾。"是诨中之冶语。

以上见王凤洲《艺苑卮言》。

评　语

赵瓯北《扬州观戏诗》：武松打虎昆仑犬，直与关张一样看。

第十一篇　明代文学

明之文学，皆模仿之文学也，特唐之诗、宋之文、元之曲之残山剩水而已。明太祖以匹夫取天下，欲以文教牢笼学者，故以八股取士，使耽于无用之学，以消磨其志气。而究八股之起源，实始于王安石之经义，至元仁宗时，王克耘始造八比一法，名为书义矜式。明祖因而不革，英宗天顺以前，敷衍传注，或对或散，尚无定式，宪宗成化以后，全用对偶，愈趋颓败，至清季而始废。其形式上之拘束，实较骈体文而更甚，此不可谓之文学。故不赘论。

自永乐中，敕撰《四书大全》，经义一定，以程朱为正学，王阳明出而祖述陆象山，倡良知良能，政府视为异端，其学徒皆受虐待，由是明人之思想不得恣，而作自由之大论文者绝少矣。

明初文家

宋濂，字景濂，其先金华潜溪人，后迁浦江，元亡入明。文为儒者之文，似曾南丰，醇正平明，而语漫格弱，然比诸他人，尚有刚劲之处也。著有《潜溪集》《后潜溪集》。

王袆，字子充，义乌人。与宋濂同门，文微不及濂，然醇朴宏肆，而有气魄处，当在其右。

方孝孺，字希直，一字希古，宁海缑城人。从宋濂学，文光焰万丈，有北宋人之模范，不落曾王以下。著有《逊志斋集》。

以上三人虽亦能诗，然主以文传。

诗　人

刘基，字伯温，青田人。元季之诗尚辞华，伯温独持高格，时欲追逐韩杜，超然独胜，为一代之冠。乐府高于古诗，古诗高于近体，七言近体又高于七言，如《走马引》《梁甫吟》等古意古调，实为希见。

高启，字季迪，长洲人。居于吴淞江上之青邱，自号青邱子。天才如李白，盖亦承南方之血脉，而富于感情者也。其诗上窥建安，下逮开元，伟丽雅健，清隽新颖，一洗元人纤弱之陋习。其文亦尚气，多辨难攻击之体。与以下三人称为吴中四杰。后腰斩死，年三十九。所著文有《凫藻集》，词有《扣舷集》，诗有《吹台》《缶鸣》《江馆》《凤台》《青丘》《南楼》诸集。

杨基，字孟载，号眉庵，其诗沿元季之习，近于纤秾，但五言古、七言律颇俊逸。官至山西按察使，后遭谗夺职死。

张羽，字来仪，后改字附凤，诗学杜韦，有神理而微嫌郁辖。官太常司丞，后获罪投龙江死。

徐贲，字幼文，诗类皮陆。官河南左布政，寻投狱。盖与杨基同遭曾为张士诚客之嫌也。张徐二人之诗俱乏变化。

明初之四杰与初唐之四杰相似，皆不得良死，此值明祖之残忍，彼值武氏之篡夺，处乱世而抱才者，真不祥之极也。

以上诸家，当开国之初，其著作颇有可观，其后人才非必庸劣，但受守成时代之感化，而精气渐衰，至台阁体兴而益甚。台阁体者，永乐宣德之间，杨士奇、杨溥、杨荣、解缙等诸老之所倡也。其体以博大昌明，雍容闲雅为主，合诗文两道，归于同一趋向。但文学为自然之声，扩于草莽之时则盛，归于台阁则无何等之趣味，至其末流，益陷于肤廓冗沓，万口一声，奄奄无生气。于是李东阳起，而陋习为之一洗。

李东阳，字宾之，号西涯，茶陵人。诗宗杜甫，而才不甚大，但刻意为之，颇得其雅驯清彻之处。著有《怀麓堂集》。

东阳非复古派，倡复古者，李何七子也。然东阳如陈涉，七子乃刘项以下之豪杰。

李梦阳，字献吉，自号空同子，庆阳人。才思雄鸷，卓然倡复古，文言秦汉，诗言盛唐，以下皆不取，于是诗文之体裁一变。著有《空同集》。

何景明，字仲默，号大复山人，信阳人。与梦阳齐名，著有《大复集》。

李何二人，均学杜甫而各得其异，李有才，主模仿，而刻划过甚，如婴儿学语，其长在雄浑悲壮。何才劣于李，而主创造，故颇有诗人之资格，其作以秀隽稳雅胜。

李何二人加以下数人，为七才子。

徐祯卿，字昌毂，吴县人。为诗初喜白居易、刘禹锡，后改模盛唐，虽大不及李，高不及何，而风骨超然，别饶趣味，为吴中诗人之冠。

边贡，字廷实，历城人。边幅狭而才小，然能用巧，富于慧思。

康海，字德涵，别号对山，武功人。

王九思，字敬夫，鄠县人。康王二人所作，大抵粗率。

王廷相，字子衡，仪封人。诗沉郁壮丽，然喜摹拟，多失真。

除王廷相外，加以下四人为十才子。

朱应登，字升之；顾璘，字华玉，上元人；陈沂，字鲁南，上元人；郑善夫，字继之，闽县人。

徐边二人，与李何匹敌，称四杰。

徐祯卿与以下三人，号吴中四子。

祝允明，字希哲，自号枝山，长洲人。文章有奇气，当筵疾书，思若泉涌，诗有六朝遗意。

唐寅，字伯虎，一字子畏，号六如，吴县人。为文初尚奇气，晚节放格，颇谐俚俗，与祝枝山皆放诞不羁，为世所訾。

文徵明，号衡山，长洲人。主风雅数十年。

衍李何之绪者，为嘉靖中李王七子。

李攀龙，字于鳞，号沧溟，历城人。其诗务以声调胜，古乐府及五言古体，临摹太过，痕迹宛然；七言律及七言绝句，高华矜贵，脱去凡庸。

攀龙与以下数人结诗社，名为五子。

王世贞，字元美，号凤洲，又称弇州山人，太仓人。释褐后由李先芳引入诗社，与攀龙结交，其才学十倍于攀龙，乐府古体高出攀龙数倍，七言近体亦规大家，而锻炼未足，故华赡之余，时露浅率。

谢榛，字茂秦，号四溟山人，临清人，眇一目。五言近体诗，句烹字练，气逸调高，七子中推独步。然古体固守规格，有宗法而无生气，初为盟长，后以无官，被摈于五子七子之列。

宗臣，字子相，扬州兴化人。

梁有誉，字公实，顺德人。二人皆有高致，后王世贞而加入诗社。

又加以下二人为七子。

徐中行，字子舆，长兴人。诗摹古哲，而少湛深之致。

吴国伦，字明卿，兴国人。雅炼流逸，情景相副，前七子中之边贡也。

诸人皆少年气锐，目空一世，谓文自西京，诗自天宝而下，皆无足观。于本朝独取李梦阳、攀龙为魁。七子之名高天下，攀龙死，世贞执牛耳。以上诸人，除谢榛外，改称前五子，又有后五子、广五子、续五子、末五子等名，为识者所笑。

后五子　余曰德，字德甫，南昌人。魏裳，字顺甫，蒲圻人。汪道昆，字伯玉，歙县人。张佳胤，字肖甫，铜梁人。张九一，字甫助，新蔡人。

广五子　俞允文，昆山人。卢柟，字少楩，浚县人。李先芳，濮州人，始与攀龙结诗社，后以出为外吏退出。吴维岳，孝丰人，始亦与攀龙结诗社，后退出。欧大任，字桢伯，顺德人。

续五子　王道行，阳曲人。石星，东明人。黎民表，字维敬，从化人。朱多煃，南昌人。赵用贤，常熟人。

末五子　李维桢，京山人。屠隆，鄞县人。魏允中，南乐人。胡应麟，字元瑞，兰溪人。赵用贤。

李王之古文辞，究不出模拟剽窃四字，其作诗方法，先读唐人之诗集，摘其可爱之字面，临题则将古人类似之作，诵读一过，乃将所摘之字面，引而用之，遂成一篇。故惯用阳春白雪、千年万里、花月乾坤等字面。千篇一律，陈腐不堪。为文亦如此，多用先秦诸子，正如剪裁古时之锦绣，以缀褴褛也。故李王非真正之诗人，亦非文章家，不过修辞家而已。

其间超然拔俗，不为时弊所误者，得诗文家如下：

文　家

王守仁，字伯安，余姚人，世称阳明先生。无所师承，学术才藻兼优，天分甚高，自成一家之文。

王慎中，字道思，晋江人，号遵岩居士，后号南江。文学曾南丰。

唐顺之，字应德，号荆川，武进人。文学欧曾。与遵岩齐名，称王唐。

诗　家

杨慎，字用修，新都人。诗华丽，著有《升庵集》。

薛蕙，字君采，亳州人。诗雅正。

高叔嗣，字子业，祥符人。

华察，字子潜，无锡人。

皇甫四杰：冲，字子浚；涉，字子安；汸，字子循；濂，字子约，兄弟四人也。长洲人。以上皆冲澹高古，以上诸人或学韦柳，或宗三谢，皆超出于时俗规模，少陵以外也，然其势甚微，均非李何派之敌也。

又有反抗李王之古文辞者——

归有光，字熙甫，昆山人，学者称震川先生。长于文，得太史公之神理，为明代古文中坚，与王凤洲相抗，目之为庸妄巨子，诋之为俗学。王憾之，后亦心折。

茅坤，字顺甫，别号鹿门，归安人。善古文，最心折唐顺之，取顺之所选唐宋八大家文，加批评刊之。然生平疏于经史，但学文章，故仅得其波澜转折而已，所批评亦多不得要领，去王唐远甚。

徐渭，字文长，山阴人。文宕逸，诗好长吉一派之鬼体。

袁中郎兄弟：中郎名宏道，字无学，公安人；兄宗道，字伯修；弟中道，字小修，世称三袁。力矫李王之弊，然其文幽怪诡异，诗则诙谐卑陋，间杂俚语，空疏者便之，目为公安体。

钟惺，字伯敬，号退谷，竟陵人。

谭元春，字友夏，与钟惺同里。二人以袁氏矫李王之弊，而流于浅率，乃一变而为僻涩，号为竟陵体。

明末衍李王之绪及其反抗者——

张溥，字天如，太仓人。复社首领，主李王，尝选《汉魏六朝百三家集》，以资提倡，为文敏捷丰艳，遂无苦功入细。

陈子龙，字人中，又字卧子，华亭人。幾社首领，善倚声，古文取法魏晋，骈体尤精妙，诗襟度宏远，天骨开张，唯其宗旨以李王为依归，故为人所痛贬，然惩李王之廓落，而参以神韵，亦善学王李者也。

艾南英，字千子，东乡人。豫章社首领，排诋李王，不遗余力。古文奉震川为正宗，然于经术甚疏也。

以后反抗李王者，有钱牧斋；传张溥之学者，有吴梅村，皆入清而为一代风气之倡首焉。

明之传奇作者

汤显祖，字若士，临川人。万历时知遂昌县，有灭虎纵囚之令名。其文以宋濂为主，排黜李何、李王、前后七子。所居曰玉茗堂，著有《牡丹亭还魂记》，内述怀春处子梦遇秀才；《邯郸记》，内说黄粱之梦；《南柯记》，内述梦游蚁国；《紫钗记》，内述梦得侠者之助，是谓玉茗堂四梦。《牡丹亭》词采之胜，不让《西厢》，最足传也。

《西游记》，世以《西游记》为长春真人邱处机所撰，误也。邱真人《西游记》凡二卷，乃别是一书。此书为明嘉靖时山阳人吴承恩所作，盖喻解脱而得正果者，其间意马心猿诸种之障碍，实有不得避之径路也。理想高妙，文极平明，今传有悟一子批评本。

《金瓶梅》，内叙西门庆、潘金莲之情事，近于丑秽猥亵，文词亦不甚可爱，或谓王世贞作，用以刺严世蕃者，疑不能明。

其他琐谈零闻之类，则有瞿宗吉之《剪灯新语》，内集短篇十则，其文雅醇秀丽，其中有采古事者，如《水庆宫庆会录》一篇，系本于东坡之轶事而变化之。又《牡丹灯记》一篇，传于日本，浅井了意译出，为《圆朝之牡丹灯笼》所本。至山水游记，则有徐宏祖之《霞客游记》十二卷，文极可诵。

附　录

补　遗

高启，尝家于北郭，与张羽、徐贲、王行、高逊志、宋克、唐肃、余尧臣、吕敏、陈则为北郭十友。

明初诗人又有张简；袁凯，字景文，华亭人，晚年自号海叟，以《白燕诗》著名，称袁白燕；贝琼，字廷琚；张以宁，字志道；刘崧；林鸿。对于北郭诗派，而为闽中诗派。

与西涯同时者，有：王鏊，字济之，吴县人；吴宽，字原博，号匏庵，长洲人；吴俨；罗玘。

李卓吾出于钟谭之时。

考　证

高启尝题《宫女图》云："小犬隔花空吠影，夜深宫禁有谁来。"又题《画犬》云："莫向瑶阶吠人影，羊车夜半出深宫。"泄宫廷秘密事，太祖衔之，后为知府魏观作上梁文，观获谴，帝见启文，大怒，遂被诛。

杨士奇，名寓，以字行，江西泰和人。

杨溥，字宏济，湖广石首人。

杨荣，字勉仁，建安人。

解缙，字大绅，吉水人。

茶陵，属湖南长沙；庆阳，属甘肃泾原道；信阳，属河南汝阳道；历城，属山东；鄠县，属山西旧西安府；兴化，今属江苏淮扬道；兴国，属湖北旧武昌府，今改阳新县；晋江，属福建旧泉州府；东乡，属四川绥定府。

名 句

刘基《走马引》云："天冥冥，云蒙蒙，当天白日中贯虹。壮士拔剑出门去，手提仇头掷草中。掷草中，血漉漉，追兵夜至深谷伏。精神感天天心哀，太乙乃遣天马从天来，挥霍雷电扬风埃。壮士呼，天马驰，横行白昼，吏不敢窥。戴天之耻自古有必报，天地亦与相扶持。夫差徒能不忘而报越，栖于会稽又纵之。始知壮士独无愧，鲁庄何以为人为。"

高青丘《送沈左司徒汪参证分省陕西》句云："四塞山河归版籍，百年父老见衣冠。函关月落听鸡度，华岳云开立马看。"又《送李使君镇海昌》句云："人杂岛夷争午市，潮随山雨入秋城。"结末云："肯扫帐中容我醉，夜深燃烛卧谈兵。"

袁凯《京师得家书》诗云："江水三千里，家书十五行。行行无别语，只道早还乡。"

评 语

王凤洲评高青丘词云：太史公宏博凌厉，殆骎骎于正始。一时宿将选锋，莫敢横阵，快如迅鹘乘飙，良骥蹑景，丽如太阳朝霞，秋水芙蕖，词家射雕手也。

沈德潜评李东阳云：永乐以后之诗，茶陵起而振之，老鹤一鸣，喧啾如废。

第十二篇　清代文学

清朝之学风，在于考证。其原因有二：

（一）天然之时势感化。自明复古之说起，学术上已反抗宋儒，而谈心性理气者，又于名物象数，绝少研究。学者厌其空疏粗漏，欲实事求是，自然趋于汉唐注释之研究。

（二）人为之施政方针。清朝欲镇压汉人排外之思想，又以明末东林党变后，谈理学者争尚气节，欲为怀柔政策，故奖励文学，以买收学者。康熙朝乃开书局，编纂《明史》《佩文韵府》《渊鉴类函》《康熙字典》；乾隆朝编纂《四库全书提要》《大清会典》《大清一统志》等，上好下甚，考证之风遂盛行矣。

考证学风之影响，文字之风骨气韵不高，而流于声调词藻矣。

清初文学家大抵皆明之遗臣，文章家以侯魏二人为主，诗人以钱吴二人为主。

文　家

侯方域，字朝宗，号雪苑，河南商丘人，明遗老。文效韩欧，有才气而学问不足，疏畅而未深厚，著有《壮悔堂集》。乃才子之文也，长于叙事。

魏禧，字冰叔，号勺庭，又号裕斋，称魏叔子，宁都人。与兄际瑞（一名祥），字善伯（一号伯子），弟礼，字和公（一号季子），称宁都三魏。亦明遗老。文学苏老泉，最长策论，盖策士之文也，然亦长叙事，其矩矱从《左传》得来。《大铁椎传》一篇，为千古绝调，然其文病在波折太过，不免缪戾丛生也。著有文集《日录》《左传经世》等书。

汪琬，字苕文，号钝庵，人称尧峰先生，长洲人。奉欧阳修、归震川为宗。拘束法度，用笔不自由，边幅局促，意境太狭，精练明晰少瑕，而乏纵横历落之活趣。惟袁子才谓其原本六经，复正轨辙，乃儒者之文也。著有《钝翁类稿》。

三家如三国，魏似曹孟德，霸气笼盖一世；侯如孙仲谋，可为其敌；汪如刘玄德，偏安巴蜀而已。

廖燕，本名初燕，字柴舟，韶州曲江人，亦明遗民。其文以气胜，格虽不高，而有豪宕流动之致，著有《二十七松堂文集》。其自序云：笔代舌，墨代泪，字代语言，而笺纸代影，照如我立前而与之言，而文著焉。则书者，以我告我之谓也。且吾将谁告，蒙蒙者皆是矣，噤噤者皆是矣云云。

顺治康熙乾隆时诗家

钱谦益，字受之，号牧斋，常熟人。其人降清，不足道，然诗文两道，才思之雄，实一代正宗。其诗文集笺注之类，乾隆间已焚弃，止留《初学》《有学》二诗集，诗宗杜少陵，出入韩白苏陆元虞诸家。

吴伟业，字骏公，号梅村，太仓人。不得已而仕清，其文不足观，乃纯然诗人也。专摩唐人格调，不阅宋诗，为青丘以后一人。其最可称者，关于时事之古诗也，如《永和宫词》《临江参军》《圆圆曲》等。然其入手，在香奁一体，故儿女之情多，风云之气少，有珠光而无剑气。

王士祯，避世宗讳改名士正，字贻上，号阮亭，又号渔洋山人，山东新城人，著有《带经堂集》。诗主神韵，然不能作大篇，赵秋谷极力攻之，然赵虽朴实真挚，不免限于浅陋也。王之规模较赵为阔，而流弊伤于肤廓，其余波变为沈归愚之格调，而反对之者则为袁子才之唱性灵，翁覃溪之唱肌理。

朱彝尊，字锡鬯，号竹垞，秀水人。长诗、善文、工词，并长经史考证之学，古诗最长，格律苍劲，文则古雅而简洁澄淡，著有《曝书亭集》。

以上钱吴王朱四家。

施闰章，字尚白，号愚山，江南宣城人。诗温柔敦厚，著有《学余堂集》。

宋琬，字玉叔，号荔裳，山东莱阳人。诗磊落雄健，著有《安雅堂集》。

以上二人，在钱吴王朱四家之间，顺康之际齐名，称为南施北宋。

查慎行，初名嗣琏，字夏重，后更名慎行，字悔余，号初白，海宁人。近体出陆放翁，古体出苏东坡，工力纯熟，微少蕴藉，盖其才力气识，终不及以上诸家也。著有《敬业堂集》。

尤侗，字同人，更字展成，号悔庵，晚号艮斋，长洲人。著有《西堂集》。诗不甚美，长骈文。

陈维崧，字其年，号迦陵，宜兴人。著有《湖海楼集》。又工骈文，导源庾信，才力富健，然不免气粗词繁之病。

厉鹗，字太鸿，号樊榭，钱塘人。诗品清高，五古有韦柳之风，著有《樊榭山房集》。

严遂成，字海珊，乌程人。诗有气魄，著有《明史杂咏》。

王又曾，字受铭，号谷原，秀水人。著有《丁辛老屋集》。

钱载，字坤一，号箨石，秀水人。著有《箨石斋诗集》。

以上四家，合袁枚、吴锡麟为浙西六家，俱在乾隆时代。

批评家

金圣叹，明末本姓张，名采，字若采，长洲人。后绝意仕进，更名金喟，又名人瑞，圣叹其字也。其立论根据释道，文如风卷，极尽纡萦曲折之趣，实为自成一家之调，别开生面，盖奇才也。廖柴舟《二十七松堂文集》有传。

乾隆时江左三家

袁枚，字子才，号简斋，又号随园老人，钱塘人。其论文主蟠曲，故为文尽拗峭曲折，开阖呼应，操纵顿挫之妙。其论诗主性灵，意在矫当时神韵格调之风，然其古诗，仍用渔洋声调也。或谓其才气太露，驳而不纯，惟文笔畅达，是其所长，然少含蓄。贬之者至目其诗为放诞淫俚，坏人心术。著有《随园三十六种》。

蒋士铨，字心馀，一字苕生，号清容，又号藏园，铅山人。其诗曲尽诸种之趣，最传者为叙事诸作，摹写正史以外忠孝节义之事，兴酣意激，实以诗才兼史眼，可称为一部有韵史。著有《忠雅堂集》。

赵翼，字雲崧，号瓯北，阳湖人。其诗才气纵横，陷于诙谐，机警刺人，而少浑厚，似朱竹垞。著有《瓯北集》。

洪北江评三家，谓袁似通天神狐，醉便露尾；蒋如剑侠入道，尚余杀机；赵如东方正谏，时杂诙谐。

乾隆以后至嘉庆之诗人

王文治，字禹卿，号梦楼，丹徒人。著有《梦楼诗集》。

吴锡麒，字毂人，号圣徵，钱塘人。著有《有正味斋集》，又长骈体文。

张问陶，字仲冶，号船山，四川遂宁人，自号蜀山老猿。著有《船山诗集》。其诗生气涌出，沉郁空灵，《宝鸡》诸篇，如老杜诸将之遗，三百年来，蜀中诗人第一，然不免粗脆之弊。其妻林氏亦工诗。

黄景仁，字汉镛，一字仲则，武进人，年三十五卒。著有《两当轩诗集》。上品而含蓄。洪北江评谓：秋虫咽露，病鹤舞风，其太白楼醉中所作古诗，坐客阁笔。其集中《观潮行》《圈虎行》，尤为杰作。又工骈文，与洪北江齐名，称洪黄。

舒位，字立人，号铁云，直隶大兴人。著有《瓶水斋集》。古诗奇肆，而近体独清妙，盖源于汉魏六朝，而于近人诗亦无不读，又博览诸子百家，故造诣如此。

陈文述，字云伯，钱塘人。著有《颐道堂集》。诗集名《碧城仙馆》。其才力余于诗，诗舒和雅健，自然名贵，七言歌行尤得初唐风范，《月夜海上观潮》及《梦游浮罗吟》最佳。

郭麐，字祥伯，号频伽，吴江人。著有《灵芬馆文集》。系缠绵悱恻之人，诗文皆幽秀生峭，词尤隽永。

吴嵩梁，字兰雪，东乡人。著有《香苏山馆诗钞》。

邵飖，字无恙，山阴人。著有《蕉雪斋集》。

康熙以后文家

方苞，字灵皋，号望溪，安徽桐城人。著有《望溪文集》。其文大抵如曾南丰、汪琬，才短而无光焰气魄，惟清淡简远，亦可于韩欧以后，自为一家。其讲古文之义法，谓语录中之语，魏晋六朝藻丽之俳语，汉赋中板重字法，诗歌中隽语，南北史佻巧语，皆不宜入古文，然究乏胆识力量。其派曰桐城派，其中人物如下：

刘大櫆，字耕南，号海峰，又号才甫，桐城人。著有《刘海峰集》。其文追庄子，又学昌黎，然不逮方氏之深醇，其见重于世者，全仗姚鼐表章之力。

姚鼐，字姬传，一字梦谷，桐城人。受业于姚范，著有《古文辞类纂》及《惜抱轩集》。

陈用光，字硕士，一字实思，江西新城人。受传于鲁絜非，更事姬传，著有《太乙舟文集》。

刘开，字方来，号孟涂，桐城人。受传于惜抱，著有《孟涂文集》。

姚莹，字硕甫，桐城人。师姬传，著有《东溟文集》。

方东树，字植之，桐城人。受传于惜抱，著有《仪卫轩文集》。

吴德旋，字仲伦，江苏宜兴人。出姬传门，著有《初月楼集》。

吕璜，字礼北，号月沧，广西永福人。问道于吴德旋、姚椿，著有《月沧文集》。

梅曾亮，字伯言，江南上元人。受传于惜抱，著有《柏枧山房文集》。

管同，字异之，江南上元人。受传于惜抱，著有《因寄轩文集》。

吴嘉宾，字子序，江西南丰人。从梅伯言学，著有《求自得之室文钞》。

朱琦，字濂甫，号伯韩，广西桂林人。学于吕璜，著有《怡志堂集》。

戴钧衡，字存庄，桐城人。出方植之之门，著有《味经山馆文集》。

恽敬，字子居，阳湖人。著有《大云山房集》。文近魏叔子，自谓文从司马子长出，子长以下无北面，号为阳湖派。其派之人物如下：

张惠言，字皋文，武进人。著有《茗柯文集》。

秦瀛，字凌沧，一字小岘，号遂庵，江苏无锡人。著有《小岘山房文集》。

陆继辂，字祁孙，江苏阳湖人。著有《崇百药斋文集》。

董士锡，字晋卿，阳湖人。

李兆洛，字申耆，武进人。著有《李氏五种》及《养一斋文集》。

或谓桐城派为儒者之文，阳湖派为策士之文，然阳湖派由海峰之徒钱伯坰鲁思称诵其师说于子居、皋文。子居、皋文，始治古文，而陆祁孙所选《七家文钞》，望溪、海峰、惜抱与子居、皋文并列，其派本不立异也。

传奇小说家

李渔，号笠翁，金陵人，为清朝第一传奇作者。所著如下：

（一）《笠翁十种曲》（《风筝误》《蜃中楼》《凰求凤》《意中缘》《玉搔头》《慎鸾交》《巧团圆》《奈何天》《怜香伴》《比目鱼》）。

（二）《十二楼》（《合影楼》《夺锦楼》《三与楼》《夏宜楼》《归正楼》《萃雅楼》《拂云楼》《十卺楼》《归鹤楼》《奉先楼》《生我楼》《闻过楼》）。

（三）《笠翁一家言》。内有《闲情偶寄》一篇，专论女子之妩媚。《芥子园画传》《资治新书》内系关于政治经济之策论。

（四）《觉后禅》。一名《肉蒲团》，此书有坏风纪之虞，然笔墨操纵自在，疏荡跌宕，朗如映玉。

笠翁主张喜剧，观其自题《风筝误》之末，可知风流自赏，老死太平，异乎李卓吾、金圣叹之以狂悖取奇祸也。其著作，先重结构，词采次之，音律次之，其文辞平易卑浅，人人易解。

孔尚任，字季重，号东塘，自署云亭山人，山东曲阜人。著有《桃花扇》（内叙秦淮名妓李香君与侯方域相爱，马士英欲夺以赠田仰，香君以死拒之。倒地血溅于扇，后杨龙友文聰画其血痕为桃花。明亡，方域不得志，香君仍守节，后相遇于栖霞山中，重叙旧情，为仙人张瑶星所叱，各悟而学道），与《西厢》《牡丹亭》相敌，为天地间最有关系之文章。又著有《小忽雷传奇》，稍逊。

洪昇，字昉思，钱塘人，为王渔洋诗弟子。著有《长生殿》传奇，系据《长恨歌》为本。其前亦有据《长恨歌》为杂剧者，如元白仁甫之《秋雨梧桐》，明人之《惊鸿记》，屠赤水之《彩毫记》皆是。而洪作之特色，在写杨贵妃为极可怜之女子，绝少骄盈之态也。又著有《天涯泪》《四婵娟》诸剧，稍逊。

曹雪芹，著有《红楼梦》，或云前八十回乃国初人之旧（倪云癯刻本亦八十回），后四十回乃曹雪芹所增。内叙男子二百三十五人，女子二百十三人，结构大，局面亦复杂，描写人情，十分充足，实为锦簇花团之大文字，为中国小说中之绝品。可以步武《水浒》《西游记》。《水浒》雄壮，《西游记》奇宕，《红楼》幽艳。书之内容，或谓系刺满相某府中事，因触满人之怒，其版屡毁，爱者亦屡制，改名《金玉缘》《石头记》等。续者甚多，如《后红楼梦》《续红楼梦》《红楼复梦》《红楼圆梦》《红楼幻梦》等是。

《儿女英雄传》，满人某著，内多侠义之事。运笔健丽，亦为有数之作，惟前半写十三妹，笔如生龙活虎，后半懈怠，其写安学海解四子之围，全从《西厢》普救寺解围一段，脱化尤陋，其书不结，待续。

尤西堂，著有《读离骚》《清平调》等剧，曾演于内苑。

蒋藏园，著有《红雪楼九种曲》：《香祖楼》；《空谷香》；《桂林霜》；《一片石》《第二碑》，以上二曲皆哀明宸濠妃娄氏；《临川梦》，系汤显祖之事；《雪中人》，系吴六奇之事，推为第一杰作；《冬青树》，以文天祥为主，系宋末之事；《四弦秋》，本于《琵琶行》。其所作富于词彩，典丽婉雅，不以矜才使气为能。

杨潮观，字宏度，号笠湖，随园友人。著有《诸葛亮夜渡泸江》《寇莱公思亲罢宴》《信陵葬金钗》《鲁连蹈海》诸剧，前二作尤为声情磊落，思致缠绵。

《品花宝鉴》，托名田春航，以刺当时毕秋帆尚书分桃断袖之阴事，可因而知北京梨园之内状，然往往流于猥亵。

《花月痕》，文较前作慎重，系从熟读《红楼》得来。其精到处，可与《儿女英雄传》相驰逐。

陈球，号蕴斋，秀水人。著有《燕山外史》，系从明冯梦祯《窦生本传》敷衍之，通篇系用四六骈文。

《野叟曝言》，或云康熙时老儒缪某所撰。

以上皆大部之长篇小说，适中者则有《女仙外史》《平山冷燕》《金翠翘传》，短篇则有《今古奇观》及续编，历史小说即演义则有《东周列国志》《隋炀艳史》《说唐全传》《残唐五代》《南北宋志传》《说岳全传》《荡寇志》及其他。

蒲松龄，字留仙，号柳泉，淄川人。著有《聊斋志异》，系集琐事零闻之小说也，曾积二十年之功而成。袁子才仿之作《子不语》，其后王韬作《淞隐漫录》，书坊名为《后聊斋志异》，尚有续著一种，不知何人所作，笔墨庸劣，阅之可呕。与《聊斋》同种者，尚有《谐铎》《西青散记》《夜谈随录》《兰苕馆外史》《夜雨秋灯录》《啸亭杂录》等。

咸丰同治间之诗人

蒋敦复，字剑人，宝山人。著有《啸古堂诗集》。

秦云，字肤雨，号西脊山人，长洲人。著有《伏鸾堂诗剩》，其稿因遇洪杨之乱，多失于兵，又失于水，计剩古今体二百余首。其中《梦游南岳》一篇最佳。其余《游虎丘作》《秦淮老妓行》《花中老人歌》《西湖榜人曲》亦佳，其风调学梅村而不及，颇近碧城，如《琼儿曲》《柳翠云行》《绛雪篇》《义伶行》《杉树将军歌》《毕孝女行》等是。其词华丰赡，气韵苍凉，足以独树一帜。惟叙事诸作之缺点，在常守一定模型，结构绝少变化，如《琼儿曲》之冒头云："瑶波秋冷芙蓉泣，娇红吹死金风急。可怜堕溷惜名花，愁把琼儿事重述。"《柳翠云行》冒头云："紫箫一曲琼云裂，鹤背仙姝来绛阙。霓旌风卷下瑶坛，欲述平生语先咽。"是也。又长于词，有《裁云馆词钞》。

文　家

曾国藩，字伯涵，号涤生，湖南湘乡人，谥文正。其文条理畅达，十分可诵，调和汉宋门户之争，自云粗解文字，由姚先生启之，然实阔于惜抱者远甚。著有文集四卷。古文自曾氏而后追汉魏者，喜为奇词奥句，摹方姚者，取媚闲情助状，可取者绝少矣。

张之洞，字香涛，直隶南皮人。系考证家，著有《劝学篇》。

俞樾，字荫甫，浙江德清人。著有《春在堂丛书》。

吴汝纶，字挚甫，桐城人，亦宗桐城派。著有《深州风土纪》《东游丛录》等书。

王韬，字紫诠，号弢园，江苏长洲人。著有《弢园文集》《弢园尺牍》。

附　录

补　遗

文家

明遗老

黄宗羲，字太冲，号南雷，余姚人。

顾炎武，初名绛，字宁人，号亭林，昆山人。

王夫之，字而农，号姜斋，衡阳人。学者称船山先生。

王于一，字定猷，江右人。

陈士业，号石庄。

徐世溥，字巨源。

欧阳斌元，字宪万。三人皆新建人。

清初

姜宸英，字西溟，一字湛园，慈溪人，与朱彝尊、严绳孙称三布衣。为文雅健，有北宋人意。魏叔子谓朝宗肆而不醇，尧峰醇而不肆，宸英在醇肆之间。诗宗浣花而参以玉局。

叶燮，字星期，号已畦，吴江人，学者称横山先生。为文议论，不蹈袭前人。诗意必钩元。不满汪琬之为文，其门下沈德潜最著。

计东，字甫草，号改亭，吴江人。少时著有《筹南五论》，上史阁部，深明大略，陈同甫莫能过。

毛奇龄，字大可，萧山人。为文隽辨不穷，才思横出。

潘耒，字次耕，号稼堂，吴江人。顾亭林高弟，诗古文精博无涯涘。

严虞惇，字宝成，号思庵，常熟人。文近欧曾。

邵长蘅，字子湘，号青门，武进人。为文长于叙事，简洁雄深，可与侯魏鼎足。

桐城派

姚范，字南青，号姜坞，桐城人。姬传之胞伯，著有《援鹑堂文集》。

朱仕琇，字斐瞻，号梅崖，福建建宁人。著有《梅崖文集》。

罗有高，字台山，江西瑞金人。著有《尊闻居士文集》。

鲁仕骥，字絜非，江西新城人。著有《山木集》。姚姬传与以上二人同师梅崖。

吴定，字殿麟，号澹泉，安徽歙县人。著有《紫石泉山房文集》。

王灼，字悔生，号滨麓，一号晴园，安徽桐城人。著有《悔生文集》。姬传又与以上二人同师海峰。

彭绩，字其凝，更字秋士，出姬传门，江苏长洲人。著有《秋士先生遗集》。

彭绍升，字允初，号尺木，江苏长洲人。秋士族侄，与台山善。著有《二林居集》及《一行居集》。

姚椿，字春木，一字子寿，江苏娄县人。出姬传门，著有《通艺阁文集》。

毛岳生，字生甫，江苏宝山人。出姬传门，著有《休复居文集》。

陈学受，字蓺叔。

陈溥，字广敷。以上二人皆学于陈硕士。

龙启瑞，字翰臣，号辑五，广西临桂人。学于吕璜，著有《经德堂文集》。

王拯，原名锡振，字定甫，号少鹤，广西马平人。师吕璜，著有《龙壁山房文集》。

彭昱尧，字子穆，广西平南人。师吕璜，著有《致翼堂文集》。

邓显鹤，字子立，号湘皋，湖南新化人。与姚硕甫善，著有《南村草堂文钞》。

孙鼎臣，字子余，号芝房，湖南善化人。师伯言，著有《苍莨文集》。

邵懿辰，字位西，浙江仁和人。

鲁一同，字通甫，一字兰岑，江苏山阳人。著有《味经山馆文集》。以上二人亦师伯言。

郭嵩焘，字伯琛，湖南湘阴人。

舒焘，字伯鲁，溆浦人。以上二人皆传孙鼎臣之学。

张穆，字石洲，山西平定州人。与伯言论不合，著有《殷斋居士文集》。

冯志沂，字述仲，号鲁川，山西代州人。兼师伯言、石洲，著有《微尚斋文集》。

管嗣复，字小异，同之子，传父业，早卒，文附同集。

阳湖派

鲍桂星，字觉生，歙县人。

咸同以后文家

吴敏树，字南屏，湖南巴陵人。著有《柈湖文集》。自谓不屑步武桐城，然卒不越姚氏轨范也。

杨彝珍，字性农，湖南武陵人。书卷少而理解疏，故绝鲜风趣，惟练句琢字，雅胜常人。

阎镇珩，字季蓉，石门人。为文练博宏深，著有《六典通考》。

张裕钊，字廉卿，湖北武昌人，与吴挚甫同衍曾文正之绪。

诗家

清初

龚鼎孳，字孝升，号芝麓，合肥人。与钱、吴称江左三大家。

赵执信，字伸符，号秋谷，晚号饴山老人，山东益都人。曾著《谈龙录》以攻渔洋，诋其为缥缈无着。著有《饴山堂诗集》及《因园集》。

冯班，字定远，号钝吟，常熟人。诗峭折有余，酝酿不足，为秋谷所心服。

施、宋与丁澎（字飞涛，号药园，仁和人）、张文光（字谯明，祥符人）、严沆（字颢亭，余杭人）、周茂源（字釜山，华亭人）、赵宾（字锦帆，汴州人），唱酬日下，号燕台七子。

药园与陆圻（字丽京，一字景宣，号讲山，钱塘人，有《威凤堂集》）、柴绍炳（字虎臣，号省轩，仁和人，有《青凤轩诗》等）、毛先舒（一名骙，字稚黄，仁和人，有《东苑诗钞》等）、孙治（字宇台，号鉴庵，仁和人，有《孙宇台集》）、张纲孙（又名丹，字祖望，钱塘人，有《张秦亭集》）、吴百朋（字我百，一字锦雯，号朴斋，钱塘人，有《娱晖堂集》）、沈谦（字去矜，仁和人，有《东江集》）、虞黄昊（字景明，一字景铭，钱塘人）、陈廷会（字际叔，号瞻云，钱塘人）称西泠十子。

愚山同里亦有：梅清，字渊公，号瞿山；梅庚，字藕长；高咏，字阮怀，号遗山，有《遗山堂》《若岩堂》等集，号宣城体；袁启旭，字士旦；皆工诗。

宋荦，字牧仲，号漫堂，商丘人。诗宗子瞻。

田雯，字紫纶，号山薑，德州人。诗文皆组织奇丽，其纵横排奡之气，几驾渔洋而上。著有《古欢堂集》《长河集》。

彭孙遹，字骏孙，号羡门，海盐人。著有《松桂堂集》。

又有岭南三家：陈恭尹，字元孝，顺德人；屈大均，字翁山，番禺人；梁佩兰，字药亭，南海人。

乾隆以后

翁方纲，字正三，号覃溪，大兴人。诗宗江西派，出入诚斋、山谷间，又学少陵、东坡，谓渔洋神韵二字，其弊恐流为空调，故拈肌理二字，欲以实救虚也。

乐钧，初名宫谱，字元淑，号莲裳，临川人。覃溪弟子。

沈德潜，字确士，号归愚，长洲人。诗讲究格律，古体宗汉魏，近体宗盛唐，尤服膺老杜，选有《古诗源》及《五朝诗别裁》。宗之者有：盛锦，字庭坚，吴县人；陈魁，字经邦，长洲

136

人；周准，字钦莱，号迁村，长洲人；顾诒禄，字禄伯，长洲人。又有王鸣盛，字凤喈，号西庄，嘉定人；王昶，字兰泉，青浦人；钱大昕，字晓徵，号辛楣，又号竹汀，嘉定人；曹仁虎，字来殷，号习庵，嘉定人；黄文莲，字芳亭，号星槎，上海人；赵文哲，字损之，号璞函，上海人；吴泰来，字企晋，号竹屿，长洲人；称吴中七子。

后起又有：褚廷璋，字左峨，号筠心，长洲人；张熙纯，字策时，号少华，上海人；毕沅，字秋帆，自号灵岩山人，镇洋人。

再传则有武进黄景仁，私淑则有仁和朱彭。

宗渔洋者则有：法式善，字开文，号时帆，原名运昌，奉旨更名式善，蒙古正黄旗人；赵文哲、吴泰来后亦依渔洋。

又有号三君者：大兴舒位；秀水王昙，字仲瞿，一名良士，著有《烟霞万古楼诗文集》；昭文孙原湘，字子潇。

又有岭南四家：顺德黎简，字简民，号二樵；张锦芳，字粲夫，号药房；黄丹书，字廷授，号虚舟；番禺吕坚，字介卿，号石帆。

蜀有：彭端淑，字乐斋，丹棱人；张问陶。

吴有：洪亮吉，字稚存，号北江，阳湖人；杨芳灿，字蓉裳，金匮人；杨揆，字荔裳，芳灿弟；郭麐。

浙有：金农，字寿门，一字冬心，钱塘人；杭世骏，字大宗，别字堇浦，仁和人；厉鹗，字太鸿，号樊榭，钱塘人；吴锡麒，字圣徵，号穀人，钱塘人。

赣有：曾燠、吴嵩梁。

湘有：邓显鹤；欧阳辂，字念祖，号磵东。

皖有：赵青黎，字然乙，泾县人；吴鼐。

骈文家

清初

吴兆骞，字汉槎，吴江人。诗多悲壮之音，词亦工，著有《秋笳集》。

吴绮，字蔥次，号听翁，江都人。著有《林蕙堂集》。

章藻功，字岂绩，钱塘人。著有《思绮堂集》。

乾隆以后

胡天游，字稚威，号云持，山阴人，著有《石笥山房集》，奥博奇肆，有唐燕许之遗风。

邵齐焘，字荀慈，号叔宀，著有《玉芝堂文集》，于绮藻丰缛之中，存简质清刚之制。

王太岳，字芥子，定兴人，高简。

刘星炜，号圃三，字映榆，武进人。著有《思补堂集》，名贵光昌，尽扫清初浮侈晦塞之弊，盖深于孟坚、孝穆、子安三家也。

吴毅人，委婉澄洁，是其所长。

曾燠，字庶蕃，号宾谷，著有《赏雨茅屋集》。清转华妙，擅六朝初唐之胜。

洪稚存，出荀慈门下，文朴质若中郎，遒宕若参军，肃穆若燕公，然初学学之，易伤风格而破体例。

孙星衍，字渊如，与亮吉同里，著有《平津馆文集》。为文风骨遒劲，在六朝汉魏之间。与亮吉称孙洪。

孔广森，字拗约，号㧑轩，曲阜人，著有《仪郑堂集》。谓骈文以达意明事为主，不可用经典奥衍之文，又不可杂制举文柔滑之句。

吴鼒，字山尊，号抑庵，全椒人。沈博绝丽，合邱迟、任昭为一手。曾合袁、邵、刘、吴、孔、孙、洪、曾为骈文八大家。著有《夕葵书屋集》。

杨芳灿，无锡人。

汪中，字容甫，江都人，著有《述学》。

刘嗣绾，字芙初，阳湖人，著有《尚䌹堂集》。

彭兆荪，字甘亭，镇洋人。

后又有：董基诚，字子诜，阳湖人，著有《子诜骈体文》。

董祐诚，字方立，一字兰石，阳湖人，著有《兰石斋骈体文》。

方履篯，字彦闻，大兴人，著有《万善花室骈体文》。

傅桐，字味琴，泗州人，著有《梧生骈文》。

周寿昌，字荇农，号自庵，长沙人，著有《思益堂骈文》。

赵铭，字桐孙，秀水人。

王闿运，字壬秋，湖南人，著有《湘绮楼集》。

李慈铭，字㤅伯，号莼客，会稽人，著有《越缦堂集》。

何栻，字廉昉，江阴人。

孙同康。

缪荃孙，字筱珊，江阴人，著有《艺风堂文集》《续文集》。

皮锡瑞，号鹿门，善化人。

王先谦，字益吾，长沙人。

史学家

万斯同，字季野，学者称石园先生，鄞人。《明史稿》五百卷皆其手定，号为精通。又撰《儒林宗派》。

马骕，字宛斯，邹平人。著《绎史》，援据浩博，考证详明。

谷应泰，字赓虞，丰润人。著《明史纪事本末》，每篇论断，皆仿《晋书》之例，行以骈偶，录事亲切，遣词精拔。

高士奇，字澹人，钱塘人。著有《左传纪事本末》。

毕沅，撰《续资治通鉴》。

陈鹤，字稽亭，长洲人。撰《明纪》垂成而没。其孙克家，字梁叔，续成之。

黄宗羲，著《宋元学案》及《明儒学案》。

孙奇逢，字夏峰，容城人，著《理学宗传》。

李清馥，著《理学渊源考》。

江藩，字子屏，号郑堂，甘泉人，著《汉学师承记》。

王鸣盛，著《十七史商榷》。

钱大昕，著《廿二史考异》。

章学诚，字实斋，会稽人，著《文史通义》暨《校雠通义》行世，其未经付梓之稿，尚多存俪山章鹤汀家。

小说

《儒林外史》，乾隆时全椒吴敬梓著，吴字敏轩，一字文木。

考 证

吴梅村诗考　《临江参军》为杨廷麟参卢象昇事；《永和词宫》为田贵妃薨逝；《洛阳行》为福王被难；《后东皋草堂歌》为瞿式耜；《鸳湖曲》为吴昌时；《茸城行》为提督马逢知；

140

《萧史青门曲》为宁德公主；《田家铁狮歌》为国戚田宏遇；《松山哀》为洪承畴；《殿上行》为黄道周；《临淮老妓行》为刘泽清故妓冬儿；《拙政园山茶及赠辽左故人》为陈之遴；《画兰曲》为卞玉京之妹卞敏；《银泉山》为神宗朝郑贵妃；《吾谷行》为孙旸戍辽左；《短歌行》为王子彦；《圆圆曲》为吴三桂爱姬陈圆圆。

蒋苕生诗考 咏烈士者，如《江西新昌典史公死事诗》，《明余杭知县府谷苏公殉节哀词》；咏孝子者，如《汪孝子》《卢孝子》《解孝子》；咏悌友者，如《雷门吟》；咏义行者，如《三义行》；咏武人者，如《白将军歌》《天全宣慰使歌》；咏能吏者，如《周别驾》《固原新乐府》；咏烈妇者，如《黄烈妇》《范烈妇》《韩烈妇》《江烈妇》《宛平查氏》《崇祯甲申纪烈词》；咏节妇者，如《张节母》《吴节母》《鲍节母》《沈节母》《杨节母》；述德诗，《新乐府》《光山乐府》；咏贤妇者，如《执绋词》。

神韵说 在一片天机，超悟新颖，其持论略本严羽之妙悟说，谓诗禅一致，禅家以为悟境，诗家以为化境，其本旨欲得言外之余情，而刻苦求之，反与本旨相远，而倾于修辞，有类獭祭。袁子才评之云，阮亭主修饰而略性情，观其到一处必有诗，诗中必用典，此可见其喜怒哀乐之不真。

性灵说 谓诗出于性情，性情而外无诗。其说本之袁中郎，适中神韵说病处。

格律说 专致意外形，大致谓诗贵性情，亦须论法，又云诗以声为用，其微妙在抑扬抗坠之间。

严羽，字仪卿，宋樵川人，自号沧浪逋客。

曹雪芹，名霑，一字芹圃，生于南京，父为江宁织造，后随父卸任回北平。不数年家中落，回忆昔日繁华，不免今昔之感，因著《红楼梦》。或说刺满相府中事，谓刺满相纳兰成德家事。

《儿女英雄传》，题为燕北闲人著。系出道光时满人文康之手。文康为大学士勒保之孙，费莫氏，字铁仙。

名　句

钱虞山《狱中杂诗》云："良友冥冥恨夜台，寡妻稚子尺书来。生平何限弹冠意，死后空余挂剑哀。千载汗青终有日，十年碧血未成灰。白头老泪西窗下，寂寞封题一雁回。"

又《金陵杂题》绝句云："一夜红笺许定情，十年南部早知名。旧时小院湘帘下，犹记鹦哥唤客声。"

又陈碧城于废纸中得虞山句云："桃叶春流亡国恨，槐花秋踏故宫烟。""烟月扬州如梦寐，江山建业又清明。""南渡衣冠非故国，西湖烟水是清流。""沧桑朝市开新局，烽火边关覆旧棋。""神愁玉玺归新室，天哭铜人别汉家。""文章金马霜前泪，故国铜驼棘后人。""老有性情依佛火，穷无涕泪洒神州。""停云家世红兰里，邀笛风流白下门。"

吴梅村《吊侯朝宗》云："河洛风尘万里昏，百年心事向夷门。气倾市侠收奇用，策动宫娥报旧恩。多见摄衣称上客，几人刎颈送王孙。死生总负侯嬴诺，欲滴椒浆泪满樽。"

又《过淮阴》云："登高怅望八公山，琪树丹崖未可攀。莫想阴符遇黄石，好将鸿宝驻朱颜。浮生所欠止一死，尘世无由识九还。我本淮王旧鸡犬，不随仙去落人间。"

又《永和宫词》结句云："莫奏霓裳天宝曲，景阳宫井落秋槐。"

《圆圆曲》句云："恸哭六军皆缟素，冲冠一怒为红颜。""妻子岂应关大计，英雄无奈是多情。""全家白骨成灰土，一代红妆照汗青。"

又《题秣临春》一律云："词客哀吟石子冈，鹧鸪清唱月如霜。西宫旧事余残梦，南内新诗总断肠。漫湿青衫配白傅，好吹玉笛问宁王。重翻天宝梨园曲，减字偷声柳七郎。"

王渔洋《蟂矶灵泽夫人祠》云："霸气江东久寂寥，永安宫殿莽萧萧。都将家国无穷恨，分付浔阳上下潮。"

又《秦淮杂诗》云："年来肠断秣陵舟，梦绕秦淮水上楼。十日雨丝风片里，浓春烟景似残秋。"

又《绝句》云："行人系缆月初堕，门外野风开白莲。""雁声摇曳孤舟远，何处青山是岳阳。""西风忽送潇潇雨，满路槐花出故关。""闺中若问金钱卜，秋雨秋风过瀼桥。""好是日斜风定后，半江红树卖鲈鱼。"

朱竹垞《登观山顶》句云："细雨春归雁，深山日暮钟。何年共招隐，相伴入云松。"

查初白句云："危时莫以烽为戏，我意方忧玉亦焚。""累朝岂少文章祸，圣主终全侍从臣。""千峰雪作漫天舞，万帐风兼动地雷。""草木连天人骨白，关山满眼夕阳红。""上界神仙风肃肃，下方楼阁雨蒙蒙。""春服暂宽腰下组，茶烟初验鬓边丝。""贫思饱暖原奇祸，老恋桑榆亦至情。"

严海珊句云："雕盘大漠寒无影，冰裂长河夜有声。"

袁子才《秦淮杂感》句云："贺兰风信三边笛，杜曲霜痕九塞花。"

赵瓯北《赤壁诗》云："依然形胜扼荆襄，赤壁山前故垒长。乌鹊南飞无魏地，大江东去有周郎。千秋人物三分国，一片山河百战场。今日经过已陈迹，月明渔火唱沧浪。"

张船山妻诗云："爱君笔底有烟霞，自拔金钗付酒家。修到人间才子妇，不辞清瘦似梅花。"

黄仲则《太白楼醉中作》云："是日江上同云开，天门淡扫双画眉。江从慈母矶边转，潮到燃犀亭下回。青山对面客起舞，彼此青莲一抔土。若论七尺归蓬蒿，此楼作客山是主。若论醉月来江滨，此楼作主山作宾。长星摇动月无色，未必常作人间魂。身后苍凉尽如此，俯仰悲歌亦徒尔。杯底空余今古愁，眼前忽尽东南美。高会题诗最上头，姓名未死重山丘。请将诗卷掷江水，定不与江东向流。"

舒铁云句云："一屋庄严妻子佛，六时经济米盐花。""石气翠沾三面水，茶烟青扫一房秋。""池边绿树鱼窥影，帘外青天鸟破空。""湖山青峭诗人垒，丝竹黄昏荡妇楼。""五株杨柳羲皇上，一水桃花魏晋前。"

陈碧城《月夜观潮》句云："须臾战鼓如轰雷，潮声已逐风声来。玻璃世界忽破碎，水底涌出金银台。百道银河向空立，是水是月迥难别。娥轮照影鱼龙飞，雪浪溅空星斗湿。"

《梦游浮罗吟》云："梅花如雪月如影，美人翩翩衣袂冷。霓裳淡衬仙云娇，倚树为我吹琼箫。琼箫一曲声呜咽，满地纷纷落香雪。酌我酒，赠我花，云中遥指仙人家。醉邀蝴蝶为我舞，流珠簌簌月当午。一声长啸归去来，侧身东望思蓬莱。四面花光暗成雾，月中不辨来时路。"

郭频伽句云："月与梧桐寻旧约，秋将蟋蟀作先声。""树摇残滴有时响，云与暮烟相间生。""满眼青山秋士老，打头黄叶酒人来。""二月落花如梦短，一湖新水比愁多。""水当残夜自然白，我与露虫同此凉。""吹水鱼龙秋有力，侧身江海夜初长。"

李笠翁自书《风筝误》末云："传奇原为消愁设，费尽杜头歌一阕。何事将钱买哭声，反令变喜成悲咽。惟我填词不卖愁，一夫不笑是吾忧。举世尽成弥勒佛，度人秀笔始堪投。"

评　语

袁子才评阮亭绝句云："不相菲薄不相师，公道持论我最知。一代正宗才力薄，望溪文集阮亭诗。"

蔡梅盦评蒋苕生诗曰："况公秉笔如南董，每以歌咏扶纲维。史笔挂漏指难屈，闻见所及搜无遗。纪忠纪孝纪节义，模写至行成瑰奇。"

陈碧城评苕生云："当代论诗品，清容第一流。劝惩皆雅颂，褒贬即春秋。乐府新声在，龙门史笔遒。何须校章句，辛苦辨曹刘。"

王述庵评苕生云："莽莽苍苍，而不主故常。正如昆阳夜战，雷雨交作，如洞庭君吹笛，海立云垂，信足以开拓万古之心胸，推倒一时之豪杰。"

王渔洋题《聊斋》云："姑妄言之姑听之，豆棚瓜架雨如丝。料应嫌作人间语，爱听秋坟鬼唱诗。"

第十三篇　现代文学

　　现代文学指自清季至民国二十余年间一时代之文学而言，此时代之文学家大抵在清季已著声望，或已露头角。迨入民国以后，仍各出其所学，以表现于世。无论为古文学、新文学，而综观其人，致力文学所历之时代，则固连属而不可分离，故不能归之清代，亦不能截为民国，而概之曰现代文学。

　　自清季至民初，桐城派古文已就式微，不敌魏晋文派之盛。间有持桐城派者，亦为人所掊击，惟诗则多喜宗宋，实衍桐城姚氏之诗派，而与为中晚唐诗者，争盛洎乎。新文学兴，文则一变而为新民体，再变而为逻辑体，三变而为白话体；诗则变为新体诗。盖因东西文学输入中国，国人之文学思想遂随之变迁矣。此现代文学过程之大概也。

文　家

　　王闿运，字壬秋，又字壬父，湖南湘潭人。为文萧闲似魏晋间人。曾文正极称其所作《秋醒词序》。曾主成都尊经书院，开蜀学。入民国为国史馆馆长，民国三年卒。著有《湘绮楼集》。

章炳麟，原名绛，字太炎，浙江余杭人。以序邹容《革命军》一书，逮系西狱。出狱走日本，多涉猎西籍，以新知附益旧学，尤精《说文》，论文右魏晋而轻唐宋。入民国，讲学称大师，二十五年卒。著有《章氏丛书》。

论者谓王闿运长于文学而头脑极旧，故其学说去国家社会最远；章炳麟国学既深又富于世界知识，故其学说去国家社会最近。王属于旧，章属于新，要皆有以自成其学而独立云。然炳麟论文则喜闿运，谓其能尽雅，盖以同尚魏晋，意相契也。

林纾，原名群玉，字琴南，号畏庐，又自署冷红生，闽县人。始为骈文，后弃去为古文。祈向桐城，寝馈昌黎，然学韩不至，其趣乃逼近柳州。善译欧美小说，以所译《茶花女遗事》最为著名。著有《畏庐文集》。民国十二年卒。

反对林纾者，先有章炳麟，斥之为诡雅异俗，后有胡适，目之为桐城余孽。纾虽愤气以争，而势卒不敌。然纾能以古文辞译欧美小说，为中国文学别辟蹊径，其有关于文学之风会者，固非细也。

以上为古文学之文家，以下为新文学之文家。

康有为，原名祖诒，字广厦，号长素，广东南海人。为文好杂经语、子史语，旁及外国佛语、耶教语，以至声光化电诸科学语，实为后来梁启超新民体之所由仿。著有《大同书》《欧洲十一国游记》及《不忍》等。民国十六年卒。

梁启超，字卓如，别署任公，广东新会人。康有为弟子，曾刊行《新民丛报》。文中时时杂以俚语、韵语、排比语、外国语及桐城派禁用之语，实为文体之一大解放。学者竞喜效之，谓之新民体。而启超转自厌倦，改为古文辞，已而又舍去，时时为语体文。民国十七年卒。传有《饮冰室全集》。

康梁二人，同以文字鼓吹变法，为戊戌政变之主要人物。然康氏文笔沉闷，而梁氏则条达疏畅，虽累万言而能使读者不倦，故其文学之感化力为尤大焉。

严复，原名宗光，字又陵，又字几道，福建侯官人。为逻辑文学之先导，其译《穆勒名学》曰《逻辑》，此翻《名学》，学问思辨，皆所以求诚正名之事，不得舍其全而用其偏也云云。故其为学，一治之以名学，而推本于求诚。又译有赫胥黎《天演论》、斯密亚丹《原富》等书。民国十年卒。

章士钊，字行严，湖南长沙人。文喜柳宗元，论文主洁，其最喜者逻辑，又通古诸子名家言，故为文一衷于逻辑。时梁启超排比堆砌之新民体，已为读者所厌，而士钊之作，文理密察，乃为人所爱诵，刊有《甲寅》杂志。

胡适，原名洪骍，字适之，安徽绩溪人。主张文学革命，倡为白话文，以仿古之文言文为死文学，而新倡之白话文为活文学，其宣传要旨，则曰国语的文学，文学的国语。著有《胡适文存》。

章士钊之逻辑文学，浅识每苦索解，胡适谓其大病，在不能与一般人生出交涉。而章士钊则斥胡适之白话文，为造成斯文之大厄。然白话文容易深入民众，普及教育，故民国九年，教育部颁小学课本改用国语之令，以广推行焉。

诗　家

樊增祥，原名嘉，字云门，号樊山，湖北恩施人。早岁诗学袁子才、赵瓯北。嗣识张之洞，乃悉弃去。又受业于李慈铭，遂究心于中晚唐。曾赋前后《彩云曲》，最为人所传诵。著有《樊山诗钞》。民国二十年卒。

易顺鼎，字中硕，一字实父，湖南龙阳人。年十五即刊诗词各一卷，曰《眉心室悔存稿》。为时传诵，称为才子。中年以往，日以诗词写其牢骚。入民国，曾赋长歌以寄郁勃。生平足迹，历数十行省，所至皆有诗录，而最所自喜者，为《四魂集》。民国九年卒。

增祥、顺鼎之诗，皆宗中晚唐，而以学温李者为最佳。惟增祥不喜用眼前习见故实，而顺鼎则必用人人所知之典，斯为异耳。二人虽皆好为绮语，然增祥持躬清谨，而顺鼎则恣娱声色，此其优劣也。

陈三立，字伯严，江西义宁人。晚筑室金陵，署曰散原精舍，又称三原老人。诗初学韩愈，后肆力为黄山谷，避俗避熟，力求生涩。刊有《散原精舍诗》二卷。子衡恪，字师曾，方恪，字彦通；亦皆能诗。

陈衍，字叔伊，号石遗，福建侯官人。教人诗学黄山谷，尤喜称陆放翁。其自为诗，则欲集古人之长以自名家。顾人皆以江西派目之。刊有《石遗室诗集》。

二陈之诗，皆出宋之江西派，而伯严奥峭而出之以磊砢，石遗奥衍而发之以爽朗，其蹊径固不同也。

以上皆古文学之诗家。至新文学之诗家，则亦以康有为、梁启超为新体诗之倡首。其为体也，形式可以不整齐，取材可以极通俗，字句可以极浅显。而倡诗界革命者，则有夏曾佑（钱塘人）、黄遵宪（字公度，嘉应人）、蒋智由（号观云，诸暨人），称为新诗界三杰。至胡适《尝试集》出，诗体乃大解放，其诗由有韵而为无韵，由五言、七言之整齐句式，而为长短随意，一时慕效之者，竞以新诗自鸣，则有康白情、俞平伯、徐志摩、郭沫若、谢冰心、王统照诸人。然如新诗家之陈勺水、梁宗岱、闻一多、朱湘等，则皆有感于新体诗之穷而当变，思复其旧矣。

词　家

朱祖谋，原名孝臧，字古微，号沤尹，自号上彊村民。词宗万树而益加博究。万树者，清康熙间尝著《词律》，即所称万红友者是也。拳匪之乱，祖谋困守京城，乃约友朋为词课，即世所传《庚子秋词》。入民国，有与冯煦同赋《精忠柏》，用岳忠武《满江红》旧韵各一阕。二十二年卒。著有《彊村词》。

况周颐，原名周仪，以避清宣统讳易名，字夔笙，号蕙风，广西临桂人。其词学得力于王鹏运、朱祖谋，严于守律，一声一字，悉无乖舛，庶几宋之姜白石。所著有《第一生修梅花馆词》《二云词》《香樱词》《蕙风词》。民国十五年卒。

清代词学，有浙派、常州派之别，浙派倡于秀水朱彝尊，以轻松灵学南宋之清空，厥后张惠言倡常州派，以拙重大学北宋之浑涵。常州派兴而浙派替，故以后谈词学者，一以常州派为宗，朱、况二人，皆常州派之卓卓者也。

曲　家

王国维，字静安，又字伯隅，号观堂，亦曰永观，浙江海宁人。著《人间词》，为论词者所重。最殚心剧曲，著有《曲录》《戏曲考原》《宋大曲考》《优语录》《古曲脚色考》《宋元戏曲史》等书。尤盛推元曲，谓其写景、抒情、述事之优美，足以当一代之文学。又以其自然，故能写当时政治及社会之情状，足以供史论家论世之资者不少云云。民国十六年四月，感时丧乱，自沉颐和园之昆明湖。海内惜之。

吴梅，字瞿安，一字灵鹕，又号霜厓，江苏长洲人。少有志于曲学，遇有工度曲者，辄造论得失。著有《顾曲麈谈》《百嘉室曲选》《南北九宫简谱》等书，皆论曲之作。藏曲甚富，刊其尤者一百五十种，曰《奢摩他室曲丛》。后以民国二十年沪变，版被毁，其自为曲有《霜厓四剧》。

论者谓王之治曲，仅历三年，未若吴之劬以毕生。王仅限于元曲，又未若吴之集大成也。

以上词曲二家，皆古文学。

附　录

补　遗

文家

廖平，原名登廷，四川井研人，湘绮弟子。

吴虞，字又陵，四川成都人，师廖平，刊有《吴虞文录》。

以上二人，皆传蜀学。

黄侃，字季刚，湖北蕲春人，太炎弟子。

苏玄瑛，字子毂，广东香山人，为沙门，号曰曼殊，太炎之友。著有《苏曼殊全集》。

以上魏晋文家。

王树枏，字晋卿，新城人，有《陶庐文集》。

贺涛，字松坡，武强人，传有《贺先生文集》。

以上二人，皆取法吴挚甫。

张宗瑛，字献群，更字雄白，南皮人，刊有《雄白集》。

李刚己，南宫人，传有《李刚己遗集》。

赵衡，字湘帆，冀州人，刊有《叙异斋文集》。

吴闿生，字辟疆，挚甫之子，刊有《北江先生文集》。

以上四人，皆贺涛弟子。

马其昶，字通伯，桐城人，刊有《抱润轩文集》。

叶玉麟，字浦荪，桐城人，其昶弟子，刊有《灵觌轩文钞》。

姚永朴，字仲实，硕甫之孙，刊有《蜕私轩文集》。其弟永概，字叔节，号幸孙，著有《慎宜轩文集》。

以上四人，皆传桐城派。

骈文家

刘师培，字申叔，江苏仪征人，著有《左盦文集》。步武齐梁，雄丽可诵。

李详，字审言，扬州兴化人，其文雕藻。

王式通，字书衡，汾阳人，其文秀润，与李详称北王南李。

孙德谦，字益庵，江苏元和人。撰《六朝丽指》一书，文以逸气清空为尚。

孙雄，原名同康，字师郑，昭文人，著有《师郑堂骈体文存》。

黄孝纾，字颛士，闽县人，著有《匑厂文稿》。

诗家

僧寄禅，本姓黄，湖南人，刊有《寄禅上人集》。

李希圣，字亦元，湘乡人，著有《雁影斋诗存》。

曹元忠，字君直，吴县人，著有《北游小草》。

以上二人，皆学李商隐。

杨圻，原名鉴莹，字云史，江苏常熟人。诗出入温李，刊有《江山万里楼诗钞》。

汪荣宝，字衮甫，元和人。学西昆，著有《西砖酬唱集》。

杨无恙，字让渔，常熟人。学玉溪，刊有《无恙吟稿》。

范当世，字伯子，通州人。诗学山谷，为陈三立所师，著有《范伯子集》。

沈曾植，字子培，号乙盦，嘉兴人。

胡朝梁，字子方，自号诗庐，铅山人。陈三立弟子，诗学山谷。

李宣龚，字拔可，侯官人。诗学王安石。

夏敬观，字剑丞，新建人。

诸宗元，字贞壮，绍兴人。

以上二人，皆李宣龚诗友。

奚侗，字无识，当涂人。诗近陈三立。

罗惇曧，字掞东，顺德人，诗学东坡。弟惇㬊，字敷庵，诗学后山。

何振岱，字梅生，侯官人，诗淡远。

龚乾义，字惕庵，侯官人，诗窈曲。

曾克耑，字履川，闽县人，刊有《涵负楼诗》八卷，诗雄俊。

金天羽，字松岑，吴江人，刊有《天放楼诗集》，诗才气横肆。

词家

谭仲修，仁和人，著有《复堂词》，宗张惠言。

王鹏运，广西临桂人，所著词曰《半塘定稿》。

郑文焯，字叔问，铁岭人，所著词曰《樵风乐府》。

冯煦，字梦华，金坛人，著有《蒙香室词》。

徐珂，字仲可，杭县人，传谭仲修之学。

邵瑞彭，字次公，淳安人。

王蕴章，字西神，无锡人。

龙沐勋，字榆生，闽县人，传朱祖谋之学。

曲家

任讷，字中敏，江都人，纂有《读曲概录》五册。

卢前，字冀野，江宁人，著有《饮虹曲五种》。

童斐，字伯章，宜兴人，纂有《中乐寻源》一书。

以上皆吴梅弟子。

王季烈，字君九，吴梅同县人，著有《螾庐曲谈》四卷。

刘富樑，字凤叔，嘉兴人，与王季烈辑《集成曲谱》。

魏碱，字铁三，山阴人。

姚华，字茫父，贵筑人，纂有《菉猗室曲话》。

考　证

樊山前后《彩云曲》，彩云姓傅，苏州名妓，学士洪钧曾纳为妾，携之出使英、俄、德、奥四国。后洪死，仍为妓，改名赛金花。前曲即咏其事。后拳匪之乱，八国联军入京，统帅瓦德西，彩云在德时，与之私昵，至是复入侍。进言止其淫掠。后曲即咏其事。人比之吴伟业之《圆圆曲》。

逻辑，严复谓其名义始于希腊，有译为名理探者，有译为辨学启蒙者。曰探曰辨，皆不足与本学之深广相副，必求其近。姑以名学译之。是学为一切法之法，一切学之学。老子所谓道，孟子所谓性，皆此物也云云。又章士钊以逻辑论文，谓文自有逻辑独至之境，高之则太仰，低焉则太俯，增之则太多，减之则太少，急焉则太张，缓焉则太弛，能斟酌乎俯仰多少张弛之度，恰如其分以予之者，唯柳子厚为能。可谓宇宙之至文也云云。按名学为求诚之学，诚者真实无妄之知是也，即精考微验而不敢苟之意。

名　句

王闿运《秋醒词序》有云："戊午中秋，既望之次夕，余以微倦，假寝以休，怀衿无温，憬焉而寤。方醒之际，意谓初夜；倾听已久，乃绝声闻。揽衣出房，星汉照我，北斗摇摇，庭院垂光。芳桂一枝，自然胜露；秋竹数茎，依其向月。青扉半开，知薄寒之已入；垩墙如练，映苔地以逾阴。象床低彩凤之帷，金缸续盘龙之焰。罗帱轻扬，而已惊蚊宿；琐窗无听，而坐闻虫语。湛湛之露，隔鸳瓦而犹凉；瑟瑟之风，送鸡声而俱远。辽落一声，旁皇三叹。"

林纾自作《冷红生传》有云："冷红生，居闽之琼水，家贫而貌寝，且木强多怒。少时见妇人，辄踧踖匿隅。尝力拒奔女，严关自捍。迨长，以文章名于时。读书苍霞洲上，洲左右皆妓寮。有庄氏者，色技冠一时，夤缘求见，生卒不许。邻妓谢氏笑之，侦生他出，潜投珍饵，馆僮聚食之尽，生漠然不闻知。一日，群饮江楼，座客皆谢旧昵，谢亦以为生既受饵矣，或当有情，逼而见之，生逡巡遁去，客咸骇笑，以为诡僻不可近。生闻而叹曰：'吾非反情为仇，顾吾褊狭善妒，一有所狎，至死不易志，人又未必能谅之，故宁早自脱也。'所居多枫树，因取'枫落吴江冷'诗意，自号曰冷红生，亦用志其僻也云云。"

樊增祥《后彩云曲》有云："言战言和纷纷久，乱杀平民及鸡狗。彩云一点菩提心，操纵夷獠在纤手。肤篋休探赤仄钱，操刀莫逼红颜妇。始信倾城哲妇言，强于辩士仪秦口。"又云："君王神武不可欺，遥识军中妇人在。有罪无功损国威，金符铁券趣销毁。太息联邦虎将才，终为旧院娥眉累。"

易顺鼎《初至关中》诗有云："翠华西幸周王骏，紫气东来李叟牛""关百二重秦代月，宫三十六汉时秋""云从武帝祠边散，雨自文王陵下来""城堞雉连秦晋树，关门牡绣汉唐苔"。又咏《诸葛武侯》云："万牛回首因龙卧，三马惊心为虎来。"咏《孙伯符》云："小弟坐分三足鼎，大乔方称并头花。"咏《西楚霸王》云："早知秦可取而代，晚叹虞兮奈若何""二十有才能逐鹿，八千无命说从龙"。咏《晋元帝》云："半壁江山牛易马，渡江人物鲫随龙。"又有句云："泛海零丁文信国，渡泸兵甲武乡侯""紧急春寒如战事，迟延花信似家书""墨磨盾鼻为诗砚，钱挂矛头当画叉""人料苻坚难胜晋，帝知周勃可安刘"。

陈三立《遣兴》诗云："而我于今转脱然，埋愁无地诉无天。昏昏一梦更何事，落落相看有数贤。懒访溪山开画轴，偶耽醉饱放歌船。诗声尚与吟虫答，老子痴顽亦可怜。"又有《城北道上》一律云："晶砾新驰道，晴霆叠马蹄。屋阴衔柳浪，裾色润瓜畦。诣客能相避，偷闲亦自迷。归栖枝上鹊，为我尽情啼。"又《由沪还金陵散原别墅杂诗》第三首云："钟山亲我颜，郁怒如不平。青溪绕我足，犹作呜咽声。前年恣杀戮，尸横山下城。妇孺蹈藉死，填委溪山盈。谁云风景佳，惨憺弄阴晴。檐底半亩园，界画同棋枰。指点女墙角，邻子戕骄兵。买菜忤一语，白刃耀柴荆。侧跽素发母，孥婴哀哭并。叱咤卒不顾，土赤血奔倾。夜楼或来看，月黑磷荧荧。"

胡适《新婚诗》云："十三年没见面的相思，于今完结。把一桩桩伤心旧事，从头细说。你莫说你对不住我，我也不说对不住你，且牢牢记取这十二月三十夜中天明月。"录此诗以见新体诗之一般。

朱祖谋《精忠柏》词云："大木无阴，浑不是众芳凋歇。相望处灵旗风雨，于今为烈！亘古心坚如铁石，何人手植无年月。向南枝应有旧啼鹃，声凄切！　　奸桧铸，沉冤雪。幽兰瘁，仇雠灭。问乔柯几见金瓯完缺？朱鸟定飘枋得泪，碧苔错认苌宏血！更空山玉骨冷冬青，悲陵阙！"

冯煦《精忠柏》词云："萧艾披昌，邈今世众芳衰歇！留一木孤撑天宇，寸心尤烈！七百余年陵谷变，英灵犹恋西湖月。算亭阴鬼雨怒涛飞，身悲切！　　离九节，凌冰雪。传海外，何生灭！恁抚歌舒啸唾壶敲缺！古殿苔封虫食篆，空枝春尽鹃啼血。问南朝遗孽桧分尸，屠王阙？"

况周颐《秋雨》词用《齐天乐》调云："沈郎已自拌憔悴，惊心又闻秋雨。做冷欺灯，将愁续梦，越是宵深难住。千丝万缕，更搀入虫声，搅人情绪。一片萧骚，细听不是故园树。　沉沉更漏渐咽，只檐前铁马，幽怨如诉。傀是残春，明朝怕有无数飞花飞絮。天涯倦旅，记滴向篷窗，更加凄苦。欲谱潇湘，黯愁生玉柱。"

中国文学史要略

朱希祖 著　白金杰　陈庆 整理

前　言

　　清末民初的学人在面对"文学史"这一舶来物时，遇到了一个难题，那就是中西方文学观念存在重大差异。中国传统的文学是广义的，几乎是一切学术的总称，而西方的文学则是狭义的，特指一类抒情的文体。在传统的积习下，这些学人大多选择了保守的立场，编写了一批持广义（杂）文学观的文学史。这些文学史很快因"界限太不清楚"招致了后来者的诟病，并迅速被持狭义（纯）文学观的文学史所取代，沉埋于故纸堆中。然而，回顾百年来文学史的书写史，狭义的文学史观固然推动了中国文学学科的独立，但在呈现中国文学的传统与特性方面却不尽如人意。当代的学者们仍在努力地探索，希望可以摆脱"以西律中"的理论阴影，构建一个具有中国特色的文学学科体系、学术体系。广义的文学史就是在这一学术反思的背景下，重新引起重视的。

　　相对狭义的文学史以纯文学的标准来对中国文学"削足适履"，广义的文学史对中国文学传统的"同情之了解"仍有值得借鉴之处。遗憾的是，以广义文学史观写成的文学史为数不多，产生于五四之前、未受到新文化思潮干扰的文学史更是寥寥可数。写于1916年的《中国文学史要略》是特例之一。这本书的特别之处在于，著者朱希祖是章太炎先生的高足、北京大学国文系的教授，该书在编写过程中得到章太炎的审阅，是章太炎广义文学史观的践行之作。尽管该书在1920年出版时，著者的文学史观受到新文化运动的冲击发生了改变，但这本被著者视为"直可以废矣"的文学史，却成为一部以广义文学史观写就的样本，别具历史标本的意义。

一

朱希祖（1879—1944），字逖先，又作遏先，浙江海盐人。朱希祖出身于当地的书香世家，其家族在明清两代共出了十三名进士，其中翰林一人，状元一人。朱希祖的高叔祖是嘉庆辛酉年（1801）进士、授翰林院编修，曾叔祖是道光丙戌科（1826）状元、授翰林院编撰，他的祖父、父亲虽然都是庠生，但都是笃学力行、为乡里所重的儒士。朱希祖幼承庭训，被家族寄予"努力读书正少年，愿伊早着祖生鞭"的厚望，十四岁跟随父亲研读《左传》，十八岁考中秀才，二十三岁举廪生，二十七岁考取官费留学生，赴日本东京早稻田大学师范科攻读历史。在日本期间，朱希祖与黄侃、钱玄同、周树人、周作人、许寿裳等人共同受业于旅日的章太炎门下。章太炎在《自定年谱》"宣统二年"条中称："弟子成就者，蕲黄侃季刚，归安钱夏季中，海盐朱希祖逖先。季刚、季中皆明小学，季刚尤善音韵文辞；逖先博览，能知条理。其他修士甚众，不备书也。"[①] 可见对朱希祖史学功

---

① 章太炎：《章太炎先生自定年谱》，上海书店1986年版，第24页。

底的认可。归国后，朱希祖曾受聘于杭州两级师范学堂与嘉兴第二中学。辛亥革命期间，朱希祖携眷返乡，被推举为家乡海盐县的知事。半年后辞职，转至浙江省教育司任职。1913年正月，朱希祖作为浙江派的代表，出席了教育部在北京召开的国语语音统一会，他联合马裕藻等人提出的注音字母议案十分出色，因此声名大噪。同年被北京大学聘为预科教授，开启了他的学术生涯。朱希祖先后担任过北京大学预科教授、文科教授、国文系主任、史学系主任。同时，朱希祖还曾兼任北京高等师范学校、北京女子师范大学、辅仁大学、清华大学等校教授。1932年，朱希祖离开北京，南下广州中山大学史学系任教，两年后转聘中央大学，任史学系主任，抗战期间随迁到重庆。1940年，朱希祖辞去教职，出任"国史馆"总干事、考试院考选委员。1944年7月5日，朱希祖在重庆上海医学院附属医院病逝。作为民国时期公认的史学大家，政府为朱希祖发布了褒扬令，并举行了公祭。

朱希祖的学术生平，可参见罗香林《朱希祖先生小传》与朱元曙、朱乐川《朱希祖先生年谱长编》；其学术著述，大体包括史学理论、史迹发现、史料辑录、史学考证、版本目录、战国史、萧梁史、唐史、明史（含南明）、清史、近百年史、家史、文学史、小学经解、日记随笔、信函、诗文集等十八类。朱希祖的成果主要集中在史学方面，代表作有《中国史学通论》《史馆论议》《汲冢书考》《伪楚录辑补》《伪齐录校补》《明季史料题跋》等，另有大批手稿待刊，可参见罗香林辑录、朱偰增补、朱元曙续补的《海盐朱逖先先生著述总目》。

二

朱希祖的文学研究著述不少，但被其庞博的史学著述所遮蔽，并未引起足够重视。其中《中国文学史辑要》有北京大学1918、1919年排印本；《中国文学史要略》有北京大学油印本、1920年铅印本；《中国古代文学史》收入《朱希祖先生文集》，有1979年影印本。文学论文散见于《北京大学月刊》《教育丛刊》《新青年》《益学报》《文史杂志》等刊物，另有一些诗人年表、考证、札记等原稿现存南京图书馆、国家图书馆。

1913年，朱希祖在北京大学开授中国文学史。1916年，《中国文学史要略》编写完成。在编写过程中，朱希祖曾多次向章太炎请教。朱希祖的学生金毓黻曾回忆称：

> 民国三年（1914），章先生被袁项城囚于北京，门弟子在侧者仅有吴承仕检斋先生，亦常侍侧问业。当是时，先生膺北京大学聘授中国文学史，撰《总论》二十首，每一首成，必以呈章先生，盖不经章先生点定，则不即付油印。犹记先生授文学史二年，而讲义不及百翻，盖以送章先生鉴定，往返迟滞之故。然此《总论》二十首，实多精言名论，后来诸家所不及也。[1]

---

① 金毓黻：《静晤室日记》第七册，辽沈书社1993年版，第5599页。

　　金毓黻是 1913 年考入的北大国文门，正遇到朱希祖开讲中国文学史，成为朱希祖编写讲义经过的见证者。朱希祖曾在《文学论》一文中自述，他就是根据章太炎"凡著于竹帛者，皆为文学"的观点编写的文学史教材[①]。章太炎除了上述观点，还将文学简单分为有韵、无韵二种，"有韵的今人称为诗，无韵的称为文"[②]。他认为有韵的都是诗，甚至说《百家姓》既然有韵，也当然是诗。至于无韵的文，不仅包括集部的文，也有史书中的"传"、子部中的"论"等。可以列入集部的文，还有集部没有的如数典之文与习艺之文，前者如官制、仪注、刑法、乐律、书目，后者如算术、工程、农事、医书、地志等，在章太炎眼中也有绝佳的。作为章太炎的入室弟子，彼时的朱希祖对其师的观点十分膺服，这在《中国文学史要略》一书中多有体现。

　　北京大学图书馆现藏有朱希祖《中国文学史要略》油印本，大约写于 1913 年至 1916 年之间。内容为总论十七篇，分论六期，目次如下：

　　总论：一论文章封域；二论造字之原与积字成文之理；三论古人文言合一；四论古人述作不同；五论文章中训诂音韵之变迁；六论有韵文无韵文之变迁；七论骈体文散体文之变迁；八论文章流别；九论衰次总集始末利病；十论历代艺文部署；十一论历代书籍制度；十二论古今文章公式；十三论古今文章辞例；十四论文章变迁之原；十五论文章宗派之见流为门户；十六论制

① 朱希祖：《文学论》，《北京大学月刊》第 1 卷第 1 号，1919 年。
② 章太炎：《章太炎国学二种·国学概论》，浙江古籍出版社 2012 年版，第 51 页。

举与文学之关系；十七论译异域书籍与本国文学之关系。

分论：上古至夏商文学总论（以上第一期）；周至三国文学总论，文人列传（以上第二期）；晋至陈文学总论，文人列传（以上第三期）；隋唐五季文学总论，文人列传（以上第四期）；宋至明文学总论，文人列传（以上第五期）；清文学总论，文人列传（以上第六期）。

在这部文学史前言中，朱希祖解释了设置总论与分期的原因："文学史中，文章与文人，均宜致详。文章叙其源流正变，文人叙其派别利病。""今为文学史，宜兼彼二体。文章体制，其源流不可分代叙者，列于总论。文人派别，及其废兴得失之故，则分代详叙。""文学史中，又有最大要例十余事，分代叙论，则始末条贯不可得见，亦宜提纲挈领，列于总论。文学史计可分六时期论之。"总论包括文字、训诂、骈散文变迁、文章流派、制举与文学等多方面内容，体现了传统的广义文学观。分期则从大处着眼，以中国文学的沿革兴废为标准，如"上古至夏商"时文字产生、文籍滥觞，各类文体虽然是前人口述、后人追记，但已开后世相关文体的先河；"周至三国"时中国文体大备、文学最盛；"晋至陈"时四科之学儒、玄、史、文并建，四部图籍分立；"隋唐五季"时文史之学盛，而经子之学微；"宋至明"时理学盛而文则日渐陵夷；"清"时经学成家而歌诗、文史枯槁；等等。

正文论文体流变，如从诗到词再到曲，演变的关键在于音乐，所谓乐亡则新诗作，与王世贞"词兴而乐府亡矣，曲兴而词亡矣"等观点如出一辙。论小说的文体特征，朱希祖也是从传统"小说"的观念出发，指出小说虽然归于子部，但与史最近，不能仅以怪力乱神为旨归。朱希祖对小说文体的论述，与桓谭"小说家合丛残小语，近取譬谕，以作短书，治身理家，有可观之辞"的论述一脉相承，更合乎传统小说的定位。在涉及实用类文体时，朱希祖采取了包容的态度，他一方面将之收录其中，另一方面也会强调这些文体的文学特性。如秦代的政论文辞质朴，汉代开始踵事增华，所谓"儒雅继踵，始可观采"，"理不缪摇其枝，字不忘舒其藻者也"，特别是武帝时期的诏书，"润色鸿业，始为诗之流矣"，言下之意，这些实用文体也具备文学的属性。至于白话文学，原本不在传统的文学范畴，但朱希祖适当做了变通，称嘉靖以后"诗词小说，莫不竞用白话"，包括记事之史，诏告之文，纪言、纪闻之书，笔记、笔谈之作，丛语、随笔、杂录、琐言、笔丛、漫录、杂记、学林等"识小之书"，这些书虽然难入九流，但也有可观之处，"文章虽难胜于语录，体裁不越乎小说，枝叶扶疏，则凡材睹而却步；采色庞杂，则小夫亦可娱情。风气使然，亦何足深责哉！"朱希祖对白话文学的理解和宽容，其实与新文化运动关系不大，更多是出于一个文史学家的学术素养。

　　尽管，这部文学史从今天的眼光来看，"没多少独创性可言"①，但回归到文学史"史"的本位，发表独创性的史论自然重要，但概述客观性的史实才是首位的。《小说月报》十五卷一号曾刊载了一篇中国文学的重要书目，评价文学史之作以朱希祖辑本最为简括，可谓的论。

---

　　① 陈平原辑：《早期北大文学史讲义三种》序，北京大学出版社2005年版，第7页。

三

《中国文学史要略》约成稿于 1916 年，但等到 1920 年才付诸铅印。铅印时，朱希祖不仅删掉了总论和分期中的"文人列传"部分，使之更接近当时通用的文学史体例，还在前言中指出，自己的文学观已发生了重大转变：

> 《中国文学史要略》，乃余于民国五年为北京大学校所编之讲义，与余今日之主张，已大不相同。盖此编所讲，乃广义之文学，今则主张狭义之文学矣。以为文学必须独立，与哲学、史学及其他科学可以并立，所谓纯文学也。此编所讲，但述广义文学之沿革兴废，今则以为文学史必须述文学中之思想及艺术之变迁，其他不同之点尚多，颇难缕陈，且其中疏误漏略可议必多，则此书直可以废矣。惟新编文学史尚未蒇事，姑印此为学生之参考书，讲演时当别授新义也。

从 1916 年到 1920 年，短短五年时间，朱希祖从秉持广义的文学观，径改为狭义的文学观，前后观念发生颠覆性的变化，这与他受到新文化运动的影响密切相关。

朱希祖入职北京大学的次年，蔡元培入掌北京大学，随即聘请了陈独秀为北京大学文科学长，继而胡适又被聘为文科教授，北京大学遂成为新文化运动的中心阵地。朱希祖的同门钱玄同率先响应陈、胡二人，又推荐周树人、周作人兄弟加入《新青年》。在这些章门弟子纷纷加入新文化阵营之初，朱希祖的态度相对保守。彼时，他的文学史讲义已经编好，但尚未付梓。尽管当时北京大学倡议教师尽量不用讲义（见《评议会致本校全体教员公函》，《北京大学日刊》1917 年 12 月 11 日），朱希祖特意于 12 月 28 日致函陈独秀，称"《中国文学史要略》未修改之前，亦须用讲义。明年暑假时大加修改后付印，即可不用讲义矣"①。按照朱希祖的原计划，他有意于 1918 年夏大幅度修改原作后再行出版，但紧接着到来的新文化运动，影响了这一计划。

　　1919 年是一个重要的节点，这一年新文化运动如火如荼，作为文科学长的陈独秀有意鼓励同道，"竭力奖掖新文学，整顿中国文学门，本门教员于新文学有不慊者，大多改归中国史学门"②，即若不愿改弦易辙者，将会被排挤到史学系。在这种非此即彼的背景下，朱希祖不再观望，开始跟随同门钱玄同，一同高倡新文化。他曾自述，"希祖当时在中国文学门为教授，方专研究新文学，曾著《文学论》及《白话文之价值》等文，从事鼓吹，不愿改入史学门……"③此外，朱希祖还联合钱玄同、周作人等人向教育部国语统一筹备会提出三项议案，促进国语统一、新式标点和白话文推广。并于 1919 年初发表了一篇重要的论文《文学论》，这篇文章被视为"'文学'之名得到系统宣示，西

①　朱希祖：《朱希祖书信集 郦亭诗稿》，中华书局2012年版，第266页。
②　朱希祖：《北京大学史学系过去之略史与将来之希望》（1929.12.17），原载《国立北京大学三十一周年纪念刊》，《朱希祖文存》，上海古籍出版社2006年版，第329页。
③　朱希祖：《北京大学史学系过去之略史与将来之希望》（1929.12.17），原载《国立北京大学三十一周年纪念刊》，《朱希祖文存》，上海古籍出版社2006年版，第329页。

来内涵进入体制，形塑百年来现代文学文化"开端的标志。[1] 在文中，朱希祖深入探讨了"什么是文学"这一重要命题：

> 吾国之论文学者，往往以文字为准，骈散有争，文辞有争，皆不离乎此域；而文学之所以与其他学科并立，具有独立之资格，极深之基础，与其巨大之作用，美妙之精神，则置而不论。故文学之观念，往往浑而不析，偏而不全。[2]

"以文字为准""凡著于竹帛者，皆为文学"是章太炎的观点，但此时朱希祖的观念已经有别于他的老师。他已不认同"凡云文者，包络一切著于竹帛者"的说法，对"以一切学术皆为文学"的观点提出了质疑，认为"文章为一切学术之公器，文学则与一切学术互相对待，绝非一物，不可误认"[3]。朱希祖宣称，文学应该是一门独立的学科，文学家的旨趣与宗教家、哲学家，与政治、法律、伦理诸家等都不同，其精神应贯注于"人类全体之生命，人生切己之利害，谋根本之解决，振至美之情操"[4]，等等。为了免于背叛师门的指摘，朱希祖特意在文中备注道："吾师余杭章先生著文学论，即主此说，分文学为十六科。希祖曾据此论编《中国文学史》，凡著于竹帛者，皆为文学。二年以

---

① 陈雪虎：《中国早期现代"文学"名义试探：由朱希祖回溯周氏兄弟》，《文艺理论研究》，2016年第4期，第27—38页。
② 朱希祖：《文学论》，《北京大学月刊》第1卷第1号，1919年。
③ 朱希祖：《文学论》，《北京大学月刊》第1卷第1号，1919年。
④ 朱希祖：《文学论》，《北京大学月刊》第1卷第1号，1919年。

来，颇觉此说之不安，章先生之教弟子，以能有发明者为贵，不
主墨守，故敢本此义以献疑焉。"①尽管如此，朱希祖仍为背离
章太炎的学说而心有不安，他曾在日记中记道："章太炎师对人
言，'余有五弟子，黄侃可比太平天国天王，汪东为东王，钱玄
同为南王，朱希祖为西王，吴承仕为北王'。盖余与玄同倾向新
文学，乃以早死之南王、西王相比也。"②章太炎此番论述的本
意已不得而知，但朱希祖倾向新文学的不安却是肯定的。

　　朱希祖以章太炎弟子的身份，公然与其师观点相左，来支
持新文化运动，他言论的深度与社会的功效自然非同一般。③此
外，朱希祖还发表了《白话文的价值》《非"折中派的文学"》
（《新青年》第 6 卷第 4 号，1919 年），《文学上的感想》
（《时事新报》，1920 年 1 月）等文章，进一步阐释了白话文
学、新文学的价值。在《研究孔子之文艺思想及其影响》一文
中，朱希祖提出孔子的文艺思想有好处也有坏处，现在要创作新
文艺、新思想，要注意适度原则，"古"也是要研究的，否则
"从前盲从古的，以后就要盲从新的了"④。可见朱希祖面对新
旧之争，仍保持了相对理性的态度。

　　1919 年底，朱希祖转任史学系主任，他的教研重心也随之
转向史学。但此后很长一段时间，朱希祖仍兼任着国文系的中国

① 朱希祖：《文学论》，《北京大学月刊》第 1 卷第 1 号，1919 年。
② 朱元曙、朱乐川整理：《朱希祖日记》中册，中华书局 2012 年版，第
461 页。
③ 陈雪虎：《中国早期现代"文学"名义试探：由朱希祖回溯周氏兄
弟》，《文艺理论研究》，2016 年第 4 期，第 27—38 页。
④ 朱希祖：《研究孔子之文艺思想及其影响》，《北京大学月刊》第 1 卷
第 2 号，1919 年。

文学史课程，如在 1924—1925 年度、1925—1926 年度、1926—1927 年度的《国文学系课程指导书》里，"中国文学史概要"这门国文系"共同必修科目"的主讲教师仍是朱希祖。因教学之故，朱希祖仍有出版教材的需要，但转入史学系的朱希祖已无心"大加修改"、重构新篇，只好将此前修订过的讲义出版，并在出版前言中解释道，"惟新编文学史尚未蒇事，姑印此为学生之参考书，讲演时当别授新义也"。1922 年 9 月 8 日，朱希祖在致张元济的信中，解释自己迟迟未出新编的原因：

> 教育经费无着，学校迫将停止，国将不国，文化摧残，固意计中事，为希祖个人计，拟休息一二年，以删改旧作，修补未完之稿，年来为大学所编者有《中国文学史要略》《中国古代文学史》《中国文学概论》，此三种系三四年前编成，为文科讲义，然陈义稍旧，不愿发表，生平颇不愿学胡适之有一篇发表一篇，不顾精粗良楛也。唯《中国史学概论》一书为史学系所编，自谓稍有精义，且为近时所作，已成三分之二，今年冬可以脱稿。①

从信中表述可知，朱希祖也自认《中国文学史要略》"陈义稍旧，不愿发表"，但彼时的精力在编纂《中国史学概论》一书上，此后还有其他书稿拟撰，无暇他顾，又不愿像胡适一样草率

---

① 朱希祖：《致张元济手札（九）》，《朱希祖文存》，上海古籍出版社2006年版，第422—423页。

出书，加上"年来承乏大学，牵于人事，时作时辍"①，所以新编文学史只能不了了之。

1920 年后，朱希祖的主要精力放在史学学科的建设与研究上，但并不意味着同此前的文学教研截然断开。他倡导的"史学独立"，建议将史学从文学中分离，实际上是延续了此前主张"文学独立"、将文学从学术中分离的学术理念。他提出："吾国史学、文学，自古以来，均混而为一；且往往以史学为文学之附属品。观近代史学名家章学诚尚著《文史通义》，其他可知。"就是意识到"凡学术莫不由浑而趋于析"，无论文学、史学必然走向学科的独立。区别于其他的文史专家，如主张"文史二门，宜不必分也"的傅斯年②，朱希祖明确提出要"将文学的史学，改为科学的史学"，并在国内率先开设"史学史"的课程，为史学学科的独立和建设做出了贡献。1931 年 2 月 14 日《北京大学日刊》上，刊出"史学系全体学生"的公开信，学生公认"吾校过去文史不分，赖有先生力尽辛勤，得除此弊，使本系独立发展，以有今日"。从对朱希祖颇有意见的学生口中说出这番话，可见公道人心。1932 年朱希祖离开北大后，就不再讲授中国文学史的课程了。

《中国文学史要略》作为朱希祖文学教研的成果，远不如他的史学著述受人关注，也因为该书秉持了广义的文学史观，被新文化运动后的文学史界冷落。如前文所说，正因为此书编写于新

---

① 朱希祖：《致张元济手札（九）》，《朱希祖文存》，上海古籍出版社2006年版，第422—423页。

② 傅斯年：《傅君斯年致校长函：论哲学门隶属国文科之流弊》，《北京大学日刊》第2分册，1918年10月8日。

文化运动之初，得以保留了较为纯粹的广义文学观，书中对广义文学沿革流变的梳理、对集部以外文体的文学属性的阐释都较为精要，对于重新审视"什么是文学"这一命题，也有参考价值。若从学术研究的角度，这部可视作"中国学术史要略"或"中国文章史要略"的书，也自有其价值。

《中国文学史要略》有早期（1913—1916）油印本，1920年铅印本，1937年版金兆丰编《中国通史》第九卷"文篇"编改本 [1]，1979年台北九思出版有限公司《朱希祖先生文集》誊录本，1999年台北学海出版社文史丛书收录本，及2005年北京大学出版社《早期北大文学史讲义三种》合订本。本次整理采用的底本是《朱希祖先生文集》誊录本，该版订正了北大铅印本的部分错讹，相对完善。为了如实呈现著作原貌，整理时文字基本遵从底稿。限于整理者的水平，其间难免错漏，还请方家校正。

编者

2022 年 1 月 25 日

---

[1] 金兆丰：《中国通史》第九卷"文篇"，中华书局1937年版，第746—807页。

目　录

《中国文学史要略》叙

　　《中国文学史要略》，乃余于民国五年为北京大学校所编之讲义，与余今日之主张，已大不相同。盖此编所讲，乃广义之文学，今则主张狭义之文学矣。以为文学必须独立，与哲学、史学及其他科学可以并立，所谓纯文学也。此编所讲，但述广义文学之沿革兴废，今则以为文学史必须述文学中之思想及艺术之变迁，其他不同之点尚多，颇难缕陈，且其中疏误漏略可议必多，则此书直可以废矣。惟新编文学史尚未蒇事，姑印此为学生之参考书，讲演时当别授新义也。

　　民国九年十月朱希祖自叙。

第一期　上古至夏商

　　夫神农以前，均为结绳之世，庄周言之详矣。至于黄帝史臣仓颉，始造文字，于是文籍兴焉。司马作史，托始黄帝，而以神农以前为不可知。记事且然，而况于言文学乎？然而三皇之书，掌于外史《周礼》，外史掌三皇五帝之书。孙诒让主《尚书大传》说，遂人为遂皇，伏羲为羲皇，神农为农皇。其说较是，详《周礼正义》；河图之宝，陈于东序《汉书·五行志》，刘歆以为宓羲氏继天而王，受河图，则而画之，八卦是也。《尚书·顾命》，大玉、夷玉、天球、河图，在东序；经典可征，而遗文莫睹，虽欲辨证，亦无得而据焉。若夫伏羲作瑟而造驾辨之曲《楚辞·大招篇》，教渔而制网罟之歌《隋书·乐志》。又见夏侯玄《辨乐论》，见称故书，其文亦佚，惟十言之教左定四年传，《正义》引《易》，片语单辞，流传于世，遂称为文章之祖焉。降及葛天，三人捩牛尾，投足以歌八阕：一曰载民，二曰玄鸟，三曰遂草木，四曰奋五谷，五曰敬天常，六曰建帝功，七曰依地德，八曰总禽兽之极。夫乐不空弦，必有其歌，歌不空名，必有其目。若斯题署，亦必传自古初，非《吕览》向壁虚造可决焉。至于神农，流传尤众，夏侯《辨乐》称丰年之咏夏侯玄《辨乐论》神农教民食谷，有丰年之咏，《庄子·天运》述有焱之颂《庄子释文》焱亦作炎，有炎氏即炎帝，神农也，**然丰年仅载空名，有炎或为附会，若《六韬》传其禁令**《群书治要·六韬·虎韬篇》引神农之禁，**《管子》述其数词**《管子·揆度篇》引神农之数，**《文子》载其法言**《文子·上义篇》引神农之法，《淮南·齐俗训》所引略同，**《汉书》志其教语**《汉书·食货志》晁错引神农之教，**遗文佚句，粲然可观。且《汉志》列神农之书数十篇**《汉书·艺文志》农家有《神农》二十篇，兵阴阳家又有《神农兵法》一篇，五行家有《神农大幽五行》二十七卷，杂占家有《神农教田相土耕种》十四卷，经方家有《神农黄帝食禁》七卷，神仙家有《神农杂子技道》二十三卷，**《占经》引神农之占数百言**开元《占经》一百十一引《神农占书》各数百言，**《本草》一经，虽不志于《艺文》，而《汉书》平帝之纪、楼护之传，亦未尝不称道焉。**

夫未有文字，理无文章。然古人口授其语，后人追记其辞，亦犹后世谚语歌谣，其初野老村童，传之于口耳，其后文人学士，记之于简册，出于追录，非由自著，理至显也。是故外史所掌，倚相所读，诸子百家所引，虽在上皇之世，奚必无其文章？惟明乎追记之条，斯无所容其疑信。刘勰所谓三皇辞质，心绝于道华，尚未知作述之有殊，论读之相须也。

黄帝之世，鸟迹代绳，文字始炳。流观古籍，单篇韵语，留传独多。记事之史，成家之言，首尾相衔，勒成部帙者，则寥落若晨星焉。当斯之时，文字虽兴，而文学之事牙角才见，故伪托之书犹众，追记之作孔多焉。**《汉书·艺文志》有《黄帝铭》六篇，今所见者唯《巾几》《金人》二铭**《路史·疏仡纪》：黄帝作《巾几》之铭，《后汉书·朱穆传》注黄帝作《巾几》之法，即此《金人铭》。见《说苑·敬慎篇》。严可均曰，此铭旧无撰人名姓，据太公《阴谋》、太公《金匮》，知为黄帝六铭之一，《金匮》仅载铭首二十余字，今取

《说苑》以足之，至于明台之议《文心雕龙·议对篇》引《管子》，祝邪之文《文心雕龙·祝盟篇》，渡江之歌《水经注》，衮龙之颂王嘉《拾遗记》，但闻其目，未见其文。世言《短箫铙歌》，黄帝使岐伯所作，所以建扬武德，风劝战士《古今注》，而《归藏》因载《枫鼓曲》十章之名见《古诗纪》所引首数句，亦见《初学记》卷九，旧文泯没，真伪亦莫能辨焉。《文心雕龙》言黄歌《断竹》，其辞见于《吴越春秋》，亦名《弹歌》，其断为黄帝时歌，亦无由察其昭证。少昊颛顼，声采靡追白帝皇娥，子年所造，可弗置论。帝喾之世，咸黑为颂，以歌《九招》，其文隐没，靡得而详。

陶唐氏兴，焕乎有文，野老吐何力之谈《帝王世纪》帝尧之世，有老人击壤而歌，郊童含不识之歌《列子》尧五十年，康衢有童谣，封人进三多之祝《庄子》华封人请祝，心乐声泰，此之谓矣。观其蹟垤致戒，语极其敬《淮南子·人间训》引尧戒，始蜡为祝，辞探其本《礼记·郊特牲》伊耆氏始为蜡，郑玄《注》伊耆氏，古天子号也；陆德明《释文》云，即帝尧；孔颖达《正义》则谓神农。案陆说是也。下文蜡之祭也，主先啬而祭司啬也。郑《注》先啬，若神农者；司啬，后稷也。然则始为蜡者，必非神农矣，欢虞熙皞，夫岂偶然？凡若此者，岂与夫刻璧沈洛同其诬《御览》八十引《尚书中候》有刻璧东沈于洛辞，郊天作畅同其诞耶谢希说。《琴论》曰，《神人畅》帝尧所作，其辞载《古今乐录》，谓尧郊天地作？

有虞继作，辞采光昌，明良喜起之歌，卿云南风之咏《卿云歌》见《尚书大传》，《南风歌》见尸子《古今乐录》，又见《南风操》，开唱和之风，为风骚之祖，又何必侈言祠田之辞《文心雕龙·祝盟篇》、普天之诗《吕氏春秋》、大唐之歌《尚书大传》、思亲之操哉《古今乐录》！

　　夏禹承之，忧勤惕厉之心，见于二箴余句《周书·文传篇》载夏箴二，孔晁《注》禹之箴戒书，又作《开望》以备灾《周书·文传篇》引《开望》，孔晁《注》，《开望》，古书名，铭簴虚以待士《鬻子》，又见《淮南子》，祀六沴以警民《尚书大传·洪范五行传》，歌九德以叙功左文七年传引《夏书》，盖禹之德远矣。当时涂山孔甲之歌《吕氏春秋·音初篇》禹行功，见涂山之女，女作歌曰"候人兮猗"，实始作为南音。周公及召公取风焉，以为《周南》《召南》。又孔甲《破斧歌》，实取为东音，开国风《周南》《召南》之音，破斧缺斨之调。而帝启之乐《楚辞》注《九辩》《九歌》启所作乐也，亦见《山海经》，亦为《楚辞》《九歌》《九辩》之宗，流风尤远也。若夫五子源水之歌《书序》大康失邦，兄弟五人，须于洛汭，作《五子之歌》。孙星衍以为《五子之歌》即《楚语》之五观，《墨子》之《武观》为《尚书》之篇名，非《五子之歌》诗，其说是也。《绎史》引《古琴疏》，帝相作《源水之歌》，或为伪造，或为依托，不若桀时夏人之歌较可信也。

　　迨及商汤，盘铭厉日新之规《礼记》《大学》，纲祝表深仁之度贾谊《新书》七，帝乙归妹《困学纪闻》一，京房引汤嫁妹之词，桑林祷天《墨子·兼爱下》，又略见《荀子·大略篇》，开国之辞，迥异叔世。及其衰也，乃有《商铭》《国语》。然箕子《麦秀》《史记·微子世家》箕子作《麦秀诗》，伯夷《采薇》《史记·伯夷列传》伯夷、叔齐采薇首阳而作歌，君子贤人，德音不已。盖有殷一代，乐章足以继夏，诗颂足以开周，故有娀为北音之祖，殷整为西音之宗《吕氏春秋·音初篇》有娀氏有二佚女，作歌一终，曰燕燕往飞，实始作为北音；殷整甲徙宅西河，犹思故处，实始作为西音；长公继是音以处西山，秦穆公取风焉，实始作为秦音。上攀涂山、孔甲之歌，下启邶、鄘、卫、秦之风《邶风》有《燕燕于飞》诗，实有娀之遗音也，而商之名颂十二

《毛诗·那序》云：微子至于戴公，其间礼乐废坏，有正考父者，得商颂十二篇于周之太师，以《那》为首。《国语·鲁语》引闵马父云：昔正考父校商之名颂十二篇于周太师，案孔子录诗仅得五篇，《那》祀成汤，《烈祖》祀中宗，《玄鸟》祀高宗，《长发》大褅，《殷武》祀高宗，皆商之乐章。故藏于周太师，而司马迁、扬雄均主鲁诗说，以《商颂》为正考父作，非也，又为周、鲁二颂之源。故《乐记》云：《商》者，五帝之遗声也。商人志之，故谓之《商》。又云明乎《商》之诗者，临事而屡断，然则声诗韵语，虽发自古初，必至有虞而始闳《书》曰：诗言志，歌永言，声依永，律和声。诗歌声律，至舜时乃始有定义，至夏商而始盛，孕雅育颂，甄风陶骚，在此二代矣。

自仓沮造文，史官记事，仰录三皇之书，递述五帝之史。至于周代，外史犹掌其籍，左史能读其文。及王子朝奉周之典籍奔楚，于时周室微而礼乐废、诗书缺，孔子删订六经，三皇五帝之书，仅存《尧》《舜》二典。遭秦燔灭，《舜典》云亡，而《尧典》一篇，遂为上古史书之硕果，后世史家之祖宗矣。

当春秋之季，中原文献多萃于楚，故《三坟》《五典》《八索》《九丘》，柱下不闻有其书，鲁史仅得记其名。夫坟典即三皇五帝之书，丘索即八卦九州之志。往代经诂，或有所承。然《管子》言封泰山者七十二家，夷吾所记十有二焉。故或谓无怀、伏羲、神农谓之三坟，炎帝、黄帝、颛顼、帝喾、尧、舜、禹、汤、周成王谓之九丘。盖神农以前，六书未兴，刻石记功，别具符号案神农本称炎帝，十二家中之炎帝乃炎帝神农之子孙，与黄帝同时，时文字已兴，故炎帝不列三坟，故三九分列，而坟丘异名。然同为刻石之辞，故能为倚相所读。托体泰岳，故名坟丘也。《五典》为五帝之典，《尧》《舜》二典即在其中，《八索》为三皇

183

五帝之书。典书之异，详略不同，或因言事异书，或如纪传互见，然同为简编，故名典索也。

夫古书散佚，自孔子时已不具见，故无由质其是非，各存其说，以备多闻而已。唯唐、虞、夏、商四代之书，经先圣所手定，为周、秦之先河。浑浑灏灏，前哲已有定论，今虽不能睹其全，犹十得其二三《尚书》百篇，《虞》《夏》《商》书有六十篇，今所存者，仅《尧典》、《皋陶谟》、《禹贡》、《甘誓》、《汤誓》、《盘甘》上中下、《高宗肜日》、《西伯堪黎》、《微子》十一篇。咨故实，猎文华，雅驯过于百家，奇诞不同《山经》，斯足以《商颂》俪美，夏时并珍矣。太史公云：《禹本纪》言河出昆仑，昆仑其高二千五百余里，日月所相避隐为光明也，其上有醴泉瑶池。又曰《禹本纪》《山海经》所有怪物，余不敢言之《史记·大宛传》。今《禹本纪》已亡，而《山海经》独存。世之览《山海经》者，皆以其闳诞迂夸，多奇怪倜傥之言，莫不疑焉。然自刘子骏之奏，王仲任之《论衡》，赵长君之《吴越春秋》，皆以为禹益所著。毕沅考定篇目，以为三十四篇禹益所作原注：刘秀《表》曰凡三十二篇，今合《五藏山经》及《海外海内经》共三十四篇，二当为四字之误，十三篇汉时所合原注：《艺文志》形法家有《山海经》十三篇，刘向校经，合《南山经》三篇，以为《南山经》一篇，《西山经》四篇，以为《西山经》一篇，《北山经》三篇，以为《北山经》一篇，《东山经》四篇，以为《东山经》一篇，《中山经》十二篇，以为《中山经》一篇，并《海外经》四篇，《海内经》四篇，凡十三篇，班固作《艺文志》取之于《七略》，而无《大荒经》以下五篇也，十八篇刘秀所增原注：《藏本目录》云，此《海内经》及《大荒经》，本皆进在外，又篇内有成汤、王亥、仆牛，则知后人所述。又按《大荒经》四篇似释《海外经》，《海内经》一篇似释《海内经》四篇，当是秀所增也。禹与伯益，主名山川，定其秩祀，量其道里，类别草木鸟兽，今其事见《夏书》《禹贡》《尔雅·释地》，及此经三十四篇之中。《列子》引夏革之言，《吕览》引伊尹之书，多出此经。二书皆先秦人著，夏革、伊尹皆为商人，故知此书禹益所作，无疑义也以上毕说。然古书不免错简，后人或有搀窜，故自郦善长之注《水经》，颜之推之撰《家训》，已怀此虑《水经注》云：《山海经》薶缊岁久，编韦稀绝，书策落次，难以辑缀，后人假合，多差远意。《颜氏家训·书证篇》云：《山海经》禹益所记，而有长沙、零陵、桂阳、诸暨，由后人所属，非本文也。今观《海外南经》有文王葬所，《海内西经》有夏后启事，《南次》二经有郡县之语，《中次》三经、十二经，称禹父，述禹言，非简策之错编，即注记之羼入，不足以疑本经也。至于纪载神怪，尤不足疑。古史类多神话，古文每好譬辞《列子·黄帝篇》云：庖羲氏、女娲氏、神农氏、夏后氏，蛇身人面，牛首虎鼻。张湛《注》云：人形貌，自有偶与禽兽相似者，古诸圣人多有奇表。所谓蛇身人面，非被鳞臆行，无有四肢。牛首虎鼻，非戴角垂胡，曼额解颐。亦如相书：龟背、鹄步、鸢肩、鹰喙耳。案古文譬况之辞，亦多类此。能昭上古文史之例，则知此为古代最详之地志，足为《禹贡》之外传矣。

孔子曰：吾欲观夏道，是故之杞，而不足征也，吾得夏时焉。吾欲观殷道，是故之宋，而不足征也，吾得乾坤焉《礼记·礼运篇》。太史公曰：孔子正夏时，学者多传《夏小正》云《史记·夏本纪》。郑康成亦云：夏时，夏四时之书，其书存者有《小正》。夫《小正》原书，今已亡佚，仅赖戴德传记，犹存夏代遗文《隋书·经籍志》，《夏小正》一卷，或谓此乃《小正》经文。大戴《礼记》所载，《夏小正》乃戴德之传，高诱注《吕览》、郭璞注《尔雅》、蔡邕

185

《明堂目令论》，皆引《夏小正》传可证。盖汉、晋之时，经传别行。然《隋志》之《小正》是经与否，无从质证，戴记是传，其说甚是。其书上纪星文之昏旦，雨泽之寒暑，下陈草木秭秀之候，虫羽飞伏之时，旁及冠昏祭荐，耕获蚕桑之节，文句简要，寓义婉深，秉羲和敬授民时之则，开周秦明堂月令之规，斯足劭也。

若坤乾者，郑康成以为殷阴阳书，其书存者有《归藏》。申其说者，以为殷易以坤为首，故先坤后乾《礼记》孔《疏》引熊氏说，然其说之是非，亦无由质证焉。惟《周礼》太卜掌三易之法：一曰《连山》，二曰《归藏》，三曰《周易》。其经卦皆八，其别皆六十有四。杜子春以为《连山》宓戏，《归藏》黄帝。郑康成谓夏曰《连山》，殷曰《归藏》《周易疏》引郑《易》赞语。王充则谓古者烈山氏之王得河图，夏后因之曰《连山》，归藏氏之王得河图，殷人因之曰《归藏》归藏氏，今本《论衡》误作烈山氏。案朱震《汉上易传》引姚信《易注》，三易之说与《论衡》同。其说即本王氏，而云归藏氏之王得河图，殷人因之曰《归藏》。今据以改正。伏羲氏之王得河图，周人因之今本《论衡》脱，"因之"据姚信说补曰《周易》《论衡·正说篇》。杜、郑二说，各得其偏，王氏虽为折中，而所说未谛。寻重卦之说，略有四家见《周易疏》。王弼以为伏羲重卦，其说最塙。伏羲已造卦名，又用蓍卜，理必有繇，繇为韵语，与歌谣相类。其时虽无文字，亦可口耳相传。迨及黄帝，始以繇辞著之文字，而转辗口授，或有异同。且卦爻分列，法亦变异，故伏羲、黄帝不妨异名。杜氏所谓《连山》宓戏，《归藏》黄帝，其说是也。至于夏殷，承宓戏《连山》、黄帝《归藏》之繇，转辗占验，各附其辞。故至汉代，《连山》八万言，《归藏》四千三百言《御览学部》引桓谭《新论》，夏《易》繁而殷

《易》简者，以所附有多寡耳。郑氏所谓夏曰《连山》，殷曰《归藏》，其说亦未为非也。《连山》《归藏》之书，虽不见于《艺文》，然桓谭有言：《连山》藏于兰台，《归藏》藏于太卜《北堂书钞·艺文部》引桓谭《新论》，惟连山作厉山。案：厉、烈、连一声之转耳。桓、郑二君，为两汉大儒，均云其书尚存，其言必可深信。今其书虽亡，然干宝、皇甫谧之引《连山》，郭璞、张华之引《归藏》案：《周礼注》、皇甫谧《帝王世纪》、郭璞《尔雅》《山海经注》、张华《博物志》征引颇多，必为君山所见之故书，非为刘炫所造之新籍可决也《北史·刘炫传》：时牛宏奏购天下遗逸之书，炫遂伪造书百余卷，题为《连山易》《鲁史记》等，录上送官。《唐书·艺文志》有《连山》十卷，司马膺注，即炫伪造之书也。《归藏》，晋中经簿有之，《隋书·经籍志》有十三卷，晋太尉参军薛贞注。《唐书·艺文志》卷同。宋《中兴书目》载有《初经》《齐母》《本著》三篇。马端临以为《归藏》一书，亦与刘炫《连山》同类，亦属臆论。观其造辞用韵，语多奇古，与《左传》所载繇辞相类，不特易林灵棋，其源皆出乎此。即奔月李淳风《乙巳占》引《连山》云：有冯羿者，得不死之药于西王母。姮娥窃之以奔月，将往，枚筮于有黄。有黄占之曰：吉。翩翩归妹，独将西行。逢天晦芒，无恐无笃，后且大昌。姮娥遂托身于月。案：此枚筮有黄，与张衡《灵宪》同，决为古之佚文毕日郭璞《山海经注》引《归藏》云：昔者羿善射，毕十日，果毕之。《尚书》《左传正义》并引羿毙之言，亦与龙战载鬼之语同其荒怪。

盖三易取象，均托鬼神，卜筮之事，固应如斯。然则三易之由，各有所因。孔子曰：殷因夏礼，周因殷礼，各有损益。惟《易》亦然，黄帝因伏羲，夏因伏羲，殷因黄帝，周监二代，各有损益。故三《易》繁简，各有不同。王充言三代之《易》，皆有所因，其言亦是。惟不明《连山》《归藏》乃卦爻之总名，非黄帝之名氏，故与杜说有抵触耳。或又谓八卦本于河图，九畴本于洛书，故《易》曰：河出图，洛出书，圣人则之。夫河龙图发，洛龟书出郑康成《易注》引《春秋纬语》，亦犹见鸟兽蹄远之迹，知分理之可相别异，故造书契，推而极之，工又品察，所谓圣人则之，如此而已。至谓洛出本文有六十五字刘歆说，见《汉书·五行志》，斯则过信纬书之说，有类后世天书之诬，不足信也。及郑康成以《春秋纬》说《易》，始谓河图有九篇，洛书有六篇。当郑之时，虽有其书，斯由汉人之伪造，今多见于《开元占经》，太古之文，必不类此。至于宋人，又妄以《洪范》《五行》为河图，太乙下行九宫式为洛书，以道家之谬论，释古代之经籍，斯又不足辨矣。

若夫夏商政刑之书，当周之时，未必沦亡。故孔子曰：夏殷之礼，吾能言之。晋向叔亦云：夏有乱政而作禹刑，商有乱政而作汤刑左昭六年传。今其书已亡，然经曲二礼，监于二代，或因或革，有损有益。其所益者，固为周代新礼；其所因者，必为夏商旧文。故郑注《礼经》时，推见夏殷二礼也。吕命穆王训夏赎刑而作《吕刑》《尚书序》。夫金作赎刑，唐虞之法，夏禹承之，普及于众。周代赎刑，殊于夏制，惟士有赎，入于司兵《周礼·职金》。穆王法夏，更从轻制，罪实则刑，罪疑则赎。周官五刑二千三百《周礼·司刑》，《吕刑》法夏，乃有三千。然则夏代刑书，其条文必有三千矣。夫夏刑列举，故其书繁，至于商代，或反简易。盖有比例之法，有总括之条，故昧者为之，乃有罪合于一多瘠罔诏之弊。然刑书正宗，实在于此。故荀子云：刑名从商，或以此也。及至商亡，传者不绝，商君之法，即产殷墟。然则夏殷二代，政典刑书，其流远矣。夫史官所掌，范围甚广，礼乐刑政，在所不遗。虽作始似简，而后代群经众史，皆为其支流与苗裔矣。

　　若夫入道见志之书，专门名家之言，连接篇章，较为可信者，惟伊尹一书《汉书·艺文志》道家伊尹五十一篇，原注汤相，为道家之冠，开诸子之源。《七略》《艺文》亦无依托之疑。今其书虽亡，然观《吕览》《史记》《说苑》所引，或言取天下之法《吕氏春秋·先己篇》伊尹对汤问，或言知臣下之道《说苑》《君道》《臣术》二篇，伊尹对汤问，或言素王九主之事《史记·殷本纪》，颇有秉要执本之谈，具君人南面之术，不得以孟子称为任圣，而疑其非道家也。至于割烹要汤，既为孟子所不信，吕览本昧所述，或在伊尹说中《汉书·艺文志》小说家载《伊尹说》二十七篇，原注其言浅薄，似依托也。惟区田之法《齐民要术》引氾胜之术、伊尹区田法，献令之文《周书·王会篇》有伊尹四方献令，其于二书，不知何属？断璧零珪，亦足珍贵。而黄帝之经《汉书·艺文志》道家《黄帝四经》四篇，《黄帝君臣》十篇，《杂黄帝》五十八篇，力牧之书《艺文志》道家《力牧》二十二篇，同列道家，反置《伊尹》之后，明为后人依托。阴阳家之《黄帝泰素》二十篇，《容成子》十四篇，小说家之《务成子》十一篇，《天乙》三篇，《黄帝说》四十篇，其例亦视此矣。杂家之《孔甲》《孔甲盘盂》二十六篇，《大禹》三十七篇，农家之《神农》二十篇，小说家之《伊尹说》二十七篇，虽各冠其首，明著依托之言。综观《艺文》之例，则《伊尹》五十七篇，自不得与风后、力牧同类并观，而刘彦和均谓为上古遗语，战代所记，斯亦未尝深究者也。惟兵书、术数、方技诸略，有神农、黄帝、颛顼、尧、舜、汤、盘庚之书，天老、容成、务成、封胡、风后、力牧、鵋冶子、鬼容区、地典、蚩尤之籍，此皆专门名家之学，转辗相授，后乃记于简册，斯则合于彦和之说，无疑义也。

盖夏商之前，典籍文章，留遗甚寡，依托之作，追记之书，至后于代，弥觉其多。太史公云：择言尤雅，折中孔子。斯足为治上古文学之法矣。

第二期　周至三国

周监二代，郁郁乎文。迄乎秦汉，踵事增华，斯为中国文体大备之日，亦为文学最盛之时。迨至三国，已开晋宋风调，然犹未失秦汉矩矱也。竟委寻源，可以知矣。

自文王演《易》，卦爻系辞郑玄说，陈夏殷之制，多忧患之思。而或言文王作卦辞，周公作爻辞马融、陆绩说，不悟岐山为冀州之望，箕子乃荄兹之义说详惠栋《周易述》。《周易》一书，人更三圣，世历三古，不数周公，不必因岐山、箕子而疑为周公之言也。或又谓卦爻二辞，皆孔子作皮锡瑞说，不晤《左传》所引筮辞，多在孔子之前，而不恒其德，或承之羞《周易》恒卦爻辞，《论语》引之，孔子亦谓不占而已。若为孔子所作，岂能即期尽人占之？是故繇辞为文王所作，无疑义也。上继《连山》《归藏》之轨，下启《太玄》《潜虚》之规，开周代之文治，为群经之冠冕，不特符采复隐，精义坚深而已也。迨公旦多材，振其徽烈，陈诗书之作，缉经典之礼，斧藻群言，魁率多士。其后作诗者有召康公、召穆公、凡伯、仍叔、苏公、尹吉甫、卫武公、公子索、秦康公、史克，作书者有召公、芮伯、荣伯、吕侯、鲁侯、伯禽、秦穆公，此其最著者也。若夫《周政》《周法》《周书》

之属《汉书·艺文志》儒家《周政》六篇，《周法》九篇，《尚书》类有《周书》七十一篇，类皆史官所记。今所存者，惟有《周书》，盖与《尚书》同类，而为晋史所藏，故间有出于晋史所记者朱右曾云：考之《春秋传》，曰辛有之二子，董之晋，于是乎有《董史》。辛有当周平王时，周史辛甲之裔，世职载笔，或其子适晋，以周之典籍往，未可知也。观太子晋篇末云：师旷归，未及三年，告死者至。亦似晋史之辞。

　　当周之时，天子诸侯各有史官，五史之制，尤以太史、内史为重。太史为左史，内史为右史，动则左史书之，言则右史书之。是故武王时有太史辛甲左襄二十五年传、太史尹佚《晋语》，其后有太史鱼《周书·王会篇》、太史籀《汉书·艺文志》、太史伯阳《史记·周本纪》、太史儋《史记·老子传》，又有内史过左庄三十二年传、内史叔兴父左僖二十八年传、内史叔服左文元年传。而列国史臣，鲁有史克，晋有董狐，郑有太史伯，楚有左史倚相，其最著也。天子之史则有《周书》《尚书》中《周书》四十篇，又《周书》七十一篇，亦《尚书》之余，又称《周志》左文二年传，晋狼瞫曰：《周志》有之。杜注：《周志》，《周书》也，而鲁有《春秋》左昭二年传，郑有《郑书》左襄三十八年、昭二十八年传，两引《郑书》，晋有《乘》，楚有《梼杌》皆见《孟子·万章篇》，而《墨子》又言有《百国春秋》。然则自周初以迄春秋，《易》《诗》《书》《礼》《乐》《春秋》亦已备矣。自孔子出，赞《周易》，删《诗》《书》，订《礼》《乐》，修《春秋》，述而不作，窃比老彭，六艺粲然，而古代史书反隐没而不彰矣。自是厥后，孔子之徒传述不绝，左邱明作《春秋传》，卜子夏作《丧服传》，七十子后学者又述《孝经》，辑《论语》，缀《礼记》《汉书·艺文志》：《礼记》百三十一篇。原注：七十子后学者所记也。《经典释文序录》引刘向《别录》云：古文记二百四篇。

其后《古文记》散佚，而二戴后学杂采《夏小正》、《周书世本》、曾子、子思子、公孙尼子、《孔子三朝记》、《家语》、《明堂》、《阴阳》、《荀子》、《吕氏春秋》、贾谊《新书》、汉之《王制》、河间之《乐记》、后苍之《曲台记》及《古文记》以成大小《戴礼》郑康成《六艺论》云：戴德传记八十五篇，戴圣传记四十九篇。钱大昕以为《小戴》四十九篇，《曲礼》《檀弓》《杂记》分上下篇，实止四十六篇，合《大戴》八十五篇，正合《艺文志》记百卅一篇之数。案：钱说非也。《艺文志》记百三十一篇为《古文记》，大小戴记古今杂糅，且篇目重复，决非一书，既非七十子后学者所记，又非二戴所辑，杂周、汉之著述，淆古今之家法，《七略》《艺文》不载其书，若果出于二戴，刘歆、班固亦当明为标注，何致隐没其名？太史公云：《书传》《礼记》自孔氏。今《书传》已亡，二戴《礼记》亦岂尽出于孔氏之门耶？然古书之不尽亡，实赖于此，其文章之深美渊奥，亦非后世所能及，见重儒林，非无由也。自孔子作《春秋》，左邱明为之传，《春秋》所贬损当世君臣，其事实皆形于传，故隐其书而不宣。及末世，口说流行，故有《公羊》《榖梁》《邹氏》《夹氏》之传。盖传记之作，礼同训释。古人传记，与经别行，故其文繁简适当，文质并茂。若《尔雅》者，所以总释五经，辨章同异。《释诂》一篇，或言周公所作，《释言》以下，或言仲尼所增，子夏所足，叔孙通所益，梁文所补见《经典释文序录》，其后孔鲋之《小尔雅》，张揖之《广雅》，皆规抚此书，专释经典传记，与所谓小学书者有别。此皆六艺之附属，儒家之先导也。

若夫周之《史籀》，秦之《仓颉》《爰历》《博学》，汉之

《凡将》《急就》《元尚训纂》《太甲》《在昔》等篇，以及《八体六技》《说文解字》，斯则小学之管钥，文章之始基。凡百学术，皆莫能外。及夫方国殊言，古今异字，经生文士，各著专书《汉书·艺文志》有《古今字》一卷，《别字》十三篇，或曰即扬雄《方言》，而说经者遂有古文、今文之别。嗜今文者好杂纬书，治古文者多重征验。当汉之初，燕齐多迂怪之士，故齐学之徒，喜言神怪。《齐诗》《公羊传》，此其征矣。至其甚者，沛献集纬以通经，曹褒撰谶以定礼，乖道谬典，见讥通人。盖谶纬之书，事丰奇伟，辞富膏腴，无益经典，而有助文章。故浮夸之士，趋之若鹜；朴学之徒，即与异撰。夫注释为文，与论议同科，析理必精，征事必实，华伪之辞，易为敌破。石渠论艺、白虎通讲，说者以为论家之正体，然纂言曲说，亦所不免。征实之徒，虽少斯弊，繁碎纷纭，人亦厌弃。是以刘彦和云：注释为词，解散论体。杂文虽异，总会是同。若秦延军之注《尧典》十余万言，朱普之解《尚书》三十万言，所以通人恶烦，羞学章句。若毛公之训诗，安国之传书，郑君之释礼，王弼之解易，要约明畅，可以为式《文心雕龙·论说篇》。斯则汉魏儒林，通其利病矣。

当汉之时，六家之史，其体已全，然经史二部，尚未分流。《七略》《艺文》，总归六艺。寻其统绪，《尚书》《春秋》，为史大宗，《左》《国》《史》《汉》，皆其苗裔，后世述其家数，乃骈列为六。实则《尚书》《春秋》，当时尚无效之者，至孔衍、王劭，始祖述《尚书》，王通、朱熹，乃宪章《春秋》。若《周书》者，本为《尚书》之余，合为一家，固其所宜。晏子、虞卿、吕氏、陆贾，虽有《春秋》之名，而义各不同。是故二家之体，汉魏之际，无闻焉耳。自左邱明作《春秋传》，始开后世编年之体。当汉献帝之世，史书皆以迁、固为宗，而纪传互出，表志相重，于文为烦，颇难周览。于是命荀悦撰《汉纪》，以仿左氏。自是厥后，每代国史，皆有斯作。其后斯体，又有断代、通史之别，蔚为大宗矣。左邱明已为春秋内传，又稽其逸文，纂其别说，分周、鲁、齐、晋、郑、楚、吴、越八国之事，别为春秋外传《国语》刘向又有《新国语》五十四篇，已亡，见《艺文志》。国别之体，自此权舆。战国之时，又有采东西二周、秦、齐、燕、楚、三晋、宋、卫、中山十二国之事，成《战国策》，斯则陈寿《三国志》、崔鸿《十六国春秋》、路振《九国志》所祖述也。

昔孔子作《春秋》，本鲁史之名，秉《周礼》之法，因仍前纪，述而不作。太史公书亦然。世谓本纪、世家、列传、书、表之体，为子长所创，实则皆本于《世本》《汉书·艺文志》：《世本》十五篇。原注：古史官记黄帝以来迄春秋时诸侯大夫。刘向亦云：《世本》，古史官明于古事者所记录，黄帝以来帝王诸侯及卿大夫，系谥名号，凡十五篇。见王应麟《汉书艺文志补注》。案：《本纪》出于《世本》者，左襄二十一年传，《正义》引《世本》，记文史、记索隐，《路史注》引《世本》纪文。记、纪音同，即《史记》本纪之所本也。世家出于《世本》者，左桓二年传，《正义》引《世本》世家文，襄十一年、二十一年、定元年传，《正义》皆引此篇言，诸侯世代谥号，即《史记》世家之所本也。列传本于《世本》者，《史纪》魏世家；《索隐》引《世本》传文，述卿大夫世代谥号，此《史纪》列传之所本也。书出于《世本》者，《世本》有作篇记、占验、饮食、礼乐、兵农、车服、图书、器用、艺术之源，即《史记》八书所本，亦为后世诸志之祖。又有居篇，记帝王都邑，亦为后世地理志所仿，惟篇目稍异耳。表出于《世本》者，桓谭《新论》云：《太史公》三代世表，旁行斜上，并效周谱。案《隋书·经籍志》：《世本·王侯大夫谱》二卷。是《世本》即周谱也。故《史记集解》引《世本·氏姓篇》云：言姓则在上，言氏则在下。此即周谱旁行斜上之法。《史记索隐》曰：三代世表依帝系。《诗·生民篇》，《正义》引《大戴礼·帝系篇》，谓《世本》文亦然。《书序正义》云：《大戴礼》本于《世本》，即指此。况表、谱为一声之转，谱即表也，此《史记》表之所本也。刘子玄《史通》列《史记》为六家之一，而不推原于《世本》，其学疏矣。又以迁书，因鲁史旧名，目之曰《史记》，自是汉世史官所续，皆以《史记》为名，迄乎东京，犹称《汉记》。案：迁书名称，以《艺文志》为是。志云《太史公》百三十篇，冯商所续，《太史公》七篇。然则汉儒本称名《太史公》，不名《史记》，此亦刘氏之疏也。**仍前代之例，创通史之体，上起黄帝，下穷汉武，贯穿经传，驰骋古今，勒成一家，事核文直。惜其十篇有缺，补者不伦**《汉书·艺文志》：太史公百三十篇。原注：十篇，有录无书。十篇之目，见张晏《注》。**其后刘向、向子歆及诸好事者，若冯商、卫衡、扬雄、史岑、梁审、肆仁、晋冯、段肃、金丹、冯衍、韦融、萧奋、刘恂之徒，相次撰续，迄于哀、平**见王应麟《汉书艺文志补注》。**斯皆步谈、迁之后尘，为彪、固之先导，虽各勤撰述，亦未能成家。唯梁之《通史》，魏之《科录》，唐之《南北史》，宋之《五代史》，庶几具体而微焉。**

昔《尚书》记周事，终秦穆；《春秋》述鲁文，止哀公。纪年不逮于魏亡，《史记》唯论于汉始。独有《汉书》，究西都之首末，穷刘氏之废兴，包举一代，撰成一书本刘知几《史通》、《汉书》、《家语》，斯则班孟坚之所首倡，而断代史之所权舆也。自是之后，著述之才，群聚于兰台，骈罗于东观。班氏既为兰台令史，作《汉书》，又撰《光武本纪》及诸列传载记。而杨终为郡上计吏，献所作《哀牢传》，亦征诣兰台。至永初中，刘珍、刘騊駼等著作东观，撰集《东观汉记》《隋书·经籍志》:《东观汉记》一百四十三卷，其后卢植、蔡邕、马日磾等皆尝补续，至吴谢承又撰《后汉书》《隋书·经籍志》:《后汉书》一百三十卷，吴谢承撰。其后晋薛莹、司马彪、华峤、谢沈、张莹、袁山松，宋刘义庆、范晔，梁萧子显皆有是作，而范之纪传、司马之志独传，斯亦班氏为其先导也。凡斯六家，后代作者各有祖述，惟《左传》《史记》其流尤长，子玄论其利病，其言谛矣。

三国之际，魏鱼豢撰《魏略》，吴韦昭著《吴书》，独蜀僻远西垂，史书湮没。是故陈寿云：国不置史，记注无官，是以行事多遗，灾异靡书。诸葛亮虽达于为政，凡此之类，犹有未周焉《蜀志·后主篇》。然《史通》言《蜀志》，称王崇补东观，许盖掌礼仪，又郤正为秘书郎，广求益部书籍，斯则典校无阙，属辞有所矣。陈寿所云，得非厚诬诸葛乎《史通·正史篇》? 夫蜀立史官，诚如刘说，记注之籍，当时弗传，故陈寿立志，惟蜀独略。观夫季汉辅臣，杨戏述赞，附载《蜀志》，且为注疏，《诸葛氏集》独标目录，上书之奏亦附于篇，此虽史中之创列，亦因事实之太寡也。寻《魏略》《吴书》之属，虽体同《汉书》，而实等《国语》《魏略》《吴书》均为纪志列传之体，详章宗源《隋书经籍志考证》，是以三国书行，而遍方史废。

当汉魏之际，杂史群兴，袁康《越绝书》、赵晔《吴越春秋》、伏侯《古今注》、谯周《古文考》，均志在述古，托体传记。刘向《列女传》、梁鸿《逸民传》、王粲《英雄记》、嵇康《高士传》，则又偏记人物，别具史裁。若《禁中起居注》《西京杂记序》曰：葛洪家有《汉武禁中起居注》一卷。《隋书·经籍志》有后汉明德马后撰《明帝起居注》，又有《汉献帝起居注》五卷，无撰名，**《海内先贤传》**《隋书·经籍志》：《海内先贤传》四卷，魏明帝时撰。案：《太平御览》职官部引此书，称《魏明帝先贤传》，省海内二字，**《汉武帝故事》**《隋书·经籍志》：《汉武帝故事》二卷，又有《魏武故事》及《汉魏吴蜀旧事》《东江旧事》等书，隶于吏部旧事类，**《东方朔传》**《隋书·经籍志》：《东方朔传》八卷。案：《汉书·东方朔传》曰，凡刘向所录朔书俱是矣，世所传他事皆非也。注曰：谓如朔别传，皆非实事。然则此八卷即别传也，斯则内廷之记注、地方之传志、史家之旧事别传，皆起于此矣。至于扬雄家牒《艺文类聚》礼部、《太平御览》礼仪部，均引扬雄家牒，《隋书·经籍志》有《桓氏家传》、王朗《王肃家传》，斯以家牒之流也，为家史之始。陈留耆旧《隋书·经籍志》：《陈留耆旧传》二卷，汉议郎圈称撰，为郡书之宗。宫殿有疏《文选李注》《史记索隐》均引《汉官阙疏》，《唐书·艺文志》有《汉宫阁簿》三卷，职官有仪《隋书·经籍志》：《汉官仪》十卷，应劭撰；《魏官仪》一卷，荀攸撰；《官仪职训》一卷，韦昭撰，此则史家之支流，记注之琐小者也。夫杂史之作，虽同识小，然政俗所系，史材所储，虽不能并驾六家，亦贤者所不废。是以太史公云：汉兴，萧何次法令，韩信申军法，张苍为章程，叔孙通定朝仪，则文学彬彬稍进。盖法令、章程、仪注之属，在后世固附庸于史书，在前代实并列于经典。能乎此者，实文学之上材，彬彬之君子，固非空疏浮华之士所能为也。

自周以来，律令莫美于《九刑》左昭六年传：周有乱政，而作《九刑》。又见文十八年传，军法莫善于《司马》《汉书·艺文志》：《军礼司马法》一百五十五篇，章程莫精于《周髀》《九章》《周髀算经》二卷，汉赵君卿注。《九章算术》九卷，魏刘徽注。二书为周汉人作，朝仪莫备于《周官》《仪礼》。斯皆圣贤之制作，后世之楷模，文质并茂，莫之与京。萧何、韩信、张苍、叔孙通之徒，皆专门名家，是故依仿古典，而文质彬彬。后世文人，纂修史籍，能为纪传，而不能为书志者，文有余而实不足耳。且周代学术，均出于史。盖史之为官，洞明人事，练达文章，各成专家，著书垂世。是故诸子十家，莫不原本人事，共出史官《汉书·艺文志》云：儒家者流，游文于六经之中。章学诚言六经皆史，《尚书》《春秋》为史，固无待论；《礼》《乐》二经，为后世书志所出，是为政典之史，亦无疑义；《诗》为乐章，后世史志亦载乐诗，况诗中固多有韵之史乎？《易》为卜筮之书，为史官所兼掌；《左传》所载卜筮，皆史官占之。周官太史，乃冯相保章之长，并主占候；汉太史公亦兼掌天官，后汉直以太史令为天文历纪占候之官。是《易》亦为史家之书无疑矣，是儒家出于史也。《艺文志》云：道家者流，出于史官。历纪成败存亡、祸福古今之道，然后知秉要执本，清虚以自守，卑弱以自持。周代道家，以辛甲为最始。辛甲为纣臣，后为周太史，著书廿九篇。后世道家均以老子为宗，而老子亦为周守藏室之史，是道家出于史也。《艺文志》云：阴阳家者流，盖出于羲和之官。羲和为天官，亦即史官。志阴阳家，首载宋《司星子韦》三篇，子韦为景公之史。《张苍》十六篇，为秦柱下史，是阴阳家出于史也。《艺文志》墨家首载《尹佚》二篇。《左传》称史佚有言，史佚之志。《晋语》文王访于辛尹。注云：辛甲、尹佚皆周太史。《墨子》七十一篇，《吕氏春秋》言墨子学于史角后，是墨家出于史也。《艺文志》云：名家者流，盖出于礼官。《周礼》礼官所掌五礼，太史皆掌其二，宗伯礼官之属。又有外史，掌达书名于四方。《周礼》书名之名，《论语》正名之名，郑注皆云：古曰名，今曰字。此名家所致用者也。《荀子·正名篇》：形名从商，爵名从周，文名从礼，散名之加于万物者，则从诸夏之成俗曲期。则外史所掌尽之矣。又老聃为礼学之宗，其书开宗明义，先言道可道，非常道；名可名，非常名。《荀子》隆礼亦著《正名篇》。墨家为清庙之守，本为礼官，而墨子亦著经说，以言名理。则名家根本，于此审矣，是名家出于史也。法家出于名家，即出于道家。《艺文志》：名家首邓析，法家首李悝。邓析传《刑名》，李悝以之著《具律》，商君受之以相秦，各著书传。后世慎到、申不害亦皆有黄老意。而韩非《解老》《喻老》二篇，文美义深。老、韩同传，盖缘于此。道家、名家出于史，故法家亦出乎史也。《艺文志》云：纵横家者流，出于行人之官。孔子曰：诵诗三百，使于四方，不能专对，虽多亦奚以为？纵横家出乎《诗》，故春秋时，来往使臣多赋诗言志，善于词令。诗为史之一端，是纵横家亦出于史也。农家出于法家，李悝作尽地力之教，商君首开阡陌。《艺文志》农家载《神农》廿篇，刘向《别录》疑李悝、商君所说是也。管子言仓廪实而知礼节，衣食足而知荣辱，故著《地员篇》以言农。管子为法家，而出于道，故列于道家，而言法者必言农，是农家出于法家之证。追其本源，亦出于史矣。杂家兼儒、墨，合名、法，儒、墨、名、法出于史，是杂家亦出于史也。小说家者流，出于稗官。《周礼》诵训掌道方志，而训方氏，又诵四方之传道及间师、县师，各有其书。汉有黄车使者，皆其职也。《艺文志》《周考》七十六篇，《青史子》五十七篇，原注：古史官记事也。《臣寿周纪》七篇，《虞初周说》九百四十二篇，是小说皆为史类，后世称小说为稗史是也，是小说出于史也。凡此十家，班固谓皆六经之支与流裔，其言信矣。

考学术之渊源，详文章之派别，虽分流为十，而大别有三：一曰小说，虽名为子，而与史最近者也；一曰名，由名家出者，为诸子正宗，此虽由史出，而可与史抗衡者也；一曰纵横，由纵横出者，其流为辞人文士，虽亦为史家之流裔孔子曰：文胜质则史。盖史家亦以能文为贵，而实为集部之远宗者也。

汉志小说之书，若《黄帝说》《务成子》《天乙》《伊尹说》《鬻子说》《师旷》，既为外史别传之宗，《封禅方说》

《心术》《未央术》，又为杂记笔谈之祖，出入乎子史，兼赏乎雅俗。而扬雄之《蜀王本记》《史通·因习篇》、扬雄撰《蜀纪》、子贡著《越绝考》，斯众作，咸是伪书，管辰之《管辂别传》、魏文帝之《列异传》、郭宪之《洞冥记》，即其流也。周考、青史、周纪、周说之属，道于诵训之职，采于黄车之使，方志郡书，即由此出。赵歧之《三辅决录》、韦昭之《三吴郡国志》、顾启期之《娄地记》、谯周之《益州记》，亦其流也。惟《宋子》十八篇，原注以为孙卿道宋子其言黄老意，然不列乎道家，而厕于小说，盖亦以文体别之耳。寻孙卿所云之宋子《荀子》云：宋子有见于少，无见于多。又云：宋子蔽于欲，而不知得。又引子宋子曰：明见侮之不辱，使人不斗。又云：子宋子曰，人之情欲寡，而皆以己之情欲为多，是过也。所谓其言黄老意如此，即孟子所遇之宋牼《孟子》：宋牼将之楚，孟子遇于石邱，曰：先生将何之？曰：吾闻秦楚构兵，吾将见秦楚二王。说而罢之，庄子所称宋钘《庄子》：不累于俗，不饰于物，不苟于人，不忮于众。愿天下之安宁，以活民命。人我之养，毕足而止。以此白心，古之道术有在于是者，宋钘、尹文闻其风而说之，作为华山之冠以自表，接万物以别宥为始。语心之容，命之曰心之行。以聏合欢，以调海内，请欲置之以为主。见侮不辱，救民之斗，禁攻寝兵，救世之战。以此周行天下，上说下教。虽天下不取，强聒而不舍者也。故曰：上下见厌而强见也。虽然，其为人太多，其自为太少。案：庄子之言与荀子相发明，亦与孟子事合。上说下教，强聒不舍，其著书立说，亦必使雅俗咸宜，妇孺皆解，取譬近而指意远，树义深而措辞浅，此小说之正宗，兹其所以成家也。后世别传、地志之属，既不视为小说，小说之书，惟怪力乱神是务，其于小说称家之意，偏其反矣。唯以俗语演史，笔札识小，犹未失古人之意，而宋子之风，则销声匿迹，旷千载而绝闻睹矣。

出于名家者，有道家、儒家、墨家、法家、杂家，各本名理，人无异说。阴阳家、农家，似以形名之学不相涉，然如邹衍著书，亦必先验小物，推而大之，至于无垠，则亦有合于名家之律令者也。农家本重征验，称物理以施人力，至如许行、陈相之徒，倡并耕之说，锄厉民之政，人我之养，毕足而止，所持道术，与名家之尹文相似_{尹文之说已见上}，且足以济其穷，是亦本于名家，而加之以实力者也。盖春秋、战国之际，诸子各以学术争鸣于世，其所持论，往往各本名理，巧持攻守之术，隐具壁垒之形。盖非如是，则不足以成家言而垂后世。斯盖时世使然，非其初即能如此也。

阴阳家出于羲和，其道最古，其书不传。子韦、公捣生、公孙发之徒，或司星变，或言终始，拘于小数，谅无至理之言。至驺衍言大必先验小，其语虽闳大不经，至于后世，亦多有验者。盖阴阳多凭虚，而驺衍始实测，物不可测，乃始假定，始终条理，亦具律令。其拒公孙龙_{见《史记·平原君列传》《集解》引刘向《别录》}，乃绝诡辨，非拒名也。太史公称要其归，必止乎仁义节俭，盖已舍天道而言人事矣。

道家始伊尹、太公，而仲尼不称伊、吕。管子祖术太公，亦谓之小器。盖道家初任权数，尚诈术，至老聃、庄周始本形名之学，深黜圣知，发其情伪，唱自然之说，立无为之教，致文景之小康，启魏晋之玄学，其文深美，为诸子之冠。

儒家祖周公而宗仲尼，颇有刑爵文之名_{说详《总论》第十四}，而散名尚未辨。七十子之徒，通论礼制，时有美言。而孙卿隆礼，始著正名之篇，定散名之例，其文密致，亦冠儒家。孟子深《诗》《书》，其文虽豪峻，尚杂纵横之习。盖名家出于礼官，孙卿隆礼而杀《诗》《书》，其道自相近也。

墨家始尹佚，佚书二篇虽亡，然引于《周书》《左传》者，颇与儒道相出入，初无引绳切墨之言。至墨子始著经说，鲁胜所谓取辨乎一物，而原极天下之污隆，名之至也。

凡此四家，盖先名家而出者也。名家首邓析，邓析传《刑名》，又为法家之祖。鲁定公九年，郑驷歂杀邓析，而用其《竹刑》《杜预注》云：邓析，郑大夫，欲改郑所铸旧制，不受君命，而私造刑法，书之于竹，故曰《竹刑》，故《淮南子》云：邓析巧辩而乱法。盖乱国法，故见杀；能巧辩，故其书行。自邓析出，于是道家有老庄，儒家有孔子、孙卿，墨家有墨翟，阴阳家有驺衍，一更旧术，争出于名，学术文章，于焉丕变。名家初出，盖犹考伐阅、程爵位，守礼官旧法。故法家若李悝、商君、申子、处子、慎子、韩子之徒，一秉其术，审名分，辅礼制，辨上下，定民志。至于尹文《艺文志》：《尹子文》一篇。原注：说齐宣王，先公孙龙、惠施《艺文志》：《惠子》一篇。原注：名施。与庄子同时，而名家又一变。尹文作《华山冠》，表上下平《庄子·天下篇》及注，而惠施之学去尊《吕氏春秋·爱类篇》：匡章谓惠子曰：公之学去尊，于是农家之许行、陈相，小学家之宋钘，亦因之而出。盖循名责实之学，物物而辩，事事而较，必反之自然，归之至善。儒家大同之语，道家去圣之言，农家并耕之谋，小说家白心之法，莫不由此而生。盖至是不独学贵去尊，而文章亦谋溥及之术矣。此名家之极轨，而与纵横家之趋势利而华文辞者，盖判若泾渭也。老子曰：信言不美，美言不信。斯二者之辨已。

降及秦汉，天下统于一尊，名家之道不行。虽有成公生、黄公、毛公之徒，承公孙龙诡辩之风，其道已削小，而不见用于当世。于是杂家起而承之，兼儒墨，合名法。秦汉之际，惟斯称为独盛。孔甲、大禹、由余之书，大都出于依托。伍子胥、子晚子出于兵家，尸子、尉缭出于法家，其书或缺或亡，无由置论。至于吕不韦、淮南王，各辑智略之士，兼采众家之学，贯综其说，镕为一家。其后王充继之，问孔非韩，谈天说日，论死辨祟，记妖订鬼，命禄气寿之言，自然齐世之语，杂然并作。然其论世间事，亦能辨昭然否。虚妄之言，伪饰之辞，莫不证定。是故春秋战国而后，诸子之书，在秦莫过于《吕氏春秋》，在两汉莫过于《淮南》《论衡》。盖名家析理之言熄，求是独到之学衰。采众长则美，抒己见则绌；杂论众事，辨析是非则善；弥纶群言，始终条理则寙。故虽仲长《昌言》、蒋济《万机》、杜恕《笃论》、钟会《蒭荛》、张俨《嘿记》、裴玄《新言》，观其遗逸，相其文质，在当时杂家或相形见绌，较两汉诸子亦未遑多让也。

　　自秦统一区宇，墨家兼爱，名家去尊，农家并耕之说，已不容于世杂家虽云兼儒、墨，合名、法，惟《吕氏春秋》则然，盖其成书尚在六国之时。若汉代，杂家已鲜名墨之言矣。故三家先亡，农家唯存树艺之书，已无名理之论。道家、法家在景、武之世，虽稍有论著《艺文志》：法家有《晁错》三十一篇，道家有《捷子》二篇，原注齐人，武帝时说。《曹羽》二篇，原注楚人，武帝时说于齐王。《郎中婴齐》十二篇，原注武帝时，然微弱已甚。唯阴阳与儒行于王路，故其言独盛秦任法家，而《史记·封禅书》言始皇采邹衍终始五德之运，以水德之瑞，更命河曰德水，以冬十月为年首，色上黑。汉祖初兴，以应赤帝之名，旗帜尚赤。文景虽尚黄老，景帝又好法家，而张苍、贾谊之徒，仍述阴阳家言，以言政治。自武帝崇儒，而西汉儒者多杂阴阳。自张苍、贾谊、董仲舒、刘向、扬雄之徒，皆以儒兼阴阳。谊、苍、仲舒皆传春秋，而苍著书，言阴阳律历，谊与仲舒均言五德三统，纷纠不已。刘向《洪范五行传》、扬雄《太玄经》，皆以阴阳说经术。于时说诗言五际六情，说礼言明堂阴阳，其后纬候繁兴，穷极诡秘。是故西汉儒书，大抵杂乎阴阳，逢世所好，远于形名，而近乎纵横，其不能追踪战国，盖以此也。自刘歆以后，古文家崛起，颇以纬书怪诞，不足厝意，说经纯朴，颇近形名。于时儒家若桓谭《新论》，质定世事，论说世疑，为王充所宗。法家若崔实《政论》、王符《潜夫论》，为昌言先导。其时汝颍之间，品第人物，褒贬得情。魏有九品中正之官，衡量人士，于是魏文帝作《士操》，刘劭作《人物志》，庐毓作《九州人士论》，姚信作《士纬新书》，皆列于名家。爰俞辨于论议，采公孙龙之辞，以谈微理《魏志·邓艾传》注引荀绰《冀州记》。名家之学复兴，诸子之书又盛，而老庄之学，最为称首。董遇、王肃、何晏、张揖、孟康、荀融、王弼、虞翻之徒，各为训注，复作讲疏。任嘏、钟会，皆有道论。而四本之论，深究才性，各含名理，玄言妙论，播于时矣。法家继起，深撢刑名，陈群定《魏律》，诸葛亮造《蜀科》，参订之人，既极一时之选，而刘廙《政论》、刘劭《法论》、阮武《正论》、陈融《要言》，莫不原本黄老，追迹申商，遗文逸句，可得而按焉。儒家之书，虽不能远攀孟荀，凌驾杨桓，然若谯周、徐幹、杜恕、王昶、周生烈之书，纵未务去陈言，亦能时出新意，而阴阳機祥之言，固已荡涤粪除矣。此则名家之成效大验也。

　　纵横家善于辞令，长于讽谕，能移人之情，夺人之意，其源本出于《诗》。春秋之时，列国卿大夫聘问往来，赋诗言志，此其征也。其时若郑之辞命，裨谌草创，世叔讨论，子羽修饰，子产润色，是以应对诸侯，鲜有败事。而烛之武、王孙满、子家、吕相之徒，奋其笔舌，折冲强敌，转害为利，垂声无穷。降及战国，人持弄丸之辨，家挟飞钳之术，剧谈者以谲诳为宗，利口者以寓言为主，是以苏秦合纵，张仪连衡，著书立说，蔚为家言。而当时文学之士，滑稽之流，亦染纵横之习。是故秦汉一统，辩士虽已弭节《文心雕龙·论说篇》云：至汉定，秦楚辨士弭节，郦君既毙于齐镬，蒯子几入乎汉鼎。虽复陆贾藉甚，张释傅会，杜钦文辨，楼护唇舌，颉颃万乘之阶，抵嘘公卿之席，并顺风以托势，莫能逆波而溯洄矣，辞人尚祖其风。盖自屈宋、淳于以来，发言措词，联藻交彩，既有炜晔之奇意，即出游谈之诡俗。故邹阳、主父偃、徐乐、庄安之徒，虽称纵横，特长文学《汉书·艺文志》：纵横家《邹阳》七篇，《主父偃》二十八篇，《徐乐》一篇，《庄安》一篇。而司马相如为文学之宗，东方朔滑稽之雄，祖述屈宋，宪章淳于，流风余韵，施及建安七子辞章，《邯郸笑林》非其流耶？是以《艺文志》云：古者诸侯卿大夫交接邻国，以微言相感。当揖让之时，必称诗以喻其志，盖以别贤不肖，而观盛衰焉。春秋之后，周道浸坏，聘问歌咏，不行于列国。学诗之士，逸在布衣，而贤人失志之赋作矣。大儒孙卿及楚臣屈原，离谗忧国，皆作赋以风，咸有恻隐古诗之义。当斯之时，诗赋未分。《离骚》《成相》，虽有赋体，而未有赋名屈原赋乃后人题署，非其本名。淮南王亦有《成相篇》，见《艺文类聚》，孙卿赋篇，复有佹诗。其后宋玉、唐勒、景差之徒，相竞造赋《文选》有宋玉《风赋》《高唐赋》《神女赋》《登徒子好色赋》，《古文苑》有宋玉《大言小言赋》《讽赋》，《御览》六百三十三引宋玉赋云：景差、唐勒等并造《大言赋》。至秦复有杂赋，于是诗赋画境。故云：不歌而颂谓之赋，叶于箫管谓之诗。汉志诗赋，唯有赋与歌诗。

赋有四家：屈原赋言情，孙卿赋效物，陆贾赋有朱建、严助、朱买臣之属，为纵横之变。杂赋有隐书，亦与纵横相出入。歌诗之类，盖亦有风、雅、颂之别。吴、楚、汝南、燕代、雁门、云中、陇西、邯郸、河间、齐、郑、淮南、冯翊、京兆、河东、蒲反、洛阳、河南、南郡歌诗，风之流也；汉兴以来，兵所诛灭歌诗、出行巡狩及游歌诗、高祖歌诗、临江王及愁思节士歌诗，雅之流也；宗庙歌诗及送迎灵颂歌诗，颂之流也。孝武立乐府，歌诗之类，为其专属。自汉迄魏，作者代兴。彦和论其利病，茂倩详其正变，制歌协律，事难兼工。故士大夫述志之作，多出于赋。六艺附庸，蔚成大国。繁积于宣时，校阅于成世，进御之赋，千有余篇。扬子云所谓读千首赋则善为之，其美备可知也。然论者谓孙卿、屈原之属，辞义可观，有古诗之意。及宋玉之徒，淫文放发，言过其实，夸竞之兴，体失之渐。逮汉贾谊，颇节之以礼。自是厥后，缀文之士，不率典言，并务恢张。其文博诞空类，大者罩天地之表，细者入毫纤之内。虽充车联驷，不足以载，广厦接棿，不容以居。其中高者，惟相如《上林》、扬雄《甘泉》、班固《两都》、张衡《二京》、马融《广成》、王生《灵光》皇甫谧《三都赋序》。此虽博观而约取，亦赋衰而诗兴之证也。

是故两汉之时，辞赋方张，而述志之诗鲜。成帝品录三百余篇，皆属歌诗。若韦孟、李陵、苏武、班婕好之作，寥寥无几。古诗佳丽，篇仅十余。至建安而后，诗乃勃兴。文帝、陈思，纵辔以骋节，王、徐、应、刘，望路而争驱，慷慨任气，磊落使才。所谓公幹升堂，思王入室，与赋家之贾谊、相如相比美

《法言·吾子篇》：如孔氏之门用赋也，则贾谊升堂，相如入室矣。钟嵘《诗品》：故孔氏之门如用诗，则公幹升堂，思王入室。虽正始而后，诗杂仙心，何晏之徒，率多浮浅，而嵇志清峻，阮旨遥深，亦能自振一时，雄视百代。然则魏诗汉赋，美盛悉敌。汉之古诗，亦犹战国之楚辞，各为先导，其美亦未能轩轾焉。夫诗赋之制，本为一物，发抒情志，摇荡性灵，自属专长。若夫诏策、章表、檄移、书记之流，亦有扬厉以驰旨，炜晔以腾说，扬辞植义，颇近乎诗。与夫奏疏议驳之属，综核事情，协于名理者，殊科异撰矣。盖奏疏议驳近论，颇取于形名；诏策表檄近诗，颇取于纵横。秦始立奏，辞无膏润。王绾之奏勋德，辞质而义近；李斯之奏骊山，事略而意径。自汉以来，奏事或称上疏，儒雅继踵，始可观采。若汉之贾谊、晁错、匡衡、王吉，后汉之杨秉、陈蕃、张衡、蔡邕，魏之高堂隆、王观、王朗、甄毅，博雅通达，见称于刘勰。汉之善作奏者，莫如赵充国，探筹而数，辞无枝叶。而王充于汉，独取谷永，永质不及文，独为后世宗，若充国者，王、刘皆不之及，盖炜晔谲诳，始易动人乎？驳议之制，亦始于汉。吾邱驳挟弓，安国辨匈奴，张毓断轻侮，郭躬议擅诛，程晓驳校事，司马芝议货钱，可谓明于事实，达于议礼。而汉世善于驳者，首推应、邵。捷于议者，唯有贾谊。此皆采故实于前代，观通变于当今，理不缪摇其枝，字不忘舒其藻者也。若夫诏书之作，文景以前，辞尚近质；武帝以后，时称诗书。润色鸿业，始为诗之流矣。武帝策三王，潘勖策魏公，皆上拟《尚书》，比于嵩高、韩奕，徒无韵耳。汉世表以陈情，与奏议异用。孔融之荐祢衡，曹植之求自试，文皆琛丽，炜晔可观。盖秦汉间上书，如李斯谏逐客，邹阳上梁王，已启其端。其后别名为表，至今尚辞，亦无韵之风也<small>自诏书以下，略采《国故论衡·论式篇》说</small>。

　　后世论文之士，率取近乎《诗》者，明其源流，指其变迁。是以沈约云：屈平、宋玉，导清源于前，贾谊、相如，振芳尘于后。自汉至魏，四百余年，辞人才子，文体三变，相如巧为形似之言，班固长于情理之说，子建、仲宣以气质为体，并标能擅美，独映当时。是以一世之士，各相慕习，原其飙流所始，莫不同祖风骚<small>《宋书·谢灵运传》论</small>。刘勰云：屈平联藻于日月，宋玉交彩于风云。观其艳说，则笼罩雅颂。故知炜晔之奇意，出乎纵横之诡俗。爰自汉室，迄至成、哀，虽世渐百龄，辞人九变，而大抵所归，祖述《楚辞》。灵均余影，于是乎在<small>《文心雕龙·时序篇》</small>。二家之论，皆探原诗骚，可谓知本之言。而近论之作，置而不议。刘氏论汉魏才略，谓卿、渊以前，多俊才而不课学；雄、向以后，颇引书以助文。可谓明其分际，涵盖一切者矣。

第三期　晋至陈

　　自魏正始中，何晏、王弼祖述老、庄，晋王衍、乐广慕之，崇虚玄之学，开谈讲之习，流风余韵，迄于江左，学术文章，颇能综于名理，称为华妙。追梁天监，始崇儒术，而玄风将泯，文弊渐滋。后世史臣，莫不崇儒道，斥玄学，弘讲经之业，贱清谈之士。五胡分裂之祸，莫不丛罪于玄宗，斯盖非弘通平恕之论乎？自晋以来，学者所趋，略分四科，所谓儒、玄、史、文是也。宋元嘉时，立国子学，遂四学并建。豫章雷次宗、会稽朱膺之、颍川庾蔚之，并以儒学，总监诸生。丹阳尹何尚之立玄学，太子率更令何承天立史学，司徒参军谢元立文学《南史·雷次宗传》，虽劝课未传，建制亦暂，而图籍文章，亦自此遂分为四部矣魏秘书郎郑默始制中经，秘书监荀勖因之，更著新簿，分为四部。宋元嘉八年，秘书监谢灵运造四部目录。齐永明中，秘书丞王亮、监谢朏又造四部书目。梁秘书监任昉、殷钧亦有四部书目。虽齐王俭有《七志》，梁阮孝绪有《七录》，而隋唐以后，均以四部为定制。或谓当时玄学，有所谓三玄者，指易与老庄而言，四部之子不能谓玄，实则老子谓有无同出而异名，同谓之玄。故玄者兼赅有无，不可偏指。凡成家言，皆可称玄、称子，本不成名词。说无，亦玄中之一义耳。故古之子学，今之哲学，皆当改称玄学。

当时说经之士，南北异尚。李延寿云：江左《周易》则王辅嗣，《尚书》则孔安国，《左传》则杜元凯；河洛《左传》则伏子慎，《尚书》《周易》则郑康成，《诗》则并主于毛公，《礼》则同遵于郑氏。南人简约，得其英华；北人深芜，穷其枝叶《北史·儒林传》。盖江左之儒，崇尚玄学，略逊言理，自归简约。是故说经之作，大抵杂以玄言。自伏曼容、严植之、太史叔明、皇侃、张讥、顾越诸儒，莫不并善儒玄，杂糅其旨。今诸家之书云亡，而皇侃《论语义疏》尚存。儒书道说，词旨华妙，以此例彼，诸书可知。唯范宁集解《穀梁》，深恶玄谈，斥何晏王弼，谓其罪深于桀纣。此与孟子诋杨墨为禽兽，同其疾恶。祗深门户之见，难挽习尚之心。虽大儒如范宣，口绝老庄，而心尚默识《晋书·范宣传》：宣言谈未尝及老庄，客有问人，生与忧俱生，不知此语何出？宣云：出《庄子·至乐篇》。客曰：君言不读老庄，何由识此？宣笑曰：小时尝一览。宣著礼、易论难，皆行于世。其后陆德明著《经典释文》，亦附《老庄音义》。

儒玄并尊，其流远矣。应詹谓元康以来，贱经尚道，永嘉之弊由此，不亦过乎？且六朝诸儒，玄谈虽众，而礼学尤盛。南史儒林多明三礼《南史·儒林传》：何佟之、司马筠、司马寿、崔灵恩、孔佥、孔元素、沈峻、沈文阿、皇侃、沈洙、郑灼、张崖、刘文绍，皆通三礼。其余明礼者尚多。晋宋之际，若范隆、雷次宗等，亦通三礼。五代经籍，丧服独多《隋书·经籍志》：晋袁准、孔伦、陈铨、宋裴松之、雷次宗、蔡超宗、刘道援、齐田僧绍、司马璝、楼幼瑜、刘璡、沈麟士、梁贺瑒、何佟之、裴子野、皇侃、陈谢峤，皆注疏丧服。又晋杜预、刘逵、卫瓘、贺循、刘德明、环济、宋庾蔚之、张耀、崔凯、孔智，皆有丧服要记等作。而丧服图谱、略例、杂议，尚有数十家。礼论之作，富而且美宋何承天撰《集礼论》

211

三百卷，梁孔子祛《续何承天集礼论》一百五十卷，而何佟之《续礼论》三百余篇，略皆上口。盖老庄之学，深于形名，持论精微，不牵章句，故当时议礼之文，优于汉世。陈寿、贺循、孙毓、范宣、蔡谟、徐野民、雷次宗者，盖二戴闻人所不能上。卞壸斥玄学之徒，悖礼伤教，中朝倾覆，实由于此，盖亦见于彼而不见于此耳。

　　两汉之时，诏诸生讲五经异同，石渠、白虎各有奏议，讲辨之端已启于此。宋齐以后，谈玄讲经，莫不有讲疏、义疏之作《隋书·经籍志》：三玄七经皆有讲疏、义疏，而义疏之书，亦为讲而作。如《周易义疏》十九卷，宋明帝及群臣讲，齐永明《国学讲周易疏》二十六卷。然则讲疏、义疏，名虽异，而其用则同，开唐代注疏之体，为后世讲义之宗。区段次第，有条不紊，文贵清析，言必探源，虽微伤繁琐，而颇绝妄虚。且当时疏体，义尚虚玄，而事必征实，南得英华，北穷枝叶，盖已兼而有之矣。自汉武三王之册、潘勖九锡之文、扬雄之《法言》《太玄》，摹经而作，遂开尚书伪古之风。东晋豫章内史梅赜始献孔安国之传，齐建武中，吴姚方兴又奏《舜典》二十八字。齐梁之际，又有造《尚书逸篇》者，于是北周宋绰亦仿《尚书》作《大诰》。自是之后，文笔皆依此体《周书·苏绰传》，斯则六朝浮华之体所由革，隋唐复古之文所由兴焉王通《文中子》摹《论语》，《元经》摹《春秋》。韩愈作碑，所谓点窜《尧典》《舜典》字，涂改清庙生民诗，亦多摹经之语。

　　晋代学者，承魏之余烈，刑名之学未替，成家之言亦众。鲁胜注《墨辨》，引说就经，各附其章。又采诸众，杂集为《刑名》二篇，略解指归。以为名者，所以别同异，明是非，道义之门，政化之准绳，当时颇多宗之。是故为文者善于析理，谈玄者皆能入微。杜夷《幽求》、张讥《游玄》、梁澡《玄言》、简文

《谈疏》，其最著者；唐滂、孙绰、苻朗、苏彦，亦有家言。莫不祖述老庄，为其羽翼，不特疏其文句已也。

汉魏以来，佛学渐兴，孟福、张莲、严佛调、支谦之徒，已开汉人译经之端。六朝之际，译学更盛，帝王公卿，躬笔受雠校之任帝王如姚兴、梁武、魏宣武帝，公卿如苻秦赵政、前凉赵潚、北魏崔光，皆躬自笔受或雠校；文人学士，弘修饰润色之风如宋谢灵运、梁刘孝标等，亦常重译笔受诸经。而姚秦之际，鸠摩罗什西来，重译旧经，一洗支竺滞文格义之病。于是僧肇《肇论》、僧祐《弘明集》、慧皎《高僧传》，文理密察，咸推作者之宗。盖天竺之学，与玄言相契，玄家隆礼，而释教重律，故玄学既兴，释典乃更昌明焉。当玄释二学交盛之时，诸子百家之学渐衰，名法纵横，不绝如缕。儒家有《正论》晋袁准撰，十九卷、《新论》晋夏侯湛撰，十卷、《要览》晋吕竦撰，十卷、《正览》梁周舍撰，六卷，采于《隋志》。《成败志》晋孙毓撰，三卷、《化清经》晋蔡洪撰，十卷、《物理论》《太玄经》晋杨泉撰，《物理论》十六卷，《太玄经》十四卷，引于《意林》。亡佚既属八九，存者亦甚凌杂。惟杂家之《抱朴》《金楼》《颜氏家训》，其书尚存，文质并茂，杰出于当时。傅子之书，虽十不存一，视彼三家，未遑多让。张华《博物志》、崔豹《古今注》，则相形见绌矣。盖葛洪、梁元帝、颜之推，或尚玄，或崇释，有秉要执本之言，综名核实之语，故能冠冕杂家，辉映百世。而《隋志》杂家有《对林》《文府》《典言》《论集》《类苑》《书钞》诸书，因属文储材而作，为类书丛钞之宗，厕于家言，实属不伦。惟《子钞》一书，上规《吕览》，而下启《意林》，虽无裁成之功，尚通众家之意，与夫杂错漫羡，而无所指归者殊矣。小说家惟刘义庆之《世说新语》，

213

清谈玄论，典而可味，流风余韵，播于后世。加以刘孝标之注《世说》，与裴松之之注《国志》，同其义法，一代风仪，尽萃于此。小说一家，本出乎史，此为近古，与夫干宝《搜神记》之志怪，鲁褒《钱神论》之愤世，异其撰矣。然则六代家言，总之不离乎玄言者近是。

自晋以后，六家之史，惟纪传编年最盛。陈寿之书，虽迹同《国语》，而体实纪传。司马彪、范晔集成乎后汉，王隐、法盛各记于二晋。至臧荣绪括二晋十余家之史，合成一书，已为唐修《晋书》之先导。沈约踵何、裴、孙、苏而撰《宋书》，萧子显继江淹、沈约而成《齐史》，虽皆奄集众长，而整齐故事，质而有文，亦足劭也。姚察撰勒《梁》《陈》二书，粗有条贯，而未奏厥功。至唐，其子思康续成之。谈彪之业，岂可没哉！魏收之书，虽称秽史，亦有独长。官氏释、老诸志，为史家之创例，得《世本》之遗意，虽世薄其书，而不可磨灭。是故魏澹、杨素纵奉敕别撰，未能夺其席焉。

夫断代之史，纪传之体，后世号为正史。然纪表志传，周览既难，贯穿匪易。自荀悦撰《汉纪》，仿《左传》，自是每代国史，皆有编年之作。起自后汉，至乎高齐，如袁宏、张播、孙盛、干宝、徐广、裴子野、吴均、何之元、王劭之徒，其所著书，或谓之春秋，或谓之纪，或谓之略，或谓之典，或谓之志，名虽歧异，实同《左传》。然则六代史书，惟左、班二体，差能并驾齐驱。若夫孔衍之《汉魏尚书》，司马彪之《九州春秋》，梁武帝之《通史》，虽仿《尚书》《国语》《史记》而作，视彼二家，多寡已迥不相侔。《春秋》一经，则更绝比拟焉。

唐撰五代史志，史部之类，分为十三，正史而外，尚有古史、杂史、霸史、起居注、旧事、职官、仪注、刑法、杂传、地理、谱系、簿录等类。寻古史所录，皆属编年。杂史之类，各有所归。霸史之书，散之则属纪传、编年之体，总之则成《国语》《国策》之流。起居注、旧事、杂传为纪传之材，职官、仪注、刑法、地理、谱系、簿录为书志之数。凡此诸书，譬犹未修之春秋，百国之宝书，实纪传、编年之附庸，不能与成家之史相提并论明矣。自录略雠校之学衰，文章部署之法乱，史之附庸，蔚为大国。

成家之史鲜，识小之书盛。急于成名，而甘于小就。敷文华以纬国典，守贱薄而无闷容者，鲜矣。然若《益部耆旧》，为国志之余绪《隋志》：《益部耆旧传》十四卷，陈寿撰；圣贤高士，为素志之所托《隋志》：《圣贤高士传赞》三卷，嵇康撰。皇甫谧、虞槃佐、孙绰、周弘让亦各有高士传。高僧纪法教之盛《隋志》：《高僧传》六卷，虞孝敬撰。释僧祐亦有《高僧传》十四卷，文士述文学之统《隋志》：《文士传》五十卷，张隐撰，与正史别行，颇有补风化。而谱谍之学，所以明族类，辨华夷；文章之志，所以识源流，明正变。此亦有足多者。观夫陈寿作史，辞多劝戒，明乎得失，虽文艳不若相如，而质直过之。马、范二史，亦能文质相扶。自是厥后，或失之华，或失之野，宏识孤怀，不相逮矣。其时作史文体，若孙盛、习凿齿辈，规摹左氏，为司马《通鉴》之宗。姚察《梁书》，序事立论，颇多散体，洗齐梁骈俪之习，开昌黎古文之风。郦道元《水经注》、羊衒之《洛阳伽蓝记》，善言景物，启游记之体。柳州之作，化整为散，其渊源盖本乎此焉。

自晋以来，文尚整炼，理圆事密，联璧其章，迭用奇偶，节以杂佩，自铸伟辞，致足美也。齐梁而后，析句弥密，属对弥工，联字合趣，剖毫析厘，浮滥靡丽，华而不实，人厌排偶之习，遂存矫枉之心。樵古而作，偏为单奇，陈周诸彦，渐有见端，固不待隋唐之复古，文体始为之一变也。然当时南北文学，好尚不同。《隋书·文学传》云：江左宫商发越，贵乎清绮；河朔词义贞刚，重乎气质。气质则理胜其词，清绮则文过其意。理深者便于时用，文华者宜于咏歌。是以江左辞赋，盛于河朔。虽晋中朝之时，南北未分，二方文学，固无轩轾。若张华、左思、潘岳、刘琨、二陆、三张、应、傅、孙挚、成公之徒，并结藻清英，流韵绮靡，朔南相敌，未有偏尚。

暨乎元帝中兴，江左河洛之地，宰割于五胡，衣冠文物，萃于南服。北方虽有遗彦，而戎马流离，固未能尽其才矣。是以后世论文，独推江左。刘彦和云：自中朝贵玄，江左称盛，因谈余气，流成文体。是以世极迍邅，而辞意夷泰，诗必柱下之旨归，赋乃漆园之义疏《文心雕龙·时序篇》。宋初文咏，体有因革。庄老造退，而山水方滋《文心雕龙·明诗篇》。萧子显云：江左风味，盛道家之言。郭璞举其灵变，许恂极其名理。仲文玄气，犹不尽除。谢琨情新，得名未盛。颜谢并起，乃各擅奇沈约《宋书·谢灵运传》论亦云：仲文始革孙许之风，叔源大变太元之气。爰逮宋氏，颜谢腾声。灵运之兴会标举，延年之体裁明密。并方轨前秀，垂范后昆。休鲍后出，咸亦标世。朱蓝共妍，不相祖述。

今之文章，作者虽众，总而为论，略有三体：一则启心闲绎，托辞华旷，虽存巧绮，终致迂回，宜登公宴，未为准的，而疏慢阐缓，膏肓之病，典正可采，酷不入情，此体之源，出灵运而成也；次则缉事比类，非对不发，博物可嘉，职成拘制，或全借古语，用申今情，崎岖牵引，直为偶说，唯睹事例，顿失精采，此则傅咸五经，应璩指事，虽不全似，可以类从；次则发唱惊挺，操调险急，雕藻淫艳，倾炫心魂，亦犹五色之有红紫，八音之有郑卫，斯鲍照之遗烈也《南齐书·文苑传论》。魏徵云：梁自大同之后，雅道沦缺，渐乖典则，争驰新巧。简文湘东，启其淫放，徐陵庾信，分路扬镳。其意浅而繁，其文匿而采，词尚轻险，情多哀思。格以延陵之听，盖亦亡国之音《隋书·文学传序》。此则自晋迄陈，文变略具。孙许扇以玄言，陶潜革以田园，灵运畅以山水，简文变以宫体。虽雅郑不同，而清绮则一。然则江左文华，宜于咏歌，信矣。

令狐德棻云：中州板荡，戎狄交侵，僭伪相属，士民涂炭，故文章黜焉。其潜思于战争之间，挥翰于锋镝之下，亦往往而间出。若鲁徽、杜广、徐光、尹弼之徒，知名于二赵；宋谚、封奕、朱彤、梁谠之属，见重于燕秦。皆迫于仓卒，牵于战争，竞奏符檄，则粲然可观；体物缘情，则寂寥于世。惟胡义周之颂国都，刘延明之铭酒泉，颇有宏丽清典之风焉。洎乎有魏，定鼎沙朔，南包河淮，西吞关陇，当时之士，有许谦、崔宏、崔浩、高允、高闾、游雅等，声实俱茂，词义典正。及太和之辰，虽复崇尚文雅，方骖并路，多乖往辙，涉海山登，罕值良宝。其后袁翻才称澹雅，常景思标沉郁，彬彬焉盖一时之俊秀也。

周氏创业，运属陵夷，纂遗文于既丧，聘奇士如弗及。是以苏亮、苏绰、卢柔、唐瑾、元伟、李昶之徒，咸奋麟翼，自致青紫。然绰建言，务存质朴，遂秕糠魏晋，宪章虞夏。虽属词有师古之美，矫枉非适时之用，故莫能常行焉《周书·王褒庾信传》论。李百药亦云：天保中，李愔、陆卬、崔瞻、陆元规并在中书，参掌纶诰。李广、樊逊、李德林、卢询祖、卢思道始以文章著名。

皇建之朝，常侍王晞独擅其美。河清、天统之辰，杜台卿、刘逖、魏骞亦参知诏敕。自愔以下，在省唯撰述除官诏旨，其关涉军国文翰，多是魏收作之。及在武平，李若、荀士逊、李德林、薛道衡为中书侍郎，诸军国文书及大诏诰，俱是李德林之笔。后主馆客有萧悫、颜之推，待诏文林有徐之才、阳休之等，皆令入馆撰书。当时操笔之徒，搜求略尽《北齐书·文苑传序》。然则河朔文人，理胜其词，便于时用，亦信而有征矣。

自梁简文以后，宫体既兴，徐庾承其流化，路为一代文宗，轻艳之体，遍于南北。徐陵之文，缉裁巧密，每一文出，好事者已传写成诵，遂被之华夷，家藏其本《陈书·徐陵传》。庾信入周，牢笼一代。是时世宗雅词云委，滕赵二王雕章间发，咸筑宫虚馆，有如布衣之交。由是朝廷之人，闾阎之士，莫不忘味于遗韵，眩精于末光，犹丘陵之仰嵩岱，川流之宗溟渤也。其体以浮放为本，其词以轻险为宗，故能夸目侈于红紫，荡心逾于郑卫《周书·王褒庾信传》论，由是徐庾之体，浸淫渐渍，讫陈、隋而为俗矣。

第四期　隋唐五季

隋唐之时，文史之学盛，而经子之学微。盖自隋平陈以后，玄学荡涤几尽，关陕朴厚，本无此风。魏周以来，初未习受魏李业兴对梁武帝云：少为书生，止习五典，素不玄学，何敢仰酬？则玄学不行于北可知。陈人之入长安者，又已衰苶不振，故老庄之学衰，形名之术息。于是意必之言，唐肆之辞，怪乱之说，接踵于世矣。梁陈之世，义疏虽烦猥，然皆笃守旧常，不背师法。

　　唐初五经正义，本诸六代六代经学，南北不同，《北史》言之已详。隋唐一统，五经正义亦遂统集南北，汇为一家。盖当时义疏之学，南如崔灵思《三礼义宗》《左氏经传义》，沈文阿《春秋》《礼记》《孝经》《论语》义疏，皇侃《论语义》《礼记义》，戚衮《礼记义》，张讥《周易》《尚书》《毛诗》《孝经》《论语》义疏，顾越《丧服》《毛诗》《孝经》《论语》义，王元规《春秋》《孝经》义记；北如刘献之《三礼大义》，徐遵明《春秋义章》，李铉撰定《孝经》《论语》《毛诗》《三礼》义疏，沈重《周礼》《仪礼》《礼记》《毛诗》《丧服》经义，熊安生《周礼》《礼记》义疏、《孝经》义，皆唐人五经正义之先河，而采集其说亦多，言虽繁碎，未尝专恣。其后说经，务为穿凿。啖助、赵匡于《春秋》，施士匄于《诗》，仲子陵、袁彝、韦彤、韦茝于《礼》，蔡广成于《易》，强蒙于《论

219

语》，皆自名其学。苟异先儒，弃古义而取新奇，喜通学而恶专门，蔑佐证而逞胸臆，意必之言兴，而空疏之学起矣。

魏晋以来，老庄形名之学，发为言辞，多覃思自得，且多沐浴礼化，进退不移，故政事堕于上，而民德厚于下。唐自王勃伪造《中说》《唐志》：王通《中说》五卷。章先生《检论》云：《中说》时有善言，其长夸诈则甚矣。案：其言长安见李德林援琴鼓荡，及杜淹所为《世家》，称通问礼关朗，其年齿皆不逮。而房玄龄、杜淹、陈叔达年皆长通，不得为其弟子。《旧唐书》称通仕至蜀郡司户书佐，疑其言献策亦妄也。诸此诈欺之文，世或以为福郊、福畤增之。案：通弟绩既以通比仲尼，子姓袭其唐虞宜然。然其年世尚近，不可颠倒，而勃去通稍远矣。生既不识李、房、杜、陈之畴，比长，故老渐凋，得以妄述其事。《唐书》称通尝起汉魏尽晋，作书百二十篇，续《古尚书》。有录无书者十篇。勃补完缺遗定著二十五篇。由今验之，《中说》与《文中子世家》皆勃所谰诬也，淫为文辞，过自高贤，而又没于势利，妄援隋唐群贵，以自光宠，浮泽盛而虑宪衰，矜夸行而廉让废。终唐之世，文士如韩愈、吕温、柳宗元、刘禹锡、李翱、皇甫湜之徒，皆勃之伦也。其辞章觭耦不与焉，犹言魏晋浮华，古道湮替，唐世振而复之，不亦反乎？且《中说》所称记注兴而史道诬，其言鉴燧也，而勃更僭其言，矫称诬辞，增其先德。唐世学士慕之，以为后世可给，公取宠赂，盛为碑铭，穷极虚誉，以诬来史，此又勃之化也。魏晋虽衰，中间如裴松之之禁断立碑，法制所延，江表莫敢私违其式，此何可得于唐世邪此节本《师说》？

是故唐肆之辞兴，而诸子之学替。虽儒家有刘禹锡之《因论》，林慎思之《续孟子》《伸蒙子》，杂家有赵蕤之《长短经》，罗隐之《两同书》，谭峭之《化书》，比之战国六朝，实卑卑不足道矣。魏晋之际，言谈虽属玄虚，而犹近名理。《世说》之所甄录，大都纪实之言，足觇其时之风尚。至于唐代若杜宝、刘肃、封演、李肇、苏鹗、郑处诲、段成式、李匡乂、李绰、赵璘，五代之际若邱光廷、孙光宪，虽善于识小，已多远于名理。而裴铏传奇，苏鹗演义，渐为后世小说之宗。且当时神怪之志，婚媾之言，列于唐代丛书，采于《太平广记》者，不可胜数。扇神诞以酿迷妄，布淫哇以荡风纪，怪乱之说兴，而小说之律破矣。

夫名理之惬人心意，不能一日无也。玄学既微，而佛典代兴。自隋设翻经馆，置翻经学士，讫于唐代，译学大昌。汉世儒先明于经术，而短于名理。故其笔受诸经，名身尚疏，何有于持论？其文往往近于《论语》《孝经》。及乎魏晋，士大夫喜老庄，言谈颇利，而术语尚未能密切。故僧肇道安，往往传以清言。至流支真谛，术语稍密。逮唐玄奘、义净所述，始严栗合其本书。盖因明之学昌，而译语始少皮传，加以润色鸿业，有于志宁、许敬宗、张说、苏颋诸儒，而证义大德，又极一时之选。是以唐世译经，独号圆通，超轶八代，非偶然也。

自魏收撰书，有秽史之目。至隋开皇，特敕魏澹、颜之推、辛德源更撰《魏书》，矫正收失。十三年，又发令禁绝人间撰集国史，臧否人物，于是设官修史之局开，私家著述之风微。自昔文人若陆机、谢灵运、江淹、沈约之徒，皆以作史为业，而以其绪余为文，故文士无空疏之病，史家鲜拙钝之诮，成一家之言，备一代之典。

自隋唐而后，文人乏作史之才，史官鲜成家之选，文史之业，交相弊矣。然当隋之中叶，唐之始年，雅多奉敕修史，而私家之绪余尚未绝也。开皇之时，若牛弘、王劭，尚各勒成一书。至于唐初，修五代纪传，则令狐德棻、岑文本承牛弘之业，而成《周书》，颜师古、孔颖达缵王劭之绪，而成《隋书》。姚思廉之《梁》《陈》二书，李百药之《北齐书》，则各秉其父之遗业，告厥成功姚察在陈，撰勒《梁》《陈》二史，粗有条贯。入隋以后，又续奏所成。至唐贞观初，其子思廉奉诏续成二书。李德林在齐，预修国史，创《纪传书》二十七卷。至隋奉诏续撰，增多《齐史》三十八篇。唐贞观初，敕其子百药续成《北齐书》。其后又有于志宁、令狐德棻、李淳风、韦安仁、李延寿、敬播续撰五代史志。纪传各有渊源，书志出于专家，故五史之作，粲然可观。贞观中，又诏房玄龄等重撰《晋书》，本臧荣绪之所修，而参以十八家书，佐以十六国史，取精多而用物宏，故新撰行而旧本废。而李延寿删补宋、齐、梁、陈及魏、齐、周、隋八代史，成《南北史》，则亦继述父志，托体《史记》，媲德马迁李延寿父大师，尝谓宋齐逮周隋，分隔南北，南谓北为索虏，北谓南为岛夷，欲改正为编年，未就而卒。延寿究悉旧事，史依马迁体，总序八代，北二百四十年，南一百七十年，为《南北史》。此皆私家撰述有以启之，故唐代官修之史，后世亦未能几及也。至于唐代史书，已无私家之作。若许敬宗之曲希时旨，猥饬私憾，牛凤及之发言怪诞，叙事倒错，滥厕史职，其弊遂多。是以刘子玄三为史臣，再入东观《史通·自叙》，怀独到之见，忏同作之臣，遂撰《史通》，寄恨辨职。以为邱明修传，以避时艰；子长立记，藏诸名山；班固成书，出自家庭；陈寿草志，创于私室。遂欲成其一家，以任独断。尝拟自班、马以降，讫于姚、李、令狐、颜、孔诸书，因其旧义，普加厘革，以私史不行，恐致惊末俗，取咎时人。千秋绝业，格于时制，史学之衰，其自此始乎！虽徐坚、吴竞颇各撰书《唐书·艺文志》：徐坚《晋书》一百卷；吴竞《齐史》十卷，《梁史》十卷，《陈史》五卷，《周史》十卷，《隋史》二十卷，《唐书》一百卷，譬犹扬爝火于朝阳，挽颓波于已逝，人莫之重，其书遂亡，宜矣。当梁之时，周兴嗣、谢昊始撰《梁皇帝实录》。至于唐代，每帝各成一书，有监修之职，有撰述之人，自是实录与起居注并为世所沿袭。

隋唐之际，沿江左隆礼之风，典礼之书颇称宏富。隋有《江都集礼》，唐有《永徽五礼》，咸欲纳民轨物，垂为一代之经。当斯之时，摹经之风大启。《六典》以仿《周官》开元十年，诏陆坚等修《六典》，玄宗手写六条，曰理典、教典、礼典、政典、刑典、事典，以象《周礼》六官，《五礼》以仿《仪礼》贞观时，长孙无忌等撰《大唐仪礼》一百卷，实为《永徽五礼》之所本，《开元礼》以仿《礼记》开元中，王嵒请改《礼记》，附唐制度，张说以汉代旧文不可更，乃请修贞观《永徽五礼》，为《开元礼》百五十卷，斯固王氏六经之所不能掩也。盖唐代政典尚称美备，制作之隆，亦莫之与京。若吴竞之《贞观政要》、林宝之《元和姓纂》、李吉甫之《元和郡县志》、长孙无忌之《律疏》，留什一于千百，已足为后代之典谟。至于杜佑《通典》，网罗宏博，评议精简，为典章之通史，实与编年一体，足以方轨并驾，自成一家。此则六家之史所未备，为司马《通鉴》之先导者也案：通史之礼，唯三家足以当之。司马迁之《史记》，为正史之通史，《五代史》《通志》其嗣也。若《南北史》，有纪传而无书志，已非其类矣。杜佑《通典》，典制之通史也，实即为书志之合体。马贵与之《文献通考》实属此类，而已为变体。司马光之《通鉴》，编年之通史也。今举《通考》，与《通典》《通志》并称三通，实属不伦，易以《通鉴》，差堪并驾。

隋开皇时，既禁私撰国史，又诏天下公私文翰，并宜实录。其时司马幼文表华艳，至付有司治罪。自是公卿大臣，咸钻仰坟集，弃绝华绮。然外州远县，仍踵敝风，体尚轻薄，递相师效。于是李谔上书曰：自魏三祖更尚文辞，忽人君之大道，好雕虫之小艺。下之从上，有同影响，竞逐文华，遂成风俗。江左齐梁，其弊弥甚，贵贱贤愚，唯矜吟咏。遂复遗理存异，寻虚逐微，竞一韵之奇，争一字之巧。连篇累牍，不出月露之形；积案盈箱，唯是风云之状。世俗以此相高，朝廷标兹取士，利禄之路既开，爱尚之情愈笃。于是闾里童昏，贵游总丱，未窥六甲，先制五言。至如羲皇舜禹之典，伊傅周孔之说，不复关心，何尝入耳。以傲诞为清虚，以缘情为勋绩，指儒素为古拙，用词赋为君子。故文章日繁，其政日乱。及大隋受命，屏斥轻薄，遏止华伪，自非怀经抱质，志道依仁，不得引领缙绅，参厕缨冕。惟闻选吏举人，尚有不遵典则，作轻薄之篇章，结朋党而求誉，则选充吏职，举送天朝。请勒诸司，普加搜访，有如此者，具状送台《隋书·李谔传》。盖高祖初统万机，每念斫雕为朴，发号施令，咸去浮华。然时俗词藻，犹多淫丽，故宪台执法，屡飞霜简。炀帝初习艺文，有非轻侧之论。暨乎即位，一变其风，其诏书诗赋，并存雅体，归于典制。虽意在骄淫，而词无浮荡。当时缀文之士，遂得依而取正焉。若卢思道、李德林、薛道衡、李元操、魏澹、虞世基、柳䛒、许善心、潘徽、万寿之徒，咸驰誉文林，见称当世。虽鲜淫靡轻侧之辞，而骈俪藻饰，犹存齐梁遗音焉。

唐兴，仍陈隋靡习，徐庾流化，弥遍南北。迨四杰出，稍振以清丽之风。至于燕许，始以雄骏之气，鸿丽之词，丕变习俗。于是元结、独孤及、萧颖士、李华辈，又以三代之文，律度当世。韩愈继之，更超卓流俗，首倡古文《唐实录》称韩愈学独孤及之文，柳宗元、皇甫湜、张籍、李翱之徒，又从而和之。唐之古文，遂蔚然称盛。盖当时世俗之文，多偶对俪句，属缀风云，羁束声韵，渐致文弊。其以雄词远致矫之，亦有所不得已也。然过于磔裂章句，堕声废韵，遂来倒置眉目、反易冠带之讥，此裴度所以箴李翱也见《裴度与李翱书》。且当时所谓古文者，如元结之《五规》，韩愈之《五原》，李翱之《复性平赋书》，皮日休之《鹿门隐书》，体仿诸子，文尚理致，与应制酬酢之文迥异。若夫用之于廊庙，施之于吊祭，则终唐之世，多为骈俪偶对之文。远自王、杨、卢、骆，以至张说、苏颋、陆贽、李德裕、令狐楚诸公，未尝变也。李商隐初为古文，不喜偶对，其后从事令狐楚幕，楚能章奏，遂以其道授商隐，自是始为今体章奏，自以四六体题署其集宋谢伋《四六谈麈》谓四六施于制诰、表奏、文檄，本以便于宣读，多以四字六字为句。案：自齐梁以来，四六之句颇多，惟李商隐始以四六名文，与温庭筠、段成式齐名，时号三十六体。至于唐末，渐趋工巧，组织繁碎，文格日卑。降及五季，韩柳之道日微，温李之风亦替，虽有刘煦铸史之文，徐锴镕经之作，不能振其衰陋也。

诗自简文以后，颓靡已极。唐太宗始以清丽振之，而名作尚鲜。至陈子昂始追建安之风骨，变齐梁之绮靡。张九龄、李白继之，自摅怀抱，风裁各异，而皆原本嗣宗，上追曹刘。唐诗之能复古者，自以三家为最。自苏李以后，五言所贵，大率优柔善入，婉而多风。自杜甫出，材力标举，篇幅恢张，纵横挥霍，诗品为之一变。是故李白结古风之局，杜甫开新体之端，唐之五言，气势尽矣。唯歌行律体，为当时所独擅。盖自《大风》《柏梁》，权舆七言，魏宋之间，时多杰作。初唐诸家，出于齐梁，多雕绘之习，至有点鬼簿、算博士之诮。王、李、高、岑，渐能跌宕生姿，安详合度。至于李、杜，乃辟绝靡习，放笔骋气。杜甫歌行，自称庾鲍，加以时事，大作波涛，有咫尺万里之目。其五言若《北征》诸作，抒写悲愤，沉痛苍劲，有李陵、刘琨之风焉。韩愈并推李杜，而专于杜，以佶屈聱牙为胜，但袭粗迹，故成枯犷。卢仝、刘义颇近汉谣，白居易纯似弹词，斯皆不足劭也。五律自阴铿、何逊、徐陵、庾信，已开其体。至沈宋则约句准篇，其体遂定。开宝以来，李白之秾丽，王维、孟浩然之自得，分道扬镳，并称极胜。至杜甫则寓纵横颠倒于整密中，故能超然拔萃。七律则王维、李颀，春容大雅，时崔颢、高适、岑参诸公，实为同调。下及大历十子，亦嗣其音。惟杜甫则闳阔开辟，尽掩诸家。然则李、杜为唐音之宗，固其宜也。虽少陵绝句，少唱叹之音，固不碍其为大家矣。若夫王、孟、韦、柳，祖陶宗谢，善得田园山水之趣。刘希夷、上官仪，皆学简文。其后李商隐、温庭筠，实远挹其润。宋词元曲，尽其支流，此则宫体之巨澜也。五季文弊，韦縠才调一集，遂以晚唐秾丽宏敞之气，救粗疏浅弱之习，西昆之体，基于此矣。然则唐代诗文，其流变若出一辙焉。

至于词者，则为诗之变体。古者声诗皆属可歌，诗三百篇皆古乐章，西京歌诗，皆入乐府，此其征也。自十九首出，而诗始不歌，乐府诗则尚可歌焉。自唐新乐府出，而乐府诗亦不歌，惟词则尚可歌焉。盖唐之诗人，采乐府之音以制新律，因系其词，故命曰词案：唐人乐府，用律绝诸诗，杂和声歌之，其并和声作实字，长短其句，以就曲拍者，为填词。开元、天宝肇其端，元和衍其流，大中、咸通以后，迄于南唐、二蜀，尤家工户习，以尽其变。凡有五音二十八调，各有分属，详见凌廷堪《燕乐考原》。其时词人，以李白为首，厥后韦应物、王建、韩翃、白居易、刘禹锡、皇甫松、司空图、韩偓，并有述造，而温庭筠为最高，其言深美闳约。五代之际，孟氏、李氏，君臣为谑，竞作新词，词之杂流，由此起矣。然其工者，往往绝伦，亦如齐梁五言，依托魏晋近古，故其体貌相似。初创则其气势未尽，时使然也。至于宋后，则词又不可歌，于是元曲起而代之矣。

第五期　宋至明

魏晋之际，知玄理者甚众，而文亦华妙。及唐则务好文辞，而微言几绝。至于宋明，理学盛而文则日渐陵夷，文质递尚，彬彬之风微，此可以观世变矣。

宋世学者多善儒言，原本五经而长于义理，然往往以己意变乱旧事。盖自邢昺、孙奭之流，所习不出五经正义，上不足理群经，下犹不入颖达、公彦之室，学愈媕陋，致人不信注疏，其变固其宜也。王应麟云："自汉儒至于庆历间，谈经者守训故而不凿。《七经小传》出，而稍稍尚新奇矣，至三经义行，视汉儒之学若土梗《困学记闻》。"洎元祐诸贤，排斥王学，而《伊川易传》，专门义理，《东坡书传》，横生议论，虽皆传世，亦各标新。其甚者则排系辞，毁《周礼》，疑《孟子》，讥《书》之胤征顾命，黜《诗》之序，他若《大学》既移其文，又补其传，《孝经》既分经传，又删经文，程、胡作俑于前，朱、汪加厉于后，王柏《书疑》增删《尚书》，《诗疑》删削郑卫，改易雅颂，俞廷椿《复古编》，刉割《五官》以补《冬官》，吴澄《礼记纂言》，颠倒篇第，割裂章句。自宋迄明，如此类者，不可枚举。疑注疏不已，驯至疑经。疑经不已，遂至改经。删经移易经文，以就己说。尚空谈而忘实征，逞胸臆而背事实。盖自宋神宗变帖经为墨义以来，荒经蔑古，未有如是之甚者也。降及明代，虽丰坊所造诸书，世且莫能辨其伪，每况愈下，固其宜也明永乐十二年，敕胡广等修《五经大全》，颁行天下，此亦一代盛事，自唐修《五经正义》后，越八百余年而再见者也。乃所修之书，全袭元人旧作，顾炎武等尽发其覆。夫官修之书，多剿旧说，唐修《正义》，已不免此。惟唐因六代旧籍，该洽可观，明因元人遗书，谫陋弥甚，故《正义》不废，而《大全》覆瓿也。元以宋儒之书取士，《礼记》犹存《郑注》，明则并去《郑注》，而代以陈澔《集说》，空疏固陋，经学至此而极衰，文章亦因之而多浮夸矣。宋学以朱子为集大成，风行数百年，与汉学之郑君并驾齐驱。盖朱子说经，虽详于义理，而不弃注疏朱子《论语要义序》云：其文义名物之详，当求之注疏，有不可略者。朱子《语类》卷一百二十九云：祖宗以来，学者但守注疏，其后便论道。如二苏，直是要论道，但注疏如何弃得，意在匡补前哲，相辅而行，非欲攘夺学官之席也。且辑汉注，疑伪孔，皆清代治经之巨业，而朱子之绪余，实有以启之。王应麟《三家诗考》《诗考序》云：文公语门人，《文选注》多韩诗章句，尝欲写出。应麟窃观传记所述，三家绪言，尚多有之，罔罗遗轶，亦文公之意云，梅鷟《尚书考异》《尚书考异》辨古文之伪，开阎若璩、惠栋之先，而朱子实先疑之。尝谓某尝疑孔安国是伪书，凡易读者皆古文，伏生所传皆难读，如何偏记其所难，而易者全不能记虽在宋、明之世，亦有不为风气所囿者，则其流泽长矣。

宋明说经之儒，既多空衍义理，昧于事实，于是文少淹雅之才，学有空疏之诮。一二大儒，又唱文以载道之言，标玩物丧志之戒。后之君子，于下学之初，即谈性道，乃以文章为小技。自二程以下，至于考亭、象山、阳明，弟子百十，莫不各有语录，昧言文行远之理，犯辞气鄙倍之戒，以视莲溪、横渠以文言谈理者，远矣。当唐之世，僧徒不通于文，乃书其师语以俚俗，谓之语录。宋世儒者弟子，盖过而效之，犹曰恐失师之真耳。明世自著书者，乃亦效其辞，此何取哉？迨嘉靖以后，人病语录之不文，于是王元美之《札记》，范介儒之《肤语》，上规子云，下法文中，始渐革其弊。然其间诗词小说，莫不竞用白话乐府用谚语，诗余亦多俳体。至宋则更漫无裁制，诗用白话，如《击壤集》。词至山谷，始有竟体用白话者，南宋蒋竹山、石次仲亦有之。小说者《宣和遗事》，已开施耐庵《水浒传》、罗定《三国演义》之体，而平话淘真，又即今之弹词。明《永乐大典》所收评话，多至二十目，即平话也。至于记事之史，诏告之文，亦习用其体元代以兔儿、虎儿记年，而元秘史即用白话体。其时朝廷文告，多俚鄙之言，今所传《天宝官圣旨碑文》等是也，则其渐染已广矣。至其上者，乃有纪言如宋叶适《习学纪言》、纪闻如宋王楙《野老纪闻》、王应麟《困学纪闻》之书，笔记如宋宋祁《景文笔记》、陆游《老学庵笔记》、笔谈如宋沈括《梦溪笔谈》之作，丛语如宋姚宽《西溪丛语》、随笔如宋洪迈《容斋随笔》、杂录如明杨慎《丹铅杂录》、琐言如明郑瑗《井观琐言》、笔丛如明胡应麟《少室山房笔丛》、漫录如宋吴曾《能改斋漫录》、杂记如宋黄朝英《靖康缃素杂记》、张溟《云谷杂记》、学林如宋王观《国学林》，出入乎子史，依违乎传注，然散无友纪，不为本末条贯之谈，仅等识小之书，难入九流之目。与夫《茆亭客话》宋黄休复撰、《萍洲可谈》宋朱彧撰；《山居新语》元杨瑀撰、《水东日记》明叶盛撰以及《清异》宋陶谷撰《清异录》、《归田》宋欧阳永叔撰《归田录》、《侯鲭》宋赵令时撰《侯鲭录》、《辍耕》元陶宗仪撰《辍耕录》诸录；《语林》宋王谠撰《唐语林》、明何良俊撰《何氏语林》、《世说》宋孔平仲撰《续世说》、《默记》宋王铚撰《默记》、《桯史》宋岳珂撰《桯史》诸书，同类并观，斯亦可矣。

盖文章虽难胜于语录，体裁不越乎小说，枝叶扶疏，则凡材睹而却步；采色庞杂，则小夫亦可娱情。风气使然，亦何足深责哉！若夫《潜虚》《中经》等作，继元包，溯太玄，上拟《周易》，陈陈相因，文虽奥媺，亦数见不鲜者矣。《易》曰：形而上者谓之道，形而下者谓之器。宋儒唱文以载道之言，反致文弊而不任载。其至者，乃在器数之末。若宋之杨辉、秦九韶，元之李治、朱世杰，明之徐光启、李之藻，于九章四元之数，弧矢浑盖之形，言明且清，文质俱举，贤于空谈义礼，出辞鄙倍者远矣。

宋代史学远胜元明，自晋开运中刘昫既上《唐书》，宋开宝间薛居正又成梁、唐、晋、汉、周书，皆出于官修，成于众手《唐书》乃赵莹、张昭远、贾纬、赵熙、郑受益、李为光所成，刘昫仅为监修表上而已。《五代史》乃卢多逊、扈蒙、张澹、李昉、刘兼、李穆、李九龄所成，而薛居正为监修，搜辑虽勤，未臻精核。于是诏欧阳修、宋祁重修《唐书》，修撰纪志表，祁撰列传，事增文省，颇有良史之目。修以工于文词，又私撰《五代史记》。薛书体例远规宋、齐、梁、陈诸书，欧史则仿《史记》，薛书重叙事，欧史重书法，各有所长，不可偏废。《旧唐书》虽有繁芜缺略之疵，而其佳处，亦有为新书所不及者，不可一概论也。及王偁为《东都事略》，义法简实，直可下视欧、宋。洎元修三史、明修《元史》，程期匆遽，率尔操觚，是以《宋史》繁芜，辽、金二史亦多阙略，《元史》则复传错见，舛漏尤多，官修之史，斯为最下矣。其间惟北宋与金事较详核，则以有王偁、刘祁、元好问私

231

家之史为之先导也。三史既不厌人意，于是周以立、严嵩修之于前，柯维骐、钱士升编之于后，惟《元史》亦有朱右之《拾遗》、解缙之《正误》，然理董非人，传者亦鲜，斯则宋代作者较之元、明差有一日之长也。即马令、陆游之书，契丹、大金之志，虽为载记别史，瑕瑜互见，亦足以步趋《华阳》，追随《东观》。

若夫司马《通鉴》，为编年之大宗，体效邱明，论宗孙习，当时通儒硕学如刘攽、刘恕、范祖禹辈，实为分纂修《资治通鉴》时，《史记》《两汉书》属之刘攽，《三国》《南北朝》属之刘恕，《唐》《五代》属之范祖禹，《外纪》《唐鉴》为其支流，网罗宏富，体大思精，非李焘、陈桱、薛应旂辈所能续也。而郑樵《通志》又为通史之巨作，远绍史迁，近规梁武，其二十略尤能窥见学术之大、政理之精，惟采摭既富，考核不免疏误，然能综括千古，成一家言，斯亦未可苛责也。此二通者，实可与《通典》鼎立，贵与《通考》，虽云详博，了无精意，与夫策案类书，实无差别，比于杜、郑，非其伦矣。

刘子玄言史有六家，自唐杜佑、宋袁枢出，实可广之为八。盖记传之弊，一事复见数篇，主宾莫辨；编年之弊，一事隔越数卷，首尾难稽。自袁枢《记事本末》出，遂使记事、编年贯而为一。典制之史，仿于《周官》、八书、十志等作，厕于纪传，未为专书，且多断代为之《汉书》十志，姑创典制、通史之法，惟不为专书，杜佑始创《通史》，至宋徐天麟、王溥、李攸又创会要之体，体似杜《典》，而别以断代，成为专书，条缀字系，巨细毕赅。斯二体者，又皆宋代之所创，非徒因袭旧贯已也。若夫钱文子之《补汉兵志》，熊方之《补后汉年表》，王应麟之《汉艺文志考证》，吴仁杰之《两汉刊误》，开清儒补志、补表、补注、校勘之风，斯则清代考订经史之法，皆宋人有以启之也。

自五代文弊，至宋兴且百年，而文章体裁，犹仍其余习。镂刻骈偶，溲涊弗振，士因陋守旧，论卑气弱。柳开、穆修、苏舜、元舜钦、尹洙辈，咸有意作而张之，而力不足。至于宋祁、欧阳修，同学韩文，规模始大，然各得其性之所近，而所造不同。宋祁作《唐书》，好以新字更改旧文_{如以师老为师耄，不可忍为叵可忍，不敢动为不敢摇，颇可笑吲}，远学《法言》蠢迪、检押之词，近师《阙史》虹户、铣溪之句，虽无宗师之怪，已懔剽贼之箴。欧阳修则特创摇曳之句，散韩、柳奥博谨严之气，开曾、苏连绵狂肆之风，冗语盈辞，于时始盛。是故宋祁尚不失旧法，而欧阳已为新体之宗，斯皆秉昌黎词必己出之戒。而一严用字，一矜造句，体貌不同，而标新立异者，遂开风气之先焉。自欧阳出，而南丰曾巩，眉山苏洵，及其子轼、辙，临川王安石，皆开风兴起。五子者，皆布衣屏处，未为人知，修即游其声誉，汲引之而显于世。故其为文，虽造诣有殊，而体貌略似，大都动荡排奡，才气发扬。自是而后，文章宗匠，悉推欧、曾，而苏氏纵横之习，论策之风，便于科举，亦往往家尸户祝。欧、宋并宗昌黎，各得其一体。而后世法韩者，以欧、曾、黄、苏与韩、柳并尊，称为八家。则其所谓学韩者，实法欧阳昌黎之门，有樊绍述、李翱，_{其文特异。宋祁近樊，欧阳修近李。人谓北宋文章皆学李翱，指欧阳一派言之耳。欧阳读李翱文曰：恨翱不生于今，不得与之交；又恨予不得生翱时，与翱上下其议论也。此又欧、宋不同之所由。学韩而舍宋取欧，故不能至韩，而仅归于欧矣。}唐宋文章分疆之枢纽，实在于是。文学日衰，固其宜也。南宋惟朱熹之文，祖韩宗曾，颇不囿于时习。末流效之，尤

233

沓萎苶，其失弥甚。余皆诵法苏氏，陈亮、叶适、楼钥、周必大、吕祖谦、陈傅良之徒，或失之粗豪平实，或失之空廓猥俗。纵横之风，科举之习，并于此矣。金之文，以蔡珪、马定国、赵秉文、元好问为最著，亦宗法苏氏，盖其时风气使之然也陆游《老学庵笔记》：建炎以来，尚苏氏文章，学者翕然从之。当时为之语曰：苏文熟，吃羊肉；苏文生，吃菜羹。

元明之际，大抵祖述欧、曾，自姚燧崇欧《元史·姚燧传》曰：使复有班孟坚者出，表古今人物，九品中必以一等置欧阳子，而元之四杰，若虞集、揭傒斯、黄溍、柳贯辈，皆靡然从风。降及明初，宋濂学于黄、柳，胡翰、苏伯衡继之，钻黄、柳之绪，方孝孺扬宋濂之学。陵夷至于李东阳，欲救三杨台阁之体，而出入宋、元，无以矫其肤郭尤沓之弊。于是李梦阳、何景明昌言复古，规摹秦、汉，使学者无读唐以后书，非是则诋为宋学。弘治七子，震于时矣。然王守仁继轨宋濂，王慎中、唐荆川力主欧、曾，其势复足以相抗。李攀龙、王世贞出，复宗何、李，抨击王、唐。嘉靖七子，复又风靡一时。归有光近承王、唐，远法欧、曾，泽以经语，世复以大家目之。八家之后，隐然以文统属归。其后张溥倡复社，夏允彝、陈子龙倡几社，以衍王、李之绪。而艾南英倡豫章社，以宗震川。三袁又创公安体，以宗眉山。皆以抵排王、李为主。是故自宋以来，上则学欧、曾，下则学苏氏，虽有一二豪杰之士，唱言复古，而不得其术，卒不能胜之。盖不揣其本，空疏无实，祖述欧、曾，宪章秦、汉，其弊一也。

自唐李商隐以四六名文，宋初杨亿、刘筠辈宗之，号为西昆体，词尚密致，学者靡然从风。至天圣中，操觚之士，多病对偶，穆修、苏舜钦辈革以平文，其风稍歇。然制诰、表奏、文檄诸体，便于宣读，仍以四六为主。二宋郊、祁以雄才奥学，一变五代衰陋之气。公序馆阁之作，追踪燕、许，沉博极丽。子京深于训诂，其文更多奇字，唐之矩矱，一时尚未失也。欧阳修行以排奡之气，王安石喜用经史之语，苏轼继之，遂以成俗。散六朝浑厚之气，浇三唐蕴藉之风，摘词以刻露为工，录事以切合为密，属对以精巧为能。宣和以后，多用全文长句为对，此又宋四六之自成一格者也。南宋古文衰而骈文盛，然皆出于科举。若孙觌、滕庚、洪遵、洪适、洪迈、周必大、吕祖谦、真德秀之伦，在宏辞科最为杰出，而有文名。王应麟作《辞学指南》，体崇四六，法宗欧阳、王、苏。详宏词之科，始于绍圣，继经义而起熙宁四年，始于经义取士。绍圣元年，始立宏词科，试文递增至十二体，即制、诰、诏、书、表、露、布、檄、箴、铭、记、赞、颂、序是也。其文多用四六。四六以三家为法，固与古文同，皆近于科举，便于则效。然则宋代骈散文格，皆自此三家变而成之也。自周必大以下，以细密为能，组织繁碎，文格日卑。元代姚燧、虞集、袁桷、揭傒斯之徒，扬其余波，亦未有以大过。明初宋濂、刘基，犹有连珠等作，而制诰易以散文，斯体歇绝百数十年。迨七子倡言复古，而骈体之文亦渐振起。何景明、徐祯卿、谢榛辈，远法六朝，而王志坚《四六法海》，遂上溯魏晋，不拘对偶，近启明季几、复两社之文，远开清代骈散不分之兆，其范围实非四六所能囿也魏晋以来，骈文实与四六大异，后世以魏晋骈文与唐宋四六同类并观，实未辨泾渭之言，此则王志坚始作俑矣。故定名不可不慎。

　　宋初之时，尚沿袭唐人，魏野、潘阆学晚唐，王禹偁学白居易，而杨亿、刘筠等十七人学李商隐，为西昆体，其流最盛。词取妍华，不乏兴象，末流效之，惟工组织。祥符下诏，至禁浮艳，于是苏舜钦以雄放易浮靡，梅尧臣以古淡易秾艳，论者谓有宋一代，豪健浅露之诗格，始起于此。欧阳修学韩，惟七古略似。王安石学杜，仅得其瘦劲。至苏轼、黄庭坚，始自出己意以为诗，唐人之风变矣。苏诗用事繁，多失之丰缛，庭坚本于禅学，未脱苏门之习，然世之学宋诗者，视苏、黄犹唐之李、杜焉。元祐以后，诗人迭起，不出苏、黄二体，而尤以江西诗派为盛。南渡之初，陈与义号称学杜，以简严扫繁缛，以雄浑代尖巧，其诗较胜于黄、陈_{师道}，然亦未能尽脱苏、黄之习也。尤袤、范成大、陆游、杨万里继之，亦称作者，而游之诗，每饭不忘君国，尤见崇于当世。此数子者，皆以山谷为近。自永嘉四灵出，宗法贾岛、姚合，以野逸清苦之风，矫江西末派之粗犷，约性敛情以求合于唐风，江湖诗人多效其体，是故南宋之诗，以江西、江湖二派为最盛。

金诗多伉厉之音，如刘迎、李汾、党怀英、赵秉文诸人，未染宋季鄙倍之习，能衍山谷生硬之风。元好问辑河北诸人诗为《中州集》，其词浮厉，亦异乎诗人之旨。好问所自为，颇欲学古，然其论诗，下拜涪翁_{遗山《论诗绝句》有"论诗宁下涪翁拜，不作江西社里人"之句}，许欧、梅复古之功，喜苏诗百态之新，则亦未能超出北宋诸公之上也。

元初方回宗江西，郝经法遗山，戴表元、赵孟頫独以清新密丽，洗宋、金粗犷之习，虞、杨、范、揭承之，翩翩著作之林。盖元代文士以宋诗不文，类欲祖唐，然尚不循其本_{宋、金、元初诗人，大抵祖杜甫而宗苏、黄，元遗山所谓"只知诗到苏黄尽，沧海横流却是谁"，可以见当时之风尚已}，惟仇远又唱近体，主唐古体主选之说，张翥、萨都剌继之，其流益畅。杨维桢晚出，更知求比兴风谕之旨于乐府古诗，虽繁丽吊诡，其言不尽轨于正，而其意固甚美。由是郭茂倩、左克明之书，盛行于代。

明弘正间，诗教中兴，维桢实有以启之也。明初承元季之遗，大雅渐复，而吊诡繁丽，未能尽忘。刘基以苍莽古直著，高启以沉郁幽远称，始一扫纤靡之习。四方文士，标举诗派，不无利钝，而清典可味。惟时吴下遂为冠冕，故一代文教，东南为盛明初吴下多诗人，高启与杨基、张羽、徐贲称四杰。启又与王行、徐贲、高逊志、唐肃、朱克、余尧臣、张羽、吕敏、陈则卜居相近，皆能诗，又号十才子。流风余韵，至明末尚独盛而未衰。永乐而后，一变为台阁体，诗道复衰。前后七子，希风建安，折衷杜甫，接武旁流，差无憾响。薛、高、皇甫，同工异曲。李、王之诗，虽驯至伪体，亦视乎别裁。其后四十子之伦，未尽厌乎众志。公安三袁，非通变之才，竟陵钟、谭，为亡国之诉。盛极而衰，亦足知政。其后殉国之贤，遗民之作，若陈、夏、屈、顾诸公，摅泽畔之吟，咏黍离之什，气薄曹、刘，义继风、骚，斯足以上愧元好问、赵孟频，下惭钱谦益、吴伟业矣。

词莫盛于宋，曲莫盛于元。词者诗之余，曲者词之余。故诗人之词丽以则，词人之词丽于淫。唐人乐府，多采五七言绝句。自李白创词调，至宋初慢词尚少。至大晟之署，应天长、瑞鹤仙之属，上荐郊庙，拓大厥宇，正变日备。上之言志永言，次之志洁行芳，而后洋洋乎会于风雅。故自其高者言之，北宋多北风雨雪之感，南宋多黍离麦秀之悲，斯足劭也。至于雕琢曼辞，荡而不反，文而无物者，过矣，靡矣。

宋之于词，犹唐之于诗。帝王如升元、靖康，将相大臣如范仲淹、辛弃疾，文学侍从如苏轼、周邦彦，志士遗民如王沂孙、唐钰，推而至于道学武夫、妇人女子，以及方外之士，类多精究音律，度曲填词，风气所扇，遂多作者。天圣、明道间，晏殊、欧阳修辈，都工小令。柳永始作慢词，多至百余字，音律谐婉，声情激越，风靡一时，波及外国。盖旖旎近情，故使人易入，而好为市语，亦一病也。至苏轼出，乃一洗绮罗芗泽之态，绸缪宛转之度，浩气逸怀，超乎尘埃之外，遂为词之别派。论者谓词自晚唐五季以来，大抵以清切宛转为宗。至柳永而一变，如诗家之有白居易，至苏轼而又一变，如诗家之有韩愈，宣其然乎？继苏而起，有秦七、黄九之称。然山谷粗鄙，未足相俪，少游与苏亦异撰，清远婉约，辞情兼胜，直堪上继温、韦，下启美成。崇宁之际，周邦彦提举大晟，与万俟雅言同精音律。雅言之词，发妙音于律吕之中，运巧思于斧凿之外，平而工，和而雅，人称为词中之圣。惜大声一集，不传于世，遂不得不推邦彦为巨擘。邦彦既精声律，下字用韵，皆有法度，故千里和词，不敢稍失尺寸。而思力沉厚，富艳精工，金声玉振，实集诸家之大成。此与诗家杜甫，皆为百世正宗。后有作者，莫能出其范围也。

南宋之初，辛弃疾学苏词，于悲壮激越之中，寓温柔敦厚之意，为倚生之变调。刘过、蒋捷、张安国、刘克庄继之，往往袭貌遗神。盖南渡之后，慢词大盛，学柳则俗，学苏则粗柳永虽多恶滥可笑之语，然其铺叙委婉，言近意远，森秀幽淡之趣在骨，实为北宋大家。近人比之诗中李白，亦或有相似之处。苏轼虽有粗豪之病，然亦甚有苕秀处。舍短取长，要在善学者耳，惟陆游出入二家，能通其邮。顾世以诗人之词，反不见重，而姜、张一派，遂为南宋词宗。张炎著《词源》，以作词者多效邦彦体制，失之软媚。而以秦观、高观国、姜夔、史达祖、吴文英格调不侔，句法挺异，俱能特立清新之意，删削靡曼之词，自成一家，各名于世。惟此数家，可歌可诵《词源》下。然秦观之词平易，近人用力者终不能到。玉田导源于秦，故《山中白云》之作，专事修饰字句，或失之甜，或失之滑，则知其趋向歧也。姜夔清劲知音，亦有生硬之句。而玉田过尊白石，但主清空，故其清绝之处，人亦未易臻也。吴文英深得清真之妙，惟下语太晦，人不可晓，世以诗家李商隐比之，实与玉田异派尹维晓云：求词于吾宋，前有清真，后有梦窗。按：梦窗实超乎姜、张之上，继起者有周密，世有二窗之目吴文英号梦窗，周密号草窗。王沂孙《碧山乐府》，每多眷念君国之音，不事二朝，情见乎辞，与周密颇同。斯足冠冕晚宋，下启《凤林》者矣《凤林书院诗余》三卷，无名氏选，皆元初人作，宋代遗民也。金、元以来，词学渐衰。金初以吴激、蔡松年为最著，号吴蔡体。元好问继之，宏奖苏、辛，出入秦、晁、贺、晏见遗山自题《乐府引》，然较之宋词，每嫌其尽。元初王恽来自金，仇远、赵孟頫来自宋，而元始有词。及张翥出，婉丽风流，颇有南宋旧格。盖元代作者，往往词曲相混。惟蜕岩之词，无一曲语，故称大宗。虞集、萨都剌次之。若陶宗仪，曲手而已。

　　明代词人，类以《花间》《草堂》为本。若商辂、瞿祐、顾璘，小词亦尚可歌，而慢词多不知而作，未谐音律金、元工于小令套数而词亡。论词于明，并不逮金、元，遑言两宋。盖明词无专门名家，一二才人，又皆以传奇手为之，宜乎词之不振也。故万红友《词律》，于明人自度腔，概置弗录。如王世贞之《怨朱弦》《小诺皋》，杨慎之《落灯风》《误佳期》，徐渭之《鹊踏花翻》，陈子龙之《阑干拍》等，皆所不采。若汤显祖《添字昭君怨》，与《干荷叶》《小桃红》诸调，皆出传奇，尤为不取。自张綖著《诗馀图谱》，辨词体之舛错，定倚声之矩矱，其自为词，亦足振起一时。于是陈铎乐府，以协律闻。马洪词句，驰誉东南。而王好问、卓发之之徒，词尚驳逸，颇有宋人风味。至陈子龙、夏完淳摅绵邈凄恻之情，抒慷慨淋漓之致，追碧山之逸调，攀易水之悲歌，亦稍足以尽词之用者矣。

自宋人为词，间杂俚鄙之语。金元以异族入据中夏，不谙文理，词人乃曲意迁就，间用彼语，雅俗杂陈，而曲乃作。故曲之为文，托体最卑，然播之声律，感人尤深，雅俗兼赏，其被尤广。自汉之《庐江小吏妻》、六朝之《木兰》诸诗，杂述数人语言，以自成章法，此固乐府之别调，而实为大曲之滥觞。隋时始有康衢戏，唐曰梨园乐，宋曰华林戏，至元乃曰升平乐。陶宗仪谓宋有戏曲，金有院本、杂剧按宋人多用大曲，编数既多，其次序字句，皆有定法。金院本则同一宫调中，皆可通用，然大率二三曲而止。至元而南北曲分流，北曲必四折，每折易一宫调，曰杂剧体。南十六出至四十出，曰传奇体。故以北曲作传奇非，以南曲作杂剧亦非，南北曲杂糅尤非。

降及元代，曲分南北，北多杂剧，南多传奇，而尤以北曲为盛。其后北曲不谐于南，而始有南曲，南曲则大备于明。北曲之存者，以金末董氏《西厢记》为最古。元初关汉卿、马致远、郑德辉、白朴为四大家，关之《切鲙旦》，马之《黄粱梦》，郑之《倩女幽魂》，白之《梧桐雨》，皆名震一时。关汉卿、王实甫又足成《西厢记》，流传尤远焉。中叶以后，作者若范康、杨梓、萧德祥、王晔等，皆为浙人。郑光祖、宫天挺、秦简夫、钟嗣成等，虽为北人，而皆居于浙。其所制曲，宗派虽存，而风骨差薄。元初北方刚劲之气，已渐消失矣。元末永嘉高明作《琵琶记》，以北曲改南曲，数人合唱，专以和婉为工，于是南曲渐盛，而北曲衰。言南曲者，以明王敬夫、徐渭、汤显祖、李日华等为最著。王有《杜陵春》，徐有《四声猿》，汤有《临川四梦》，李有《南曲西厢》。其后阮大铖有《春灯谜》《燕子笺》诸作，众亦翕然称之。识者谓阮氏以尖刻为能，自谓学临川，实未窥见毫发。李渔恶札，自此滥觞矣明代虽以传奇为优，然作杂剧者，亦未尝无人。观《盛明杂剧》初、二集，可见一斑。

　　大抵北曲以劲切雄丽胜，南曲以清峭柔远胜，风气所囿，自不同科，合而举之，良可哂也。南北曲之歌，其初皆用弦索，自杨梓传海盐腔清王士祯《香祖笔记》云：海盐少年多善歌，盖出于澉川杨氏。其先人康惠公，与贯云石交善，得其乐府之传。今杂剧中《豫让吞炭》《霍光鬼谏》《敬德不伏老》，皆康惠自制。家僮千指，皆善南北歌调，海盐遂以善歌名浙西。今世俗所谓海盐腔者，实发于贯酸斋，源流远矣。至明嘉靖、隆庆间，昆山魏良夫出，一变而为昆腔，始备众乐器，而剧场大成清朱彝尊《静志居诗话》云：梁辰鱼，字伯龙，昆山人，雅善词曲。时邑人魏良辅能喉啭音声，始变弋阳、海盐故调为昆腔，伯龙填《浣纱记》付之。同时又有陆九畴、郑思笠、包郎郎、戴梅川辈，更唱迭和，流播人间，今已百年。李调元《曲话》引《弦索辩讹》云：明虽有南曲，只用弦索官腔。至万隆间，昆山有魏良辅者，乃渐改旧习，始备众乐器，而剧场大成，至今遵之。所谓南曲，即昆曲也。王世贞谓北曲多辞情，而南曲多声情，盖谓此也。夫词曲为乐府之变调，其源皆出于诗，自后世以小道目之，于是言北曲者，多杀伐之声，言南曲者，多柔靡之音，其去风雅之道远矣。

第六期　清

　　清世学术，开国之初，尚存宋、明轨辙。自理学之儒，以及歌诗文史之士，虽无超轶之才，而典型尚不坠。惟经学自萌芽时，已不类宋、明。自雍正、乾隆多忌，而学术大变，歌诗文史由此楛，理学之言亦竭无余华。举世智慧，皆凑于说经，于是其术工眇踔善，颇欲骀藉宋、明，驾轶汉、唐矣。自明顾炎武作《唐韵正》，易、诗本音，古韵始明，肇开江、戴之风。阎若璩撰《古文尚书疏证》，定东晋晚书为伪作，遂启惠、江之业。张尔岐明《仪礼》，胡渭辟《易图》疏《禹贡》，皆为巨儒，然草创未精博，其言亦杂糅汉、宋。

　　故经学成家，言著系统者，自乾隆朝始。一自吴，一自皖南，一自常州。吴始惠栋，其学好博而尊闻，故校雠辑逸之风，自此而启。皖南始江永、戴震，综形名，任裁断，复先汉之小学，以六书、九数为本柢，推及乎度数、名物、声律、水地，以穷极乎义理。故戴学之徒，分析条理，皆乡密严瑮，上溯古义，而断以己之律令，颇近名家，与苏州诸学有殊。常州始庄承与，喜治《公羊》，犹称说《周官》。其徒承之，乃专治今文，颇杂谶纬神秘之辞，其义瑰玮，其文华妙，与治朴学者异术，文士便之，其学遂盛。

夫六艺为史之流，足以观世，不尽足效当世之用，傅会饰说，以制法决事，兹益为害。故博其别记，稽其法度，核其名实，论其群众，以之观世，差有一日之长焉。

吴自惠士奇始明《周官》，其子栋，博综古义，言不滞俗，揖志经术，撰《九经古义》《周易述》《古文尚书考》《左传补注》。然栋承何焯、陈景云之风，亦常泛滥百家，故校辑笔语之书尤众，其弟子有江声、余萧客，声为《尚书集注音疏》，阳湖孙星衍与声同为毕沅客，亦为《尚书古今文注疏》，萧客为《古经解钩沉》，大氐尊信《古义》，鲜下己见。王鸣盛、钱大昕，世称嘉定二君，亦被惠氏之风，稍益发舒，王著《尚书后案》，专宗马、郑，竺守家法，钱则兼综吴、皖二派，博通经史群书，心得尤多。传其家学者，塘坫、侗绎其最著者焉。栋晚年教于扬州，则汪中、刘台拱、贾田祖以次兴起。萧客弟子甘泉、江藩，复缵《续周易述》，李林松又继之。斯皆陈义《尔雅》，渊乎古训是式者也。

皖自休宁戴震受学婺源江永，所著小学、礼经、算术、舆地、性道之书，条理致密，综核形名，不苟信古人，不虚言性命。其乡里同学，有金榜、程瑶田，后有凌廷堪、三胡_{匡衷、承}_{琪、培翚}，皆善治礼。而胡培翚有《仪礼正义》，其名尤著。瑶田亦兼通舆地、声律、工艺、谷食之学。震之教于京师也，任大椿、卢文弨、孔广森皆从问业。弟子最知名者，金坛段玉裁、高邮王念孙及其子引之，皆深通小学，超轶汉魏诸儒。其后宝应刘宝楠、仪征刘文淇、德清俞樾、瑞安孙诒让，皆承念孙之学。宝楠著《论语正义》，文淇著《春秋左氏传正义》，诒让著《周礼正义》，樾之经学，独诵法引之，引之有《经义述闻》《经传释词》，而樾乃著《群经平议》《古书疑义举例》，以相步趋，《平议》虽不逮，而《古书疑义举例》条列精确，实有以过之。斯则汉儒之所不能理，魏晋以来所未有也。而甘泉焦循、栖霞郝懿行，承阮元宏奖汉学、竺信皖派之风，亦各著新疏。循有《孟子正义》，懿行有《尔雅义疏》。玉裁弟子长洲陈奂，亦著《毛诗传疏》。《诗疏》稍胶固，其他皆过唐人旧疏，取精多而用物宏，时使然也。初，明末有浙东之学，万斯大、斯同兄弟师事余姚黄宗羲，称说《礼经》，杂陈汉、宋，而斯同独尊史法。余姚邵晋涵继之，与戴震同官四库馆，始与皖南交通，著《尔雅正义》《穀梁正义》《穀梁正义》，见钱大昕《邵君墓志铭》，未行于世。其后定海黄式三承其风，著《论语后案》，其子以周作《礼书通故》。三代制度大定，浙东之学自此始完集云。

自桐城姚鼐诋朴学残碎，方东树著《汉学商兑》，始与经儒交恶其后曾国藩出，始稍调和。而文士又耻不习经典，于是常州今文之学，务为瑰意眇辞，以便文士。始武进庄承与与戴震同时，治《公羊》，作《春秋正辞》，又著《周官说》。其徒阳湖刘逢禄始专主董仲舒、李育，为《公羊释例》。其后句容陈立疏证《白虎通义》，以作《公羊义疏》。德清戴望述《公羊》以注《论语》。善化皮锡瑞著《五经通论》以张今文，而著《孝经郑注疏》，此皆尚为有师法者。自长洲宋翔凤采翼奉诸家，杂以谶纬，牵引饰说，于是始多傅会之论，华妙之辞，文士尤利之。仁和龚自珍、邵懿辰，邵阳魏源，皆好姚易卓荦之辞，欲以前汉经术，助其文采，不素习绳墨，乃攻击古文，其所持论，往往支离自陷，绝无伦类。于是王闿运之徒，闻风兴起，时出新义，虽较胜龚、魏，而说多不根矣。当惠、戴学衰，今文家又守章句，不调洽于他书，于是番禺陈丰始勾集汉、宋，调合郑、朱，著《通论》及《读书记》。然其声律切韵之学，颇成一家之言，而其弟子不能传诸显贵好名者，独张其经学。及翁同龢、潘祖荫用事，专重谀闻之儒，学者务得宋、元雕椠，而昧经记常事，上者务校辑以钓名，下者通目录以贸利，而清学始大衰。

夫清学所以超越前世者，在能综核形名，以发明义理，与理学文士空谈臆说者异撰。故其单篇通论，亦多醇美塙固。诸家新疏，固多凭藉旧释，而精博坚塙，相去已远。即古书雅记，足以为经附庸者，若朱右曾《周书校释》、孔广森《大戴礼补注》案：王聘珍亦有《大戴礼记解诂》、汪照有《大戴礼记补注》、董增龄《国语正义》案：龚丽正有《国语韦昭注疏》、洪亮吉亦有《国语韦昭注疏》，未见传本，亦能辅弱扶微，足以垂世。而故训既明，又多迻以说古史，诸子度制事状，亦用其律令以相征验，此皆实事求是之学，体大思精之业，固与空疏无术、琐碎无纪者殊也。

自明末黄宗羲以经史之学倡浙东，著《明史案》二百四十四卷，又欲辑《宋史》而未就，仅存《丛目补遗》三卷，于是鄞万斯同、乌程温睿临、余姚二邵延采、晋涵、会稽章学诚继之而起，浙江史学之盛，甲于海内矣。学诚为文史校雠诸通义，以复歆、固之学，卓约近乎《史通》，言史例者宗之。

方清兴三十余载，南服初平，士大夫之有节操者，大抵心存故国，未肯为新主用，于是清廷特开博学鸿儒科以饵之。斯同承宗羲之学，同膺荐，辞不受，乃取彭孙遹等五十人为博学鸿儒，纂修《明史》。总裁徐元文特延斯同于家，以布衣主编纂，不署衔，不受禄，五十人所修稿，皆送斯同复审，惧褒贬之权，操之非其人也。张玉书、陈廷敬、王鸿绪继之，皆延之如初，成《明史稿》三百十卷。其后张廷玉刊定《明史》，本其稿而增损之，而削其《三王传》，已大失斯同本旨已。初，宗羲既为《明史案》，又作《三王纪年》及记鲁监国、郑成功事，而斯同之友温睿临通史法，斯同乃以明南渡后三朝事迹，属其别为一书，成《南疆佚史》四十卷。

顺治、康熙之际，庄廷鑨、戴名世以记载前事诛夷。乾隆时销毁明季史书，不遗余力，其书湮没不彰。道光中，李瑶得其残本二十卷，重加补辑，复因忌讳宏多，改窜过半，失其旨矣清季温氏原本全书复出，以之校勘，始得知之。而余姚邵廷采、鄞全祖望，颇承黄氏之志，搜采遗事，著书垂后。其后六合徐鼒作《小腆纪传》，元和钱绮作《南明书》，亦能弥缝其阙，温氏遗绪，赖以不坠。邵晋涵承其从祖廷采之学，娴于明季史事，又继黄氏之志，欲重修《宋史》。《宋史》自南渡后尤疏谬，宁宗以后，事迹不完，褒贬失实，不如东都有王偁《事略》也。故辑南都《事略》，欲使条贯粗具，词简事增，然后为赵宋一代之书，惜其志不遂。事略书成，亦未见传本，惟所辑薛居正《五代史》行于世焉。自是之后，吴陈黄中、海宁陈鳣、荆溪周济、邵阳魏源皆承邵氏之法，重修旧史。黄中成《宋史稿》，鳣改修新旧《五代史》，以后唐、南唐为正统，补撰志表，为《续唐书》，济撰《晋略》，而郭伦之《晋记》微，源为《元史新编》，而邵远平之《类编》废，斯皆黄氏发其绪，万、温、邵三家宏其业，浙江史学遂被于吴楚矣。先是，仁和吴任臣仿崔鸿之例，撰《十国春秋》，于是南康谢启昆作《西魏书》，顺德梁廷枏作《南汉书》阳湖洪亮吉有《西夏国志》十六卷，未见传本，虽偏方载记，而亦具纪

传。秀水朱彝尊仿裴松之之例，注《五代史记》，于是南昌彭元
瑞、萍乡刘凤诰踵其成例，成《新五代史补注》，吴惠栋辑东汉
诸书，以补注范晔《后汉书》。青浦杨运泰采五代诸史，以补注
陆游《南唐书》归安杨凤苞搜集明季野史，以补注温睿临《南疆佚史》。
其书未知成否，此皆博闻强识，力能改造正史，而前史既善，遂
为补苴之作。而钱唐厉鹗为《辽史拾遗》仁和杭世骏《补金史》一百
余卷，未见传本，钱大昕继之，遂有《三史拾遗》《诸史拾遗》之
作，与其所谓考异者有别，则此三事，亦自浙人启其端矣。

　　自宋钱文子补《汉兵志》、熊方补《后汉书》年表，清儒承
其遗法，而补志、补表之作大盛。昔江淹谓作史之难，莫难于作
志，而刘知几则谓史之有表，烦费无用，得之不为益，失之不为
损，故人皆重视志而轻视表，独万斯同则谓史之有表，所以通纪
传之穷，有其人已入传而表之者，有未入传而连类以表之者，表
立而纪传之文可省，读史而不读表，非深于史者，遂为历代史
表。钱唐周嘉猷继之，作《南北史补表》。其专为一朝作者，
如钱大昭《后汉书补表》，专为一事作者，如洪饴孙《三国职官
表》，此皆意在补纪传诸史而作。若夫历代职官、地理诸表，志
存沿革，非其伦比矣。志则有汪士铎《南北史补志》，颇有唐修
《五代史志》之遗意。其专为一朝一事作者，若郝懿行之补宋
书刑法、食货二志，钱仪吉之《补晋兵志》，其最著者焉。而
地理补志则有洪亮吉、洪饴孙、毕沅，艺文补志则有钱大昭、侯
康侯康尝以隋以前古书多亡，著书者湮没不彰，欲补撰后汉、三国、晋、宋、
齐、梁、陈、魏、北齐、周十书艺文志，而自注之。后汉、三国成经、史、子
三部，余皆未成、丁国钧、汤洽、顾櫰三、卢文弨、金门诏、钱大
昕。章宗源《隋经籍志考证》，继宋王应麟《汉志》而作，远绍

旁搜，遂集辑逸之大成章宗源《隋经籍志考证》，今仅存史部一类，当其成书时，先辑成《玉函山房辑逸丛书》，以为考正之资，后乃售之马国翰者，清代辑逸之书，虽发端于经学家，而实盛于史家。自邵晋涵从《永乐大典》中辑出《旧五代史》后，四库馆臣遂于《大典》中辑出书数百种，以成聚珍版丛书。而章宗源以一人之力，又为辑逸丛书。经史子集，兼收并蓄，可谓集大成矣。汪文台《七家后汉书》、汤球《十家晋书》，实为其支流与苗裔耳。凡斯众作，虽无文采，而贯穿群书，裨益纪传，有征实之功，无虚妄之作，贤于空言垂世者多矣。

继《通鉴》而作者，有徐乾学、毕沅，然皆成自他人。徐书详南而略北，毕书详宋而略元，详略之间，已可訾议。而毕书晚出，较胜于徐。或谓毕书成于邵晋涵《南都事略》之绪余，仅可见于此书。斯乃凭臆之谈，邵之稿本实已亡矣余别有《毕沅集》《资治通鉴考》。他若陈鹤《明纪》，语过简略，事端不备。徐鼒《小腆纪年》，失于断限，偏于识小。是故编年诸书，未有以过于司马者也《明史》虽多，曲徇遗漏，以视宋元二史，实有以过之。虽为官修，实万斯同一人之力为多。徐、毕二书，私家著述，宜胜于《明史》。然皆出于众客所作，有类官修，宜其不能及司马也。丰润谷应泰《明史纪事本末》，先《明史》而成，颇多异同。各篇议论，文仿《晋书》，多俪偶之辞，遣词隶事，曲折详尽。

或谓史实成于张岱，论实成于陆圻，二人皆浙产。谷为浙学使，多以金购，事虽等于徐、毕，而文史之学，颇能胜之。其后青浦杨陆荣记三藩，乌程张鉴春纪西夏，虽步趋应泰，而已无其文采。惟马骕《绎史》，体大思精，贯穿三代，虽为纪事本末之体，而政典、学案、世表、舆图，亦所不遗。斯能高出众作，自成一家者也。虽伪书谶纬，杂然并陈，亦其一弊，而其大体固已宏远矣。

　　会要之书，清代不昌，惟嘉兴钱仪吉尝有志作三国、晋、南北朝诸会要，而三国先成，未传于世。观其自叙，其精审实有过于徐、王二家者<small>钱仪吉著《纪事稿》，有《三国会要叙例》一篇</small>。祥符周星诒踵其成例，亦颇有撰述<small>见谭献《复堂日记》</small>。然皆未见成书，亦足憾也。自汉刘向作《别录》，晋张隐传《文士》，始为学术专家，成书立传。而明黄宗羲乃创为学案之体，成宋儒、明儒学案。全祖望、王梓材继之，迭有增补。吴骞、唐鉴亦各有述作。学术之史，粲然可观。其后江藩作《汉学师承记》，阮元作《畴人传》，周亮工作《印人传》，张庚作《画征录》，各就专家之学，叙其渊源，传其流别。而年表、年谱之作，亦实繁有徒，或为专书，或附别集。此皆为论世知人之助，寻源竟委之方，得失利病，于以憭焉。

　　大抵清代学术，善于征综名实，而不屑空言名理。虽在诸子之书，亦多以治经史之法治之。始明顾炎武承王应麟《纪闻》之法而为《日知录》，虽多考证之语，亦富经世之言，其博大过于《纪闻》，颇能成其一家。至清阎若璩、卢文弨、王鸣盛、钱大昕、孙志祖、桂馥、李赓芸、洪颐煊、臧庸、姚范之徒，各有札记、丛录、随笔诸作，偏于考证，杂治群书，文无篇章，颇等识小。惟俞正燮《类稿存稿》，近于杂家。迨王念孙《读书杂志》、俞樾《诸子平议》，始专以经学、律令，遂治子书。而洪颐煊为《管子义证》，郝懿行为《荀子补注》，汪继培为《潜夫论笺》，孙诒让为《墨子间诂》，专治一家，传其故训、故事。于是管、荀、庄、韩咸有集解、集释之作，而《尹文》《商君》《淮南》《法言》亦有为之校录、疏证，稽其异同者。若夫《弟子职》之有集解，《天文训》之有补注，《墨经》之解，《地员》之疏，虽属单篇，亦必有专家之学之为疏通、证明。下及《颜氏家训》、马总《意林》，且秉其术以为之校注。虽精粗不同，短长异数，要其综核形名，不苟空言义理，其揆一也。

至于天算之学，虽凭数理，颇亦出乎形名。自《九章》《五曹》以来，至元而中法极盛，至明而西法大启。清代诸家，颇能兼贯。言中法者，有《释例》《细艸》之作，顺理成章，言明且清，六经诸史，咸有《天文律历》《诸算草》，戴震《观象授时》、董祐诚《五十三家历术》、汪曰桢《历代长术辑要》，其最著者也，震之《勾股割圆记》，吐言成典，为近古之所无，算学之文，此为最善矣。言西法者，大都出于译述，以李善兰为最。清季之弊，译算之书，言之不文，人颇视为畏途，较之理学家之语录，其难解且过之。制器之不能绍述西法，此亦其一障也。是故古代小学，以六书、九数为始，二者交重，其文章乃有实际。清代惟焦循能以算术说《易》理，其余说理者，大抵祖述程朱、陆王，空言抵拒，相互攻击，而无所发明。颜元虽能矫其弊，独以保氏六艺策励躬行，趋为有用之学，而不空谈心性。然清初言理学者，亦自有喜谈经济一流，如顾炎武、黄宗羲、陆世仪诸公，皆以理学名家，各抒经世之论。其后胡承诺著《绎志》，唐甄作《潜书》，檀萃成《法书》，于是策士奋起，包世臣、龚自珍、冯桂芬、薛福成之徒，皆抵掌论天下事。

至于清季，治平有议，筹边有记，富国有策，经世文章汇为大观魏源、贺长龄辑《经世文编》，其后续辑者实繁有徒。然综核之言少，郛廓之论多，故亦与理学同弊。而罗有高、汪缙、彭绍升以释典治理学，方苞、姚鼐以文章润理学。是故终清之世，言理学者多变端而无所发明。独戴震著《原善》及《孟子字义疏证》，以欲当为理，矫正宋儒之失，上攀孟荀之论，以视纷争于程朱、陆王者远矣。

言文章者，自明季钱谦益、艾南英辈，已远法欧、曾，近效归有光，颇与几、复两社相抗。清侯方域、汪琬、朱彝尊皆承其流，徒以钱为贰臣，人皆羞称。追迹源流，实亦为一代开风气之人《明史·文范传》排击前后七子，而左袒王、唐、茅、归，大抵采钱之议论为多。其后方苞、姚鼐继之，义法益严，而师承不易，徒以润色理学，好以道统自期，遂以韩、欧、曾、归而后，直接方、姚、钱、侯、汪、朱，屏之宗派以外，而又好与崇古文、治朴学者为敌，昵近今文学派，以掩其不知经术之耻。空疏之士便之，靡然从风矣。自阳湖张惠言始以江、戴经术，用方、姚之律令，以为文章张之洞《书目答问》以恽敬、张惠言、陆继辂列阳湖派，实皆桐城派也。湘乡曾国藩和之，每欲以戴、段、钱、王之训诂，发为班、张、左、郭之文章，虽不能至，心向往之，比于桐城，规模益为宏远。其弟子张裕钊、吴汝纶差能继起，桐城派之未堕于地，赖以此耳。桐城之文，人称为严于格律，善于记事。清初顾炎武著《救文格论》《日知录》中亦有论文章格律者数百条，黄宗羲、万斯同、邵祖涵、全祖望，颇善于记事，实皆有以启之。而钱大昕犹然以此二事，诟詈方苞，以为不知义法。要其厘革钱、侯叺噿之病，易堂九子叫嚣之习，而归于清洁雅正，其功亦不可没，而忽略名实，未薅浮词，斯亦非文之至者耳。

为骈文者，吴兆骞承复社之流，吴绮慕义山之作，陈维崧、章藻功虽云导源徐庾，而体格实近唐宋。此皆气粗词繁，其体未纯者也。胡天游追踪燕许，颇称壮美，而俗调伪体，汰除未尽。袁枚继之，亦自诔丽，而气散神茶，音响凡猥。吴锡麒委婉澄洁，意主近人，圆美可诵而古义稍失。惟昭文邵齐寿，气独遒古，有正宗雅器之目，尝谓清新雅丽，必泽于古，非苟且牵率，以娱一世之耳目者。骈体之尊始此，一时风气为之丕变。刘星炜、孔广森、孙星衍、洪亮吉、曾燠辈继之，其旨益畅。广森以达意明事为主，开阖纵横，一与散文同法。燠亦以为古文丧真，反逊骈体，骈体脱俗，即是古文。三家之论，渐开合骈于散之机。吴鼒以袁、邵、刘、吴、孔、孙、洪、曾为骈文八大家，袁、吴实非其伦比也。其后阳湖董祐诚、湘潭王闿运、会稽李慈铭，皆气体清洁，词旨润雅，颇有凌驾前修之概。而张惠言为赋，独宗两汉，惟闿运差能相敌，足以超轶齐梁，下视唐宋，惟他文未能称是。夫学六代者，下视唐宋，学唐宋者，亦菲薄六代，骈散之分，其来久矣。至清而桐城、仪征两派，皆奋其一偏之见，以相水火，不务反观三代、两汉、魏晋之文，以综合体要，各欲以其一端，檃栝一切文体，其弊甚矣。自汪中、李兆洛出，始上法魏晋，以复古代骈散不分之体。周济始学桐城，其作《晋略》，持论亦同汪、李。其后谭献以此体倡浙中，其风始盛

谭献《复堂日记》三云：明以来文学士心光埋没于场屋殆尽，苟无摧廓之日，则江河日下。予自知薄植，窃欲主张胡石庄、章实斋之书，辅以容甫、定庵，略用挽救，而先以不分骈散为粗迹以回澜。八荒寥寥，和者实希。《日记》八云：吾辈文字，不分骈散，不能就当世古文家范围，亦未必有意决此藩篱也。不谓三十年来，几成风气。约略数之，如谢枚如、杨定胪、庄仲求、庄中白、郭晚香、孙彦清、楮叔寅、袁爽秋、诸迟菊，皆素交。新知则有朱文筠、范仲林。近日始见蔡仲吹、王子裳之作。所造不同，皆是物也。而论者每以别体目之，昧者又欲以四六混骈文，斯皆所谓囿于习俗者也别体之

论，倡于散文家。李兆洛《骈体文钞》，实主骈散不分之旨。清季有为河南学使者，又以其所撰骈文多杂散体，拟别选骈体文钞，纯主骈体。此乃不能剖析四六与骈文之分际，故有此论。今人主散体者，每晋汪、李一派为骈非骈、散非散，有非驴非马之议。此皆未知文章体裁者也。然骈文自孔、曾以来，以达意明事为极则。汪、李、周、谭诸公，虽文体有异，而用意亦未变。文章之用，固又有要于此者。清代文士，每短于持论，拙于说理，甄辨性道，极论空有，骈散诸家，慨乎其未有闻。斯则综核名理，扶文以质，有待乎后起之英矣。

　　清初诗人有钱谦益、吴伟业、龚鼎孳，称江左三大家。谦益称扬白居易、苏轼、陆游，而明代何、李、王、李则排斥不遗余力，二袁、钟、谭更在不足齿数之列。一时学者靡然从之，然薄之者谓为渐灭唐风。伟业七古仿元、白，而五七言近体，声华格律，不减唐人，五古长篇亦足自成一家。鼎孳虽与钱、吴起名，而宴饮酬酢之作多于登临凭吊，实已少逊。三子者皆名列贰臣，苟不以人废言，则吴之可取为较多也。后莱阳宋琬、宣城施闰章亦颇以诗名，有南施北宋之目。而新城王士祯，宗尚王、孟，以神韵为主。秀水朱彝尊兼学唐宋，以博雅见称。屹然分立南北，主盟诗坛者数十年。士祯之名尤盛，至有推为清代第一流者。赵执信著《谈龙录》，与之龃龉，亦不能撼焉。然王、朱二子，皆好以运用僻典为能事，书卷多而性灵隐，亦一病也。当斯之时，屈大均、陈元孝、梁佩兰有岭南三家之称。大均神似李白，元孝师法曹植、杜甫，惟佩兰醇朴而意尽句中，大似袭鼎孳。士祯谓岭海多才，以未染中原、江左积习，故尚存古风，理或然欤？萧山毛奇龄以时尚宋体，故专法唐音，而出自新意。常熟冯班独宗晚唐，尝欲以李商隐诗，医江西粗俗嵯岈之病。益都赵执信亦颇服习其意，以贬士祯。然士祯而后，世独称查慎行。慎行学苏、陆，少蕴藉，与朱葬、陈维崧、邵长蘅诸锦颇有同调，而魄力风韵，差或过于诸家，遂能杰出一时。其后厉鹗学陶、谢、王、孟、韦、柳，以淡远胜，颇称后起之英。袁枚主性灵，翁方纲以肌理二字，救新城一流之空调。二子得名虽盛，皆非正轨，有识者讥之。惟长洲沈德潜差能为一代宗。

先是康熙之际，有吴江叶燮者，作《原诗》内外篇，以杜为归，以情境理为宗旨，推本性情，语见实际。德潜受其诗法，故古体宗汉魏，近体宗盛唐，而尤服膺于杜。论者谓燮体素储洁，而德潜多查淬，则过求宽平之流弊耳。德潜弟子极盛，吴中七子，惟王昶著《湖海诗传》以续《别裁集》沈德潜著《古诗源》及《五朝诗别裁集》，其中《国朝诗别裁集》三十六卷。王昶《湖海诗传》四十八卷，实续此集而作。符葆森《正雅集》百卷，再续之，皆繁猥不逮沈。然其宦成之后，皮傅韩、苏，已与师说背驰。再传为黄景仁，颇有青出于蓝之目，其诗希踪李白，风格矜重，生气远出，而泽于古。清诗至此，颇有难继之叹。盖自乾隆以来，文字之狱繁兴，往往指摘诗中一二字，以罗织其罪，虽以陈鹏年之勤慎，犹以"鸥盟"二字，致连结海寇之弹章，其他何论焉！风雅之士，不敢咏时事，其时考证之学方兴，于是睹一器，说一事，则纪之五言，陈数首尾，颇近马医歌括。及曾国藩出，诵法江西诸家，矜其奇诡，学者鹜逐，其诗多诘诎不可诵，甚者与杯珓谶词相等，歌诗失纪，未有如此时者也。惟山阳潘德舆《论诗》宗曹、陶、李、杜，探源风骚，而同其用于《春秋》，孟子所谓诗亡然后《春秋》作也，可谓知本。然其自为诗，亦不能称其所论。其后有李慈铭、谭献，皆推本性情，导源雅颂，亦颇有以诗为史之意。独王闿运宪章八代，宗缘情绮靡之旨，不事放言高论，不讳摹拟形似，故其诗颇多与六代相类。夫风骚之制，不废比兴；诗之摛词，不贵质说。潘能宏其用，王能明其法，采二家之所长，而各极其致，诗道复兴，其殆始于此乎！

词为诗余，其用兴法皆相似。自南宋之季，几成绝响。元之张翥，稍存比兴。明则陈子龙，直接唐人为天才。清初嗣其音者，有宋徵舆、李雯、钱芳标_{皆华亭人}。世以三子与顾贞观、王士禛、纳兰性德、彭孙遹、沈丰垣、沈谦、陈维崧为前十家，张惠言、张琦、周济、龚自珍、项鸿祚、许宗衡、蒋春霖、姚燮、蒋敦复、王锡振为后十家，皆乐府中高境，三百年所未有。芳标源出义山，丰垣推本淮海、方回，犹有黍离之伤。徵舆词近冯、韦，贞观出入北宋诸家，士禛小令颇近南唐二主，性德亦然，其品格乃在宴贺之间。彭孙遹多唐词，李雯亦近温、韦，沈谦、陈维崧步武苏、辛，大抵以五代、北宋为归。与维崧齐名者，又有朱彝尊，以南宋姜、张为宗。论者谓自维崧、彝尊出，清之词派始成。而朱伤于碎，陈伤于率，流弊亦百年而渐变。然维崧笔重，彝尊情深，固后人所难到。故嘉庆以前，为二家所牢笼者，十居八九矣。彝尊后有厉鹗，而浙派始盛。其后效之者，往往以姜、张为止境，遂多巧构形似之言，而渐忘古意。自张惠言及弟琦共撰《宛邻词选》，推源骚、雅，词之道始尊。其所自为，亦大雅遒逸，能振北宋名家之绪。至周济撰定《词辨》，持论益精，其所作精密纯正，与惠言相伯仲，世称为常州派。潘德舆作书非之，亦不能掩也。其后龚自珍、杨传第、庄棫、谭献诸家，皆诵法张、周，而周之琦、戈载独谨于择律，和之者谓惠言为不知音，要之不失为声律诤友。惠言之独尊词体，使得与于著作之林，其功亦不可没也。项、许、二蒋、姚、王诸家，虽为常州派，而声息相通。鸿祚幽艳哀断，与性德同。而春霖尤为杰出，有南唐之骨，北宋之神。洪、杨之役，天挺此才，为一代词史，足与诗家杜甫媲美。有清二百数十年中，前有性德，后有鸿祚、春霖，差堪鼎分三足。谭献有言：王士禛、钱芳标为才人之词，张惠言、周济为学人之词，惟性德、项鸿祚、蒋春霖为词人之词，与朱、厉同工异曲，其他则旁流羽翼而已。其为词家所尊，盖亦非偶然也。

南北各曲，清代大衰。李渔《怜香伴》《风筝误》等十种曲，多优伶俳语，不足齿数。惟孔尚任、洪昇、蒋士铨、黄燮清颇称作者，多以传奇鸣。洪昇为渔洋弟子，诗词皆有渊源，其为《长生殿》《天涯泪》诸剧，盛传于世。蒋士铨为《铜弦词》，颇近其年《藏园九种曲》，一洗淫哇之习。黄燮清为《词综续编》，而浙派蔓衍阐绥之病，颇能湔除，而《帝女花》《桃溪雪》等七种曲，亦能继轨《藏园》。三子者，虽不能并驾临川，而阮、李尖刻之习，亦庶几歇矣。独孔尚任《桃花扇》传奇，颇能抒写南渡亡国之恨，可为后明曲史。曲虽小道，亦著春秋之笔，盖自有曲以来，未有过于此者也。夫诗词歌曲，通于国政，神于史鉴，其用甚巨，其效甚远，音律词藻，不可偏废。自文人作曲，不谐音律，昆曲既衰，而秦腔、京调、粤讴乘之而起。其曲文等于哇吟蝉唱，有声无词，而淫靡之俗调，中于人心，风俗由此而弊。《乐记》曰：郑卫之音，乱世之音也。风雅之士，当有以挽救之矣。